Der Mann auf der anderen Seite

Ada Barnett

Alpha-Editionen

Diese Ausgabe erschien im Jahr 2023

ISBN: 9789359254616

Herausgegeben von
Writat
E-Mail: info@writat.com

Inhalt

KAPITEL I

Ruth Courthope Seer stand vor ihrer eigenen Haustür und war zufrieden. Sie blickte über den Garten und das vier Hektar große Feld mit der weißen Maishecke. Es gehörte alles ihr. Ihre Augen folgten langsam dem Weg der Sonne. Ein anderes Feld, üppig und grün, neigte sich zu einem Bach, wo, wenn die Agenten die Wahrheit gesagt hatten, Forellen in trüben Teichen unter den Weiden hausten. Feld und Bach, auch sie gehörten ihr. Es waren gute Felder, kleebedeckt, würdige Futterfelder für die fünf Shorthorns, die gestern auf dem Uckfield- Markt gekauft wurden.

Die Liebe zum Land, die Freude am Besitz, die Magie des Frühlings, sie fegten durch ihr Wesen wie große, klare Winde. Sie war über vierzig; Sie hatte ihr ganzes Leben lang hart gearbeitet. Das Schicksal hatte ihr fast alles verweigert – Vater oder Mutter, Bruder oder Schwester, Ehemann oder Kinder. Sie hatte noch nie ein eigenes Zuhause gehabt. Und nun hatte ihr das Schicksal genug Geld gegeben, um Thorpe Farm zu kaufen. Das Geschenk war riesig, immer noch fast unglaublich.

„Du bist absolut exquisit, köstlich, ein echter Leckerbissen", sagte sie und küsste ihr die Hand.

Das Haus stand hoch, und sie konnte einerseits die staubweiße Straße sehen, die sich die ganze Meile bis zum Bahnhof Mentmore schlängelte ; auf der anderen Seite grüne Felder und gute braune Erde, Wälder, Täler und Hügel, die sich bis zu den weiten Ebenen der Hügel erstrecken, hinter denen das Meer liegt. Im Jahr 1919, dem Jahr des Großen Friedens, war der Frühling spät gekommen, aber in noch größerer und überragender Schönheit. Das große jährliche Wunder der Schöpfung war auf seinem Höhepunkt, und siehe, es war sehr gut.

Vor ihr saßen Sarah und Selina. Die Arbeit des Tages war vorbei. Sie hatten zugesehen, wie Samen gepflanzt und bewässert wurden. Sie hatten beim Pfählen der Erbsen und beim zweistündlichen Füttern kleiner Hühner mitgeholfen. Nun forderten sie, wie es ihre Gewohnheit war, mit kurzen, scharfen Bellen, das ausgesprochen irritierend war, dass man sie auf einen Spaziergang mitnehmen sollte.

Sarah und Selina waren die einzige Extravaganz in Ruths vierzig Jahren Leben. Sie waren in einer harten Welt unerwünscht gewesen. Aberdeens waren aus der Mode gekommen, und ihr Geschlecht war, wie Ruths eigenes im Kampf ums Dasein, gegen sie gewesen. So kleine Pfennige, die Ruth sich kaum leisten konnte, waren an Sarah und Selina geflossen, und im Gegenzug liebten sie sie, wie nur ein Hund lieben kann.

Sarah war eine ziemlich große Dame, die normalerweise bewundernswerte Manieren und Verhaltensweisen aufwies . Nur einmal war sie ernsthaft in Ungnade gefallen und hatte ihr zu Ruths Entsetzen fünf schwarz-weiße Welpen geschenkt, deren Art zuvor weder im Himmel noch auf der Erde bekannt war. Darüber hinaus war sie geradezu absurd zufrieden mit sich selbst, und Selina war ebenso absurderweise unerträglich eifersüchtig.

Selina war weder in ihren Manieren noch in ihrem Verhalten eine Dame gewesen . Sie war jünger und kleiner als Sarah und sowohl im Design als auch in der Ausführung von unendlicher Bosheit.

Ruth sah sie an, als sie Seite an Seite vor ihr saßen.

„Zum Zauntritt und zurück", sagte sie, „und du hast vielleicht zehn Minuten Zeit, im Wald zu jagen."

Der Weg zum Zaunpfosten führte durch ein Butterblumenfeld, der Zaunpfahl in die Bahnhofsstraße. Dieses Feld verwirrte Ruth. Es war strahlend schön, aber es war schlechte Landwirtschaft. Außerdem war es die einzige schlechte Landwirtschaft im ganzen Ort. Jeder Zentimeter Boden wurde optimal genutzt, bis zum Äußersten bebaut, wohlgenährt und unendlich gepflegt.

Ruth war nicht neugierig und hatte keine Fragen zum verstorbenen Besitzer von Thorpe gestellt, und von dieser Zeit war auch niemand auf der Farm zurückgeblieben. Der Krieg hatte sie hinweggefegt. Aber nachdem sie das Haus zwei Monate lang bewohnt hatte, begann sie zu erkennen, welch außerordentlich viel Liebe und Fürsorge jemand ihm entgegengebracht hatte . Auf subtile Weise hatte sich der verstorbene Besitzer für sie materialisiert. Sie begann sich zu fragen, warum er dies oder das getan hatte. Ein- oder zweimal hatte sie sich dabei ertappt, dass sie sich wünschte, sie könnte ihn wegen einer möglichen Verbesserung um Rat fragen.

Also blickte sie auf die Butterblumen und wunderte sich, und am Zauntritt bemerkte sie ein Loch in der Hecke auf der linken Seite und wunderte sich erneut. Es war das einzige Loch, das sie in diesen gepflegten Hecken gefunden hatte.

Sie saß auf dem Zauntritt und schnupperte genüsslich die Frühlingsdüfte, während Sarah und Selina auf die Jagd gingen. Der Mai und die wilde Geranie und der Klee. Himmel, wie gut war das alles! Die weiße Straße führte den Hügel hinunter, aber niemand kam. Sie hatte die ganze schöne Welt für sich. Und dann bewegte sich langsam ein kleiner Streifen durch die Mitte der Straße. Bald darauf verwandelte es sich in einen Hund. Müde, schmerzende Füße, übrigens, es lief, mit Staub bedeckt, aber es lief gleichmäßig. Ein Hund mit einem Ziel. Sarah und Selina, die einen anderen ihrer Art witterten, tauchten mit heißen Füßen und gebender Zunge aus der Mitte des Waldes auf. Der Hund – Ruth erkannte jetzt, dass es sich um einen Gordon Setter handelte, der in Eile sein Geschäft erledigte – schlüpfte durch das Loch in der Hecke und trottete müde, aber ohne Pause über das Butterblumenfeld zum Haus. Zu Ruths Erstaunen machten Sarah und Selina keinen Versuch, ihr zu folgen. Stattdessen setzten sie sich nebeneinander vor sie und erklärten ihr alles.

Ruth blickte verwundert auf das Loch. „Er muss natürlich einmal hierher gehört haben", sagte sie, „ich frage mich, wie weit er gekommen ist, der arme Schatz." Sie eilte den Hang hinauf und erreichte das Haus gerade noch rechtzeitig, um zu hören, wie Miss McCox' durchdringendes Jammern die Luft aus der Küche zerriss.

„Und in jedes Zimmer war er wie ein gefetteter Blitz, bevor ich ihn daran hindern konnte, und bedeckt mit Staub und Schmutz, und ich, der genug zu tun hat, um die Dinge so sauber zu halten, wie sie sind, mit diesen beiden schmutzigen Tieren, auf die Herrin Seher so viel Wert legt." . Aber sie ermutigt zu solchen Dingen und kümmert sich mehr um die Bestien, die umkommen, als um christliche Männer und Frauen mit sterblichen Seelen – "

McCox war rot im Gesicht, hatte eine spitzbübische Zunge, war aber eine hervorragende Köchin und hielt kurz inne, um Luft zu holen.

„Sie ist wirklich wunderbar auf Tiere eingestellt", sagte die langsame Sussex-Stimme des Kuhhirten. Er legte seine verschränkten Arme auf das Küchenfensterbrett. Ein Gespräch über die neue Geliebte von Thorpe war immer interessant. „Aber es ist in Ordnung, solange wir uns verstehen."

Ruth ging an seinem breiten Rücken vorbei, höflich blind für Miss McCox' Gesichtsbemühungen, ihn über ihr Erscheinen im Hintergrund zu informieren.

Der Hund kam jetzt den Gartenweg zwischen Apfelbäumen hinauf, die noch immer voller Blüten standen. Ein schlaffer, niedergeschlagener Hund, ein Hund, der vor Enttäuschung im Herzen krank war, ein Hund, der es nicht verstehen konnte. Ein staubiges, verlassenes Ding, das überhaupt nicht zur jubelnden Frühlingswelt passt.

Ruth rief ihn, und er kam höflich und geduldig.

„Oh, mein Lieber", sagte sie. „Sie sind gekommen, um jemanden zu suchen , und er ist nicht hier, und ich kann Ihnen nicht helfen."

Sie tat, was sie konnte. Holte etwas Wasser, das er eifrig trank, und Essen, das er nicht anschauen wollte. Sie badete seine wunden Füße und wischte den Staub von seinem seidigen schwarz-braunen Fell, bis er als einzigartig schöner Hund zum Vorschein kam. So schön, dass sogar Miss McCox unfreiwillig ihre Bewunderung zum Ausdruck brachte.

Sarah und Selina verhielten sich mit größtem Anstand. Das war ungewöhnlich, wenn ein Fremder ihr Reich betrat. fragte sich Ruth, während sie putzte. Es schien, als ob sie ein größeres Recht anerkannten. Vielleicht gehörte er dem Mann, der Thorpe so geliebt und für ihn gesorgt hatte, bevor sie kam. Und er hatte alles zurückgelassen – und den Hund.

Daraufhin legte sich der Hund an einem ausgewählten Ort nieder, von dem aus er sowohl die Einfahrt als auch die Straße vom Bahnhof aus überblicken konnte. Er lag mit der Nase zwischen den Pfoten und schaute zu.

Nach dem Abendessen ging Ruth Seer und setzte sich zu ihm. Die Sterne blickten mit klaren, hellen Augen herab. Der Nachtwind brachte den Duft von tausend Blumen. Ein immenser Frieden und eine Schönheit erfüllten den Himmel. Doch als sie dasaß, meinte sie, wieder das leise, eintönige Dröhnen vom Ärmelkanal zu hören, an das sich die Menschen in den langen Kriegsjahren so gewöhnt hatten. Sie wusste, dass es nicht wirklich sein konnte; es war einfach schick. Doch plötzlich waren ihre Augen voller Tränen. Sie hatte dort draußen niemanden verloren – sie hatte niemanden zu verlieren. Aber sie war eine Engländerin. Es waren alles ihre Männer. Und es gab so viele weiße Straßen, von ebenso vielen Stationen.

Am nächsten Morgen war der fremde Hund verschwunden, nachdem Miss McCox um 6 Uhr morgens verbittert berichtete , eine Nacht auf dem Bett im Gästezimmer verbracht zu haben. Es war ein vollkommener Wundermorgen. Selbst an diesem ersten Morgen, als die Sterne gemeinsam sangen, hätte es nicht schöner sein können, dachte Ruth Seer, als sie, wie sie nie müde wurde, auf die Farm blickte, die ihr gehörte. Die fünf Shorthorns kauten wiederkäuend auf dem vier Hektar großen Feld. Das Urteil von Miss McCox , dem Kuhhirten und dem Jungen fiel positiv aus . Morgen früh würde Ruth ihre erste Lektion im Melken bekommen. Die ebenfalls auf dem Uckfield -Markt gekaufte Berkshire-Sau hatte in der Nacht, etwas unerwartet, aber sehr erfolgreich, dreizehn kleine schwarze Schweine zur Welt gebracht, die wie Satin glänzten und absolut köstlich waren.

Der einzige Makel an der Perfektion des Tages war das Verhalten von Selina. Um 11 Uhr morgens wurde sie von Miss McCox entdeckt , als sie die letzte geschlüpfte Hühnerbrut verfolgte. Um 11.30 Uhr wurde sie vom gesamten Personal erwischt oder, um Selina gegenüber fair zu sein, in die Enge getrieben, gut ausgepeitscht und kroch, ein scheinbar gezüchtigter Hund, in den Schutz des Hauses. Dort jedoch war sie, sobald der Klang der großen Glocke die geschäftige Stunde des Abendessens verkündete, in den Raum gegangen, der dem Schlaf von Miss McCox heilig war, und hatte ungestört fleißig ein Loch in das Kissen gemacht, auf dem Miss McCox' Kopf jeden

Abend lag ruhte und zog daraus die Federn vieler Hühner. Diese verteilte sie großzügig und ohne Bevorzugung über die Oberfläche des gesamten Teppichs und zog sich, zufrieden, still und diskret aus dem Gelände der Thorpe Farm zurück.

Zur Teezeit fehlte sie immer noch, und Sarah allein, steif vor bewusster Rechtschaffenheit, saß vor Ruth und aß eine doppelte Portion Kuchen und Butterbrot. Visionen von Kaninchenlöchern, Stahlfallen und wütenden Wildhütern mit Waffen hatten sich in Ruths Kopf gebildet. Ihr wohlverdienter Appetit auf Tee verschwand. Volle Vergebung und ein unverdient herzlicher Empfang erwarteten Selina, wann immer sie erscheinen wollte.

Sogar Miss McCox , als sie den Tee abräumte, zog die Mitteilung in der Hitze der Entdeckung zurück und deutete an, dass Selina möglicherweise am Bach entlang jagte. Sie hatte den seltsamen Hund dort unten erst vor einer Stunde gesehen.

Für Ruth war es ein hoffnungsvoller Vorschlag. Außerdem liebte sie es, am Bach entlang zu wandern. In all ihren Träumen von einer eigenen Domäne hatte es immer fließendes Wasser gegeben. Und jetzt gehörte auch das ihr. Einer der langsamen Sussex-Bäche, der sich stetig und sehr leise zwischen blühenden Ufern und überhängenden Zweigen bewegt. So leise, dass man seine Stärke zunächst nicht erkannte. So leise, dass man sein Lied zunächst nicht hörte.

Es war diese seltsame und wundervolle Stunde, die vor Sonnenuntergang nach einem wolkenlosen Tag im Maisonnenschein kommt, in der es ist, als hätte die Welt gelacht, sich gefreut und gesungen, um in den ewigen Armen zu ruhen. Plötzlich herrscht Stille, ein Frieden bricht herein, eine seltsame Stille – wenn man zuhört.

Ruth machte sich keine Sorgen mehr um Selina. Sie ließ sich auf dem Weg flussabwärts treiben, und die Liebe zur ganzen Welt erfüllte sie mit großer Zufriedenheit. Ein Gefühl der Einheit mit allem, was sich bewegte und atmete, mit den kleinen Brüdern in Loch und Hecke, mit dem verschwenderischen Geschenk der Blumen an Duft und Farbe, mit der Wärme der Sonne, eine Einheit , die ihr Sein mit dem ihren wie zu einer vollkommenen Einheit verschmolz Flamme. Lieber Gott, wie gut war das alles, wie wunderbar! Der sumpfige Boden, auf dem die Königsbecher und die Damenkittel gerade in all ihrer goldenen und silbernen Pracht standen, die Wildkirsche, die das Wasser liebt und noch in dieser späten Jahreszeit zwischen ihren Blättern blüht, der Teich, in dem die Eisvögel zwischen Weiden und dem Fluss lebten Palmen.

Und im Traum kam sie zu einem grünen Ort, wo der fremde Hund lag. Ein zufriedener Hund, der träge mit dem Schwanz wedelte, als sie kam. Mit der Nase zwischen den Pfoten blickte er nicht mehr auf eine einsame Straße. Er beobachtete einen Mann. Ein Mann in einem braunen Anzug, der in voller Länge im Gras lag. Ruth konnte sein Gesicht nicht sehen, nur den Hinterkopf, der von einer schlanken braunen Hand gestützt wurde; und auch er beobachtete etwas. Seine absolute Stille ließ Ruth tief Luft holen und regungslos verharren, wo sie stand. Die Wut eines Eigentümers gegenüber Eindringlingen berührte sie nicht. Vielleicht, weil sie so lange auf der Autobahn gelaufen war und über Mauern und vergitterte Tore auf die Reviere anderer Leute geblickt hatte. Sie kroch ganz sanft vorwärts, damit auch sie sehen konnte, was ihn so faszinierte. Ein Eisvogelpaar bringt seiner Brut das Fliegen bei.

Zwei hatten bereits das große Abenteuer gewagt und saßen Seite an Seite auf einem Ast, der sich über das Becken erstreckte. Gerade als Ruth hinsah, umgeben von einer blitzenden Eskorte, gesellte sich die dritte zu ihnen, und da saßen alle drei, sehr mutig beieinander und deutlich aufgeblasen vor Stolz.

Mit noch größerem Stolz glitten die Vogeleltern über die Bachoberfläche, drehten sich um und kamen zurück, wie strahlende Juwelen im Sonnenlicht. Ruth sah fasziniert zu. Sie traute sich kaum zu atmen. Alles war sehr still.

Und dann durchschnitt plötzlich das Heulen einer Motorsirene die Stille wie ein Schwert. Ruth zuckte zusammen und drehte sich um. Als sie noch einmal hinschaute, waren alle verschwunden. Mensch, Hund und Vögel. Sozusagen in einem Moment ausgelöscht. Der schnelle Flug der Vögel, selbst der des Hundes, war ganz natürlich, aber wie konnte der sich langsamer bewegende Mensch so schnell verschwinden? Ruth schaute und blickte verwirrt noch einmal hin, aber der Mann war ebenso vollständig verschwunden wie die Eisvögel. Dann erblickte sie den Hund. Sah, wie er über die einzige sichtbare Ecke des unteren Feldes rannte und in Richtung des Eingangstors verschwand. Zum Eingangstor raste auch ein kleiner zweisitziger Wagen, den langen Hügel von der Hauptstraße hinunter, die in die hübsche Stadt Fairbridge führte .

Ruth fühlte sich plötzlich in eine Abfolge von Ereignissen außerhalb ihres Bewusstseins verwickelt. Etwas, von dem sie nicht wusste, was, löste in ihr auch den Wunsch aus, das Eingangstor zu erreichen. Sie rannte über die Planke, die an dieser Stelle den Bach überbrückte, und kam, indem sie eine Abkürzung nahm, gleichzeitig mit dem Auto und dem Hund an. Und siehe da! neben dem Fahrer, sehr steif und stolz, saß Selina; Der seltsame Hund hatte sich in die Arme des Fahrers geworfen, während Sarah, geheimnisvoll von irgendwoher aufgesprungen, wütend bellend um die gesamte Gruppe herumwirbelte.

Ruth lachte. Die Ereignisse gingen mit außerordentlicher Geschwindigkeit voran.

„Larry wird mein plötzliches Auftauchen bereits erklärt haben", sagte der Fahrer und sah sie mit einem Paar humorvoller, müder Augen über dem Kopf des Hundes an.

„Oh, heißt er Larry?" keuchte Ruth, atemlos von Selinas plötzlicher Ankunft in ihren Armen, nachdem sie über den Mann geklettert war und von der Seite des Wagens abgesprungen war; „Ich wollte es unbedingt wissen. Sei still, Selina; Du bist ein böser Hund."

„Ich muss erklären", sagte der Fahrer ernst, „dass ich Selina nicht entführt habe. Wir hielten in Mentmore an, um das Auto zu bewässern , und sie stieg ein und weigerte sich auszusteigen. Sie schien zu wissen, was sie wollte, also habe ich sie mitgenommen."

„Ich bin so dankbar", sagte Ruth; „Sie wird seit zwölf Uhr vermisst und ich habe mir große Sorgen gemacht."

Er nickte mitfühlend.

„Man weiß nie, oder? Larry, du Schlingel, lass mich raus. Ich habe mir auch Sorgen um Larry gemacht. Ich kam erst vor zwei Stunden nach Hause und stellte fest, dass er seit gestern Morgen vermisst wurde. Darf ich mich vorstellen? Mein Name ist Roger North."

"Oh!" rief Ruth unwillkürlich.

Es war ein Name, der in Wissenschaft und Literatur weltberühmt war.

„Ja, *der* Roger North! Es ist ganz in Ordnung. Die Leute sagen immer so „Oh", wenn ich mich vorstelle. Und Sie sind der neue Besitzer von Thorpe."

„Ich bin dieser unglaublich glückliche Mensch", sagte Ruth. „Komm doch rein, nicht wahr? Und möchtest du nicht etwas Tee trinken – oder so? Das klingt ziemlich vage, aber ich habe keine Ahnung von der Zeit."

"Hauptstadt! Ist das eine normale Angewohnheit von dir, oder nur dieses eine Mal?" fragte diese etwas seltsame Person, die *Roger* North war. „Ich weiß nicht, ob Sie es bemerkt haben, aber die meisten Menschen scheinen ihre Tage damit zu verbringen, sich zu fragen, wie spät es ist! Und ich kann jederzeit Tee trinken, vielen Dank. Pass auf das Auto auf, Larry."

Larry sprang auf den Sitz, streckte sich in voller Länge und wurde zu einem Hund aus Stein.

„Das Auto gehörte seinem Herrn", erklärte Roger North, als sie den Gartenweg hinaufgingen. „Larry und das Auto kamen beide zu mir, als er nach Frankreich ging, und obwohl der alte Hund oft hierher gelaufen ist und eine Jagdrunde gemacht hat, ist dies das erste Mal, dass er nicht direkt zu mir zurückkommt."

„Er kam gestern Abend gegen sechs Uhr hier an", sagte Ruth. „Er hat überall gejagt, wie Sie sagen, und sich dann hingelegt und zugeschaut. Ich nehme an, dass er die Nacht im Gästezimmer verbracht hat, aber heute Morgen war er verschwunden, und ich habe ihn erst vor einer halben Stunde unten am Bach wiedergefunden. Anscheinend ziemlich glücklich mit einem Mann. Ich weiß nicht, wer der Mann ist. Er lag am Bach und beobachtete ein paar Eisvögel, und dann erschreckte Ihr Auto uns alle, und ich kann mir nicht vorstellen, wohin er verschwunden ist."

North schüttelte den Kopf.

„Ich weiß nicht, wer es gewesen sein könnte. Alle Männer, die Larry hier kannte, sind schon vor langer Zeit weggegangen, und er schließt nicht so schnell Freundschaften."

Der Weg zum Haus war ein echter Bauerngartenweg, dicht gesäumt von altmodischen Blumen, Blumen, die viele lange Jahre lang ungestört gewachsen sein mussten und nur mit der aus Liebe geborenen Vorsorge ausgedünnt oder vermehrt wurden. Während er hinsah, kamen Erinnerungen in Norths Kopf. Er fragte sich, welcher Dämon ihn dazu gebracht hatte, hereinzukommen und Tee anzunehmen. Es war anders als er. Aber zu seiner Erleichterung unternahm der neue Besitzer von Thorpe keinen Versuch, Smalltalk zu betreiben. Tatsächlich verließ sie seine Seite und sammelte einen Strauß Nelken, deren Duft wie abendlicher Weihrauch zum Himmel aufstieg und ihn allein gehen ließ.

Denn Ruth Seer spürte den Schatten großer Trauer. Es fiel wie eine Kälte durch das Sonnenlicht. Ein Gefühl des Mitleids erfüllte sie. Aus Angst vor der Zunge von Miss McCox , die weder aufhörte noch verschonte, holte sie den Tee selbst, hinaus auf den roten Backsteinweg, der nach Süden zeigte, und rief stolz die Terrasse an.

Sarah und Selina hatten sich irgendwie auf den Besucherstuhl gedrängt und um den größten Platz gekämpft.

„Ich werde mich nicht entschuldigen", sagte Ruth. „Das bedeutet, dass du ein echter Hundeliebhaber bist."

Er lachte. „Meine Frau sagt, weil sie mir nicht antworten können! Wie haben die kleinen Damen Larrys Eindringen aufgenommen?"

„Sie schienen zu wissen, dass er das größere Recht hatte."

North gab jedem schwarzen Kopf einen leichten Kuss.

"Gesundheit!" er sagte.

Er trank seinen Tee und fütterte die Hunde schamlos, größtenteils schweigend, und Ruth beobachtete ihn mit der beruhigenden Gewissheit, dass er ihre prüfenden Blicke überhaupt nicht wahrnahm. Er interessierte sie, diesen Mann von Weltruhm, nicht wegen dieses Ruhms, sondern weil ihr Instinkt ihr sagte, dass zwischen ihm und dem verstorbenen Besitzer von Thorpe eine große Liebe bestanden hatte. Als sie dem Blick der humorvollen, müden Augen nicht mehr begegnete und die angenehme Stimme, die leichthin sprach, verstummte, konnte sie die müde Seele des Mannes in seinem Gesicht sehen. Ein tragisches Gesicht, tragisch, weil es sowohl kraftvoll als auch hoffnungslos war. Er wandte sich sofort an sie und fragte: „Darf ich eine Pfeife anzünden und eine Runde trinken ? "

Ruth nickte. Sie spürte bereits ein Gefühl der Kameradschaft zwischen ihnen.

„Du wirst mich hier finden, wenn du zurückkommst", sagte sie. „Dies ist meine Stunde für die Zeitung."

Aber obwohl sie es auffaltete und ausbreitete und die Seiten dabei mit Mühe zerknüllte, wie Frauen es tun, las sie nicht von „The Railway Deadlock", von „The Victory March of the Guards" oder von „The 1000 ..." „Meilenflug mit britischem Luftschiff", alles breitete sich verlockend vor ihr aus; Sie dachte an den Mann, dem Thorpe Farm gehört hatte, den Mann, den Larry und Roger North geliebt hatten, den Mann, der für sie gelebt hatte, der ihn nie gekannt hatte, in den Wäldern und Feldern, die ihm gehört hatten.

Die ersten Abendschatten begannen sanft zu fallen; ein Schwarm Türken krächzte über den Himmel. Die Geräusche des wachen Lebens auf der Farm verstummten nach und nach.

Plötzlich kam Roger North zurück, setzte sich wieder und zog kräftig an seiner Pfeife. Auch sein kräftiges, dunkles Gesicht war voller Schatten.

„Ich bin froh, dass du diesen Ort hast", sagte er plötzlich. „Er hätte sich auch gefreut."

Und plötzlich war Ruth ermutigt und stellte die Frage, die ihr seit seinem Kommen auf den Lippen lag.

„Wirst du mir etwas über ihn erzählen?" Sie sagte. „In letzter Zeit wollte ich es unbedingt wissen. Es ist keine leere Neugier. Ich würde es nicht wagen, Sie zu fragen, wenn dem so wäre. Und nur jemand , der sich darum kümmert, kann mir sagen, was ich wissen möchte. Denn – ich weiß nicht genau, wie ich es erklären soll – aber ich scheine sozusagen Kontakt mit dem Geist des Mannes aufgenommen zu haben, der diesen Ort geschaffen und geliebt hat. Zuerst fragte ich mich nur immer wieder, warum er dies oder das getan hatte, ob er mit dem, was ich tat, einverstanden wäre. Aber in letzter Zeit habe ich

– oh, wie soll ich das erklären? – das Gefühl, dass ich ihn wahrnehme. Ich *weiß* auf seltsame Weise, was er tun würde, wenn er noch hier wäre. Und wenn ich etwas umgesetzt, eine Änderung oder Verbesserung vorgenommen habe, weiß ich, ob er zufrieden ist. Natürlich gehe ich davon aus, dass es für Sie ziemlich verrückt klingt. Es ist nicht einmal so, als ob ich ihn gekannt hätte –"

Sie sah North entschuldigend an.

„Meine liebe Dame", sagte North sanft, „es ist ganz einfach zu erklären. Sie lieben den Ort sehr, das ist leicht zu sehen, und Sie haben sofort gemerkt, dass der Vorbesitzer ihn auch geliebt hat. Beweise dafür gab es überall. Und wenn man Verbesserungen vornahm, war es ganz natürlich, dass man sich fragte, was er getan hätte. Es braucht nur ein wenig Fantasie, um das Gefühl zu erzeugen, dass er sich darüber freut, dass Ihre Verbesserungen ein Erfolg waren."

Ruth lächelte.

"Ja, ich weiß. Es klingt sehr natürlich, wie Sie es ausdrücken. Aber, Herr North, es ist mehr als das. Wie soll ich es erklären? Mein Geist steht irgendwie mit einem anderen Geist in Kontakt. Es ist wie eine bewusste und ruhige, mühelose Telepathie. Gedanken, Gefühle, sie wechseln zwischen uns ab, ohne dass Worte nötig wären. Es ist ein anderer Geist als meiner, der denkt: „Dieses Jahr wird es besser sein, dieses Feld in Luzern niederzulegen", während ich an Hafer gedacht hatte. Aber ich fange den Gedanken auf, und könnte er meinen nicht auch fangen? Genauso fühle ich, wenn er zufrieden ist; das ist das Sicherste von allem."

Roger North schüttelte den Kopf.

„Eine solche Telepathie wäre möglicherweise möglich, wenn er noch am Leben wäre", sagte er. „In dieser Hinsicht können wir noch viel lernen. Aber es gab keinen Zweifel an seinem Schicksal. Er wurde sofort in Albert getötet."

„Sie halten eine Kommunikation nach dem Tod nicht für möglich?"

Es gab eine Pause, bevor North antwortete.

„Die Wissenschaft hat keine Beweise dafür."

„Ich konnte nicht umhin, mich zu fragen", sagte Ruth schüchtern und spürte sozusagen nach ihren Worten, „ob diese Methode, mit der mir offenbar zu vermitteln scheint, was er über Thorpe denkt oder wünscht, möglicherweise nicht die Methode ist, die bei manchen zur Kommunikation verwendet wird." andere Ebene am Ort der Rede. Finden Sie, dass Worte keineswegs ein besonders gutes Medium sind, um unsere Gedanken auszudrücken?"

„In der Tat sehr unzureichend", stimmte North zu. Während er sprach, stand er auf und ging hinter ihr her, angeblich um die Asche aus seiner Pfeife gegen das Fensterbrett zu stoßen. Als er zu seinem Stuhl zurückkam, setzte er das Gespräch nicht fort.

„Sie haben mich gebeten, Ihnen etwas über meinen Freund Dick Carey zu erzählen", sagte er, als er sich setzte. „Und auf jeden Fall gibt Ihnen das, was Sie mir erzählt haben, meiner Meinung nach das Recht, danach zu fragen. Es gibt nicht viel zu erzählen. Wir waren zusammen in der Schule und am College. Kartause und Trinity. Und bis zu meiner Hochzeit haben wir ein gutes Stück zusammen durch die Welt gereist. Dann nahm er Thorpe und widmete sich der Landwirtschaft. Er liebte den Ort, wie Sie herausgefunden haben. Und er liebte alle Tiere und Vögel. Ein wunderbarer Kerl im Umgang mit Pferden, aber auch auf anderen Gebieten clever, was nicht immer der Fall ist. Ein großartiger Leser und ein bisschen ein Musiker. Er ging mit Kitcheners ersten Hunderttausend nach Frankreich und erlebte zwei Jahre dieser Hölle. Er war weder ausgezeichnet noch wurde er in Depeschen erwähnt, aber ich sah die Männer, die er befehligte, die er betreute und mit denen er kämpfte. Sie wussten. Sie wussten, was einer von ihnen als „das großartigste Beste" von ihm bezeichnete. Nun ja! Ich nehme an, er war wie viele andere, die wir da draußen verloren haben, aber als er starb, war es für mich, als wäre ein Licht erloschen und die ganze Welt wäre ein dunklerer Ort."

„Danke", sagte Ruth ganz einfach, doch die Worte sagten viel.

Es entstand eine kurze Pause, dann fügte er hinzu:

„Er verlobte sich mit meiner Tochter, kurz bevor er getötet wurde."

"Ah!" Der kleine Ausruf enthielt eine Welt voller Schmerz und Mitleid.

Er war froh, dass sie nicht das übliche „arme Ding" hinzufügte, und möglicherweise meldete er sich deshalb freiwillig weiter. „Sie hat seitdem geheiratet, aber ich bezweifle, dass sie darüber hinweggekommen ist."

Es dauerte einige Zeit, bis einer der beiden wieder sprach. Dann sagte Ruth fast schüchtern: „Da ist noch etwas. Das Butterblumenfeld ? Ich kann es nicht ganz verstehen. Das ist schlechte Landwirtschaft, dieses Feld. Das einzige bisschen schlechte Landwirtschaft hier."

„Du hast es nicht erraten?"

"NEIN." Ruth sah ihn an, den Kopf leicht schief, die Stirn verwirrt.

„Er hat es wegen seiner Schönheit behalten", sagte North. „Es ist ein wunderbares Stück Farbe , wissen Sie, dieses Blattgold", fügte er fast entschuldigend hinzu, als Ruth einen Moment lang nicht antwortete.

Aber sie hat sich innerlich selbst in den Hintern getreten.

"Natürlich!" rief sie aus. „Wie völlig dumm von mir. Ich hätte es verstehen sollen. Wie absolut dumm von mir. Ich habe nie darüber nachgedacht, was er sich aus dieser Sicht wünschen würde. Ich habe einfach versucht, eine gute Landwirtschaft zu betreiben. Und ich liebe dieses Feld auch wegen seiner Schönheit. Betrachten Sie es im westlichen Sonnenlicht vor der Maihecke.“

„Bei den Maihecken war es genauso“, sagte North. „Ein Kerl, der hierher kam, um Schweine zu kaufen, sagte, sie sollten abgeholzt werden, sie seien Landverschwendung. Er wollte Geländer. Er hielt den alten Dick für verrückt, als er sagte, er hätte etwas Wertvolles daraus gemacht, und zwar zum Anschauen, und zwar ein gutes Preis-Leistungs-Verhältnis.“

„Ich wusste nicht, dass die Hecken Land verschwenden“, sagte Ruth. „Aber ich hätte vielleicht die Butterblumen gerodet.“

Sie sah so aufrichtig verzweifelt aus, dass North lachte.

„Lassen Sie sich von dieser Idee nicht auf die Nerven gehen“, sagte er freundlich. „Glauben Sie mir, es ist wirklich nur das, was ich gesagt habe, und machen Sie sich darüber keine Sorgen. Ich freue mich jedoch, dass Ihnen der Ort so gut gefällt. Es hätte wehgetan, wenn es verdorben oder vernachlässigt worden wäre, oder wenn hier jemand gelebt hätte, der – verunstaltet hätte. Ehrlich gesagt hatte ich tatsächlich Angst, hierher zu kommen; Ich konnte es nicht ertragen. Aber jetzt“ – er hielt inne und beendete den Satz dann bewusst – „ bin ich froh.“

„Danke“, sagte sie noch einmal auf ihre ruhige, einfache Art, und eine Weile saßen sie schweigend da. Die Wärme war immer noch großartig, die Stille perfekt, bis auf das gelegentliche schläfrige Zwitschern eines Vogels in seinem Nest.

Seit Dick Careys Tod hatte er sich noch nie so ruhig gefühlt. Die Last des Schmerzes schien von mir zu fallen. Die Bitterkeit und der Groll ließen nach. Er hatte das Gefühl, wie so oft in den alten Tagen, als er aus irgendeinem Kummer oder Kummer oder Kummer in der Außenwelt oder in seinem eigenen Zuhause zum Frieden auf der Farm, zu Dicks Lächeln, zu Dicks Verständnis gelangt war. Fast schien es, als wäre er nicht tot, nie verschwunden. Und er dachte zum ersten Mal seit dem Eintreffen dieses Telegramms an seinen Freund, ohne Angst vor Schmerz oder Sehnsucht, dachte an ihn wie früher, als der Morgen oder zumindest die nächste Woche bedeutete, dass er ihm die Hand drückte , sein „Hallo, alter Roger“ und der Inhalt, der zur bloßen Anwesenheit von nur ein oder zwei Menschen auf unserer Reise durch das Leben gehört.

Er machte klugerweise keinen Versuch, das Warum und Warum zu analysieren . Er erinnerte sich voller Dankbarkeit daran, dass er die Nachricht zu Hause hinterlassen hatte, dass er vielleicht zu spät kommen würde, und saß einfach ununterbrochen da, während Frieden und Heilung wie Tau auf ihn niederfielen.

Und diese ganz wunderbare Frau hat nie versucht, ein Gespräch zu führen oder sich um bewegte Dinge zu kümmern. Sie saß einfach da und blickte auf die Frühlingswelt, wie ein Kind ein fesselndes Stück betrachtet.

Sie hatte keine Schönheit und hätte auch nie eine Schönheit haben können, weder hinsichtlich ihrer Gesichtszüge noch ihrer Hautfarbe , nur schlanke Gliedmaßen, eine gewisse Haltung, einen kleinen Kopf, kleine Hände und Füße und ein Licht, das hinter ihren festen Augen schien. Eine Seele, die sich wundert und anbetet, leuchtet sogar in unserer Dunkelheit. Sie vermittelte den Eindruck von Stärke und Ruhe . Ihre Stille erweckte ihn schließlich, und er drehte sich zu ihr um.

Sie begegnete dem Blick mit reinster Freundlichkeit.

„Ich hoffe, dass Sie mich jetzt, da ich den Schritt gewagt habe, ab und zu hierher kommen lassen", sagte er; „Irgendwie glaube ich, dass wir Freunde werden."

„Ich glaube, wir sind bereits Freunde", sagte sie lächelnd, „und ich bin sehr froh. Ein oder zwei der Nachbarn haben mich angerufen und zu Teepartys eingeladen. Aber ich habe ein so anderes Leben geführt. Abgesehen von denen, die Landwirtschaft betreiben oder im Garten arbeiten, haben wir nicht viel gemeinsam."

„Du hast immer auf dem Land gelebt?" er hat gefragt.

"Ach *nein* !" Sie lachte und sah ihn amüsiert an. „Ich habe mein ganzes Leben bis zu meinem siebzehnten Lebensjahr in Parson's Green verbracht und danach bis zum Kriegsausbruch in einer kleinen Straße hinter der Tottenham Court Road. Und dann war ich vier Jahre lang in Belgien und Nordfrankreich und habe gekocht."

"Du lieber Himmel! Und die ganze Zeit war es das, was du wolltest!"

„Ja, das war es, was ich wollte. Ich wusste es nicht. Aber das war es. Und denken Sie an das Glück, es zu bekommen!" Sie sah ihn triumphierend an. „Das unglaubliche Glück! Ich habe das Gefühl, ich müsste im übertragenen Sinne die ganze Zeit auf den Knien liegen und danken."

„Natürlich", sagte Roger North langsam. „Das *ist* deine mentale Einstellung. Kein Wunder, dass Sie ein so ungewöhnlicher Mensch sind. Und wie steht es mit den vergangenen Jahren?"

„Manchmal frage ich mich", sagte sie nachdenklich, „da ich natürlich hierhergekommen bin, ob nicht jeder Teil unseres Lebens definitiv und mit einem bestimmten Zweck eingerichtet ist, um uns auf den nächsten Teil vorzubereiten." Es würde sowohl in schlechten als auch in guten Zeiten ein wenig helfen, wenn man wüsste, dass es so ist, finden Sie nicht?"

„Das glaube ich", antwortete Roger North vage, wie Ruth bald herausfand, wie es seine Art war, wenn man ihn zu solchen Dingen befragte. „Ich wünschte, du würdest mir etwas über dich erzählen. Welche Linie Sie vertreten haben, würde mich wirklich sehr interessieren. Und es ist auch keine leere Neugier."

Es herrschte ein wenig Stille.

„Ich möchte es Ihnen sagen " , sagte sie schließlich.

Doch tief in ihrem Kopf war ihr bewusst, dass auch jemand anderes Interesse hatte, und dass es dieser andere war, dem sie am liebsten davon erzählen wollte.

KAPITEL II

Ruth Seers Vater war Geistlicher der Kirche von England gewesen und hatte ein kurzes Leben damit verbracht, in den Augen seiner Familie – einer verwitweten Mutter und einer älteren Schwester – unglaublich dumme Dinge zu tun.

Zunächst vertrat er offen Ansichten, die damals als extrem galten, und entfremdete damit hoffnungslos den Gönner des bequemen Lebens, auf den das Auge seiner Mutter gerichtet war, als sie ihn in seinem Wunsch, die Priesterweihe zu empfangen, bestärkte.

„Als ob angezündete Kerzen und Blumen auf dem Altar und dergleichen zwei Messingpfennig zählten, wenn 800 Pfund im Jahr auf dem Spiel standen", jammerte Mrs. Seer zu einem mitfühlenden Freund.

Dann verliebte sich Paul Seer und heiratete prompt die Musiklehrerin der örtlichen High School for Girls. Sie war bezaubernd hübsch und hatte das Temperament eines Engels, und es gelang ihnen, mit dem Gehalt seines Pfarrers von 120 Pfund pro Jahr das zu sein, was Mrs. Seer in einem Zustand des Halbverhungerns als „wahnsinnig glücklich" bezeichnete.

Mit größtmöglicher Geschwindigkeit bekamen sie drei Kinder.

Dass die beiden bei der Geburt starben, betrachtete Frau Seer als direktes Zeichen einer barmherzigen Vorsehung.

Die arme Dame, sie hatte so viele Jahre lang um ein winziges Einkommen gekämpft, ein Einkommen, das kaum für eine Person ausreichte, die für drei Personen sorgen musste, ganz zu schweigen von der Ausbildung des Jungen durch Wohltätigkeitsorganisationen, dass es kein Wunder war, wenn Herz und Verstand, Die anfängliche Enge war völlig von der Abwägung von Mitteln und Wegen bestimmt.

Und da die Welt so arrangiert ist, dass Mittel und Wege im Leben der meisten Menschen ungerechterweise eine große Rolle spielen und, sogar gegen ihren Willen, fast alles andere im Vergleich dazu auslöschen, war es vielleicht auch eine barmherzige Vorsehung, die den jungen Pfarrer und seine kleine Frau dazu brachte Selbst innerhalb einer Woche voneinander, während der ersten Influenza-Epidemie. Sie können nicht sehr hart arbeiten und nicht genug Essen oder Wärme bekommen und sich gleichzeitig gegen den Influenza-Unhold behaupten, wenn er es ernst meint. Im Alter von drei Jahren schluckte das Benevolent Clergy's Orphanage, Parson's Green, London, SE, Ruth Courthope Seer. Eine winzige Gestalt, ganz in Kohlenschwarz gekleidet, in einer Welt, die ihr wie eine kohlschwarze Welt vorkam. Viele

Jahre lang verschlang Ruth in Zeiten der Depression das Gefühl einer alles durchdringenden Schwärze und kämpfte mit ihr noch nie so heftig.

Als sie lange nachdem sie es verlassen hatte, gefragt wurde, wie das Waisenhaus sei, antwortete sie sofort und ohne nachzudenken:

„Es war ein hässlicher Ort."

Das war das Adjektiv, das für sie alles darin und das Leben, das sie dort führte, abdeckte. Es war hässlich.

Die Matrone war die Witwe eines Pfarrers der Low Church. Eine würdige Frau, die das Leben als ein Jammertal, die Menschen als elende Sünder und Freude und Schönheit als deutliches Zeichen des Tieres betrachtete.

Sie erfüllte ihre Pflicht gegenüber den Waisen entsprechend dem Licht, das sie besaß. Sie wurden ausreichend ernährt und warm und sauber gehalten. Sie lernten die drei R's, Nähen und Hausarbeit. Auch um „ein Stück" auf dem Klavier zu spielen und ein bisschen britisches Französisch. Das Waisenhaus ging damals noch davon aus, dass nur drei Berufe für „gebürtige Damen" offen standen. Sie müssen entweder eine Gouvernante, eine Begleiterin oder eine Krankenhauskrankenschwester sein.

Die Matrone lehrte die Tugenden der Dankbarkeit, des Gehorsams und der Zufriedenheit sowie zwei wichtige Gebote: „Du musst dich dem Willen Gottes beugen" und „Du musst dich wie eine Dame benehmen."

„Der Wille Gottes" schien alles Unangenehme zu verkörpern, was einem passieren konnte; und Ruth stellte es sich in den Anfängen des dämmernden Denkens immer als eine große purpurschwarze Sturmwolke vor, die in den unerwartetsten Augenblicken über alle und jeden herabstieg und vor der der Staub wehte und die Bäume sich doppelt und menschlich neigten Die Wesen wurden wie mit einem Dreschflegel zerstreut. Und in Ruths Augen war die Sturmwolke besonders schrecklich, weil sie nicht von Regen begleitet wurde.

Was das zweite Gebot betrifft, so elektrisierte sie eines Tages, als das Denken noch weiter voranschritt und sie anfing, die Dinge zu durchdenken, das ganze Waisenhaus, als sie wegen undamenhaftem Verhalten zurechtgewiesen wurde, indem sie aufstand und bestimmt, aber höflich sagte: „Bitte, Matrone." , ich möchte keine Dame sein. Ich möchte ein kleines Mädchen sein."

Aber die meiste Zeit über war sie ein schweigsames Kind und machte wenig Ärger.

Zweimal im Jahr kamen eine strenge Dame, bekannt als „deine Großmutter ", und eine jüngere, weniger strenge Dame, bekannt als „deine Tante

Amelia", um sie zu besuchen, und sie hofften immer, sie sei „ein gutes Mädchen".

Dann hörte Tante Amelia auf zu kommen, denn sie war nach Indien gegangen, um zu heiraten, und „deine Großmutter " kam allein. Und dann starb Großmutter und kam in den Himmel, und niemand kam mehr, um Ruth zu sehen. Es kam nur ein Paket, ein Ereignis, das in Ruths düsterem kleinen Dasein bisher unbekannt und von ungeheurem Interesse war. Es enthielt den ersten Schuh eines Babys, eine goldene Haarlocke in einem winzigen Umschlag mit der Aufschrift „Paul, 2 Jahre alt" in spitzer Schrift, einen Brief in unregelmäßiger runder Handschrift, der mit „Meine liebe Mama" begann, und einen weiteren Brief mit ordentlichem Kupferblechanfang „Meine liebe Mutter" und ein farbenfrohes Bild des Heiligen Georg, der den Drachen angreift, signiert „Paul Courthope Seer", mit dem Datum in der spitzen Schrift hinzugefügt.

Erst viele Jahre später verstand Ruth das Pathos dieses Pakets.

Als sie siebzehn war, fand das Komitee eine Stelle für sie als Gesellschafterin einer Dame. Die Matrone empfahl sie als geeignet für die Position, und das Komitee teilte ihr bei der feierlichen Gelegenheit, als sie vor ihnen erschien, um ihre Abschiedsgrußworte vom Vorsitzenden entgegenzunehmen, mit, dass sie großes Glück hatte, eine Stelle in einem christlichen Haushalt zu finden, wo Sie würde nicht nur jeden Komfort, sondern sogar jeden Luxus haben.

So begab sich Ruth in ein großes und reich möbliertes Haus, in dem die Fenster jeden Tag nur eine halbe Stunde geöffnet waren, während die Diener die Räume aufräumten, und in dem es daher nach den Körpern der darin lebenden Menschen roch. Jeden Tag, außer sonntags, fuhr sie mit einer alten Dame in einem Brougham, wobei beide Fenster geschlossen waren. An schönen, warmen Tagen ging sie mit einer alten Dame auf ihrem Arm hinaus. Jeden Morgen las sie die Zeitung laut vor. Zu anderen Zeiten lernte sie heruntergefallene Maschen beim Stricken, spielte Halma oder las einen Roman von Autoren wie Rhoda Broughton oder Mrs. Hungerford vor.

Man kann sich kaum ein Buch vorstellen, das weniger darauf ausgelegt ist, eine heilsame Wirkung auf ein junges Mädchen zu haben, das nie mit einem Mann unter fünfzig gesprochen hat, und das, wenn auch nur selten.

Wenn ein Tier im Haus gewesen wäre oder ein Garten darum herum gewesen wäre, hätte Ruth vielleicht länger gekämpft. Nach drei Monaten erwies sie sich jedoch als eine der wenigen Versagerinnen des Waisenhauses, kündigte, ohne das Komitee auch nur zu konsultieren, und nahm eine Stelle als Verkäuferin bei einem Antiquariat in einer kleinen Seitenstraße an die

Tottenham Court Road. Und hier blieb und arbeitete Ruth siebzehn Jahre – genauer gesagt, bis zum Jahr des Ersten Weltkriegs, 1914.

Das Komitee interessierte sich nicht mehr für sie, und ihre Tante Amelia, die noch in Indien war, hörte zu Weihnachten auf zu schreiben, und Ruths letzte schwache Bindung zur Welt ihres Vaters wurde unterbrochen.

Es war ein seltsames Leben für ein Mädchen in der kleinen Buchhandlung, aber auf jeden Fall hatte sie ein gewisses Maß an Freiheit erlangt, sie hatte sich von der Last ihrer Ladyschaft befreit und in einigen bemerkenswerten Richtungen wurde ihre ausgehungerte Intelligenz gestärkt.

Ihr Meister, Raphael Goltz, entstammte der am meisten verachteten Rassenkombination; er war ein deutscher Jude und besaß die vereinte Intelligenz beider Rassen.

Er hatte den Kopf eines Apostels Michael Angelos auf dem seltsamen käferförmigen Körper des typischen Juden. Er war unglaublich gemein und ziemlich schmutzig, und er hatte drei Leidenschaften: Bücher, Musik und Essen.

Als er in seiner neuen Assistentin eine Liebhaberin der beiden ersten und eine weit über dem Durchschnitt liegende Intelligenz entdeckte, brachte er ihr bei, wie und was man lesen und nicht unwürdig großartige Musik spielen und singen sollte. Was die dritte betrifft, so lehrte er sie in seinem eigenen Interesse, eine Köchin von höchster Qualität zu sein.

Und im Großen und Ganzen war Ruth nicht unglücklich. Manchmal sah sie ihrer Einsamkeit ins Gesicht, und die langen Jahre trafen sie wie Steine. Manchmal rief ihre sterbende, langsam sterbende Jugend in den Nachtwachen nach ihr, und sie zählte die Stunden der grauen vergangenen Jahre, Stunden um Stunden, in denen nichts von der Jugendfreude und Liebe vorhanden war . Aber größtenteils erstickte sie diese Gedanken mit fester Hand. Sie hatten nichts zu gewinnen, denn es gab nichts zu tun. Eine ungeschulte Frau, ohne Geld und Leute, muss nehmen, was sie bekommen kann, und dankbar sein.

Sie las viele der weisesten und schönsten Bücher der Welt, hörte Musik aus Meisterhand und interessierte sich für ihre geschickte Küche. Im Laufe der Jahre überließ ihr der alte Goltz das Geschäft mehr und mehr und verbrachte seine Zeit in seinem kleinen Hinterzimmer, umgeben von seinen geliebten Erstausgaben, die er inzwischen besser nicht zum Verkauf anbieten sollte, und zeichnete die Musik der Sphären von seinem wunderbaren Bluthner-Klavier und stetig rauchend. Er gab Ruth oben ein eigenes Wohnzimmer und erlaubte ihr, die beiden kleinen Hunde Sarah und Selina aufzunehmen. Samstagnachmittags und sonntags fuhr sie mit dem Zug aufs Land und wanderte mit ihnen kilometerweit durch die Welt, die sie liebte.

Und dann, als es schien, als würde das Leben ewig so weitergehen, kamen die atemlosen Tage vor dem 4. August 1914, jene Tage, in denen die ganze Welt wie auf Zehenspitzen auf den Trompetenton wartete.

Ah, gut! Da war etwas von dem Wunder und der Herrlichkeit des Krieges, von dem wir gelesen hatten, damals – bevor wir es wussten – ja, bevor wir es wussten! Der Signalhornruf – das Trampeln bewaffneter Männer – der Glanz des Sieges und großer Taten – und auch des Opfers – des Opfers. Die Liebe zum eigenen Land wurde plötzlich sozusagen konkret. Nur für eine Weile, jedenfalls dachte niemand an sich selbst oder an persönlichen Profit. Persönlicher Ruhm vielleicht, was eine bessere Sache ist. Jeder steht bereit. "Senden Sie mir."

Die Welt fühlte sich sauberer und reiner an.

Es war eine wundervolle Zeit. Vielleicht zu wunderbar, um von Dauer zu sein. Aber die Markierungen bleiben bestehen. Wir haben es jedenfalls gewusst. Wir haben weiße Präsenzen auf den Hügeln gesehen. Wir haben die Stimmen der ewigen Götter gehört.

Das größte Verbrechen der Geschichte. Ja. Aber in diesen ersten Tagen wurden wir mit feineren Themen berührt.

Und dann wachte auch Raphael Goltz auf. An den heißen Augustabenden redete er mit Ruth, anstatt zu schlafen. Sogar sie war erstaunt darüber, was der alte Mann wusste. Er hatte jahrelang Außenpolitik studiert. Er wusste, dass die Ursache des Krieges weiter zurück lag, viel weiter zurück, als den Menschen bewusst war. Er sah die Dinge aus einem weiten Blickwinkel. Er war ein deutscher Jude von Blut und Geist, von Natur aus Jude, aber England war immer seine Heimat gewesen. Dass er sie sehr liebte, hatte Ruth nach diesen Abenden nie mehr im Zweifel.

Er hätte jedoch nie gedacht, dass es zum Krieg kommen würde. Es schien ihm unmöglich. „Es wäre eine Schande", sagte er.

Und dann kam es. Ich war schockiert und gleichzeitig auch mit einem seltsamen Gefühl der Hochstimmung verbunden. Männer, die seit ihrer Kindheit hinter Theken gestanden und auf Bürohockern gesessen hatten, streckten sich, während das Blut ihrer kämpfenden Vorfahren in ihren Adern pulsierte. Sie waren immer noch die Söhne von Männern, die mit Drake und Frobisher auf Reisen gegangen waren, von Männern, die die sieben Meere bereist hatten, große Kämpfe gekämpft, fremde Länder gefunden und einen tapferen Tod gestorben waren, in den Tagen, als ein großes Abenteuer möglich war alle. Auch für sie war, fast unvorstellbar, die Chance gekommen, den grau eintönigen Tagen zu entfliehen, die ihnen vorkamen, als wären sie „gestern zurückgekehrt"; Auch für sie war das große Abenteuer möglich. Der Junge, der unter Ruths Aufsicht Fensterläden herunternahm, Stiefel, Messer und Fenster reinigte, den Boden fegte und Besorgungen machte, war einer der ersten, der ging und sein Alter um zwei Jahre fälschte, und es war der alte Raphael Goltz, ein deutscher Jude, der schon in diesen ersten Tagen den Krieg als das Verbrechen aller Zeiten kannte.

Ruth war die nächste, und er half ihr auch; Während die Behörden Fachkräfte ablehnten und kaltes Wasser in Eimern auf die Männer und Frauen schütteten, die in diesen ersten Tagen Schulter an Schulter zu jedem Opfer bereitstanden, besorgte der alte Raphael Goltz, der den Wert von Ruths Kochkünsten und körperlicher Gesundheit kannte, ihr das Geld um ihre Dienste kostenlos anzubieten – der alte Raphael Goltz, der über so viele Jahre hinweg so unglaublich gemein gewesen war. Er mochte Hunde grundsätzlich nicht, dennoch kümmerte er sich in ihrer Abwesenheit um Sarah und Selina. Zu Ruths weiterem Erstaunen stellte er sie auch den führenden Autoritäten in Paris vor, die sie freudig willkommen hießen und sie sofort in ein Estaminet hinter den Linien in Nordfrankreich schickten.

Etwas von ihrer Kindheit im Waisenhaus und von den langen Jahren mit Raphael Goltz, erzählte Ruth North, als sie in der Wärme und Stille des Maiabends zusammensaßen, aber über die Jahre in Frankreich sprach sie wenig. Sie hatte dort unaussprechliche Dinge gesehen. Die Erinnerung an sie war fast unerträglich. Es waren Dinge, an die sie nicht denken wollte. Es gab auch schöne und wundervolle Dinge, die zu diesen Jahren gehörten. Aber es war noch unmöglicher, von ihnen zu sprechen. Sie trug das Zeichen von beiden, dem Schrecklichen und dem Schönen, in ihren festen Augen. Außerdem wusste jemand anderes, der auch interessiert war, der sicherlich – das Bewusstsein war nicht zu übersehen – auch interessiert war, alles darüber. Und plötzlich wurde ihr klar, dass dieses gemeinsame Wissen über Leben und Tod auf ihrem Höhepunkt ebenso eine Verbindung darstellte wie die Liebe zu Thorpe, und sie hielt in ihrer Erzählung inne und saß ganz still da.

"Und dann?" sagte North nach einer Weile.

„Ich war zwei Jahre dort draußen, ohne beim ersten Mal nach Hause zu kommen. Es schien keinen Grund für mich zu geben, nach Hause zu kommen, und ich wollte nicht gehen. Es gab immer so viel zu tun und man fühlte sich nützlich. Es war wirklich egoistisch von mir, aber ich habe irgendwie nie gemerkt, dass Raphael Goltz sich darum kümmerte. Dann bekam ich schlechte Nachrichten von ihm. Erinnern Sie sich an die Zeit, als der Mob die Geschäfte mit deutschen Namen verwüstete? Nun, er war einer von ihnen. Also bekam ich Urlaub und kam zu ihm zurück. Es war sehr traurig. Der alte Laden war in Trümmer gefallen, seine Bücher waren auf die Straße geworfen und viele verbrannt worden, und das Klavier, sein wunderschönes Klavier, war völlig kaputt und nicht mehr zu reparieren. Ich fand ihn oben auf dem Dachboden, zusammen mit Sarah und Selina. Er hatte sie irgendwie für mich aufbewahrt. Er weinte, als ich kam. Er war sehr alt, wissen Sie, und er hatte den Krieg genauso stark gespürt wie jeder von uns."

Ihre Augen waren voller Tränen und sie hielt einen Moment inne, um ihre Stimme zu beruhigen. „Er hegte keine Bosheit, und drei Tage nach meiner Rückkehr starb er und stammelte den alten Schrei: ‚Wir hätten Freunde sein sollen.'

„Es hieß immer: ‚Wir hätten Freunde sein sollen', und einmal sagte er: ‚Gemeinsam hätten wir die Welt neu erschaffen können.' Er hinterließ mir alles, was er hatte, über 60.000 Pfund. Ihm schulde ich Thorpe." Ihre Augen leuchteten durch die Tränen darin.

"Kommen! und lass es mich dir zeigen", sagte sie und schien ihm fast aus seinem Stuhl zu helfen, dann führte sie ihn, immer noch seine Hand haltend, durch die Tür hinter ihnen, den Flur entlang in die Eingangshalle. Hier blieb er stehen, und ohne die überzeugende Hand wäre er zweifellos nicht weitergekommen. Aber der sanfte, feste Griff hielt, und etwas darin, eine Kraft von außen zog ihn hinter ihr her in das Zimmer, das einst seinem Freund gehörte. Ein geräumiger, freundlicher Raum mit breiten Fenstern nach Süden und Westen, der gerade vom Licht eines wolkenlosen Sonnenuntergangs erfüllt ist.

Und der gefürchtete Moment hatte nichts zu befürchten. Es wurde nichts geändert. Nichts wurde verdorben. Er hatte etwas erwartet, was ihm, vielleicht unvernünftig, aber unkontrollierbar, wie ein Sakrileg vorgekommen wäre; Stattdessen stellte er fest, dass es ein Zufluchtsort war. Zufluchtsort für die für ihn vernichtete Persönlichkeit, die die besten Jahre seines Lebens begleitet hatte.

Dick hätte jeden Moment zurückkommen und sein Zimmer vorfinden können, das auf ihn wartete, so wie es an vielen Frühlingsabenden wie diesem gewartet hatte. Sein geräumiger Sessel stand noch immer am Fenster. Der große, unordentliche Schreibtisch mit seinen vielen Schubladen und Fächern an seiner Stelle. Das Klavier, auf dem er immer saß und seltsame Musikstücke nach Gehör spielte.

„Aber es ist doch alles das Gleiche", sagte er und stand wie ein Mann im Traum da, als Ruth seine Hand unter die Schwelle fallen ließ.

„Mir wurden die Möbel zum Haus angeboten", sagte sie, „und als ich dieses Zimmer sah , hatte ich das Gefühl, dass ich es genau so haben wollte, wie es ist." Davor hatte ich allerlei Ideen im Kopf, wie ich mich einrichten würde! Aber das hat mich gereizt. Der Raum strahlt eine Atmosphäre von Weite, Behaglichkeit und Frieden aus, die ich nicht stören könnte. Und jetzt bin ich sehr froh, denn ich spüre, dass er zufrieden ist. Natürlich sind seine persönlicheren Dinge weggefallen und ich habe ein paar eigene Dinge hinzugefügt. Schauen Sie, das ist es, wozu ich Sie mitgebracht habe."

Sie zeigte auf das Westfenster, wo ein exquisit geschnitzter und vergoldeter Tisch ausländischer Handwerkskunst stand, der für ihn neu war, und darauf eine brünierte Bronzelampe brannte, deren Flamme selbst im grellen Schein der untergehenden Sonne klar und hell war. Neben der Lampe stand eine Glasvase, sehr schön in Form und Klarheit, gefüllt mit weißen Rosatönen.

North durchquerte den Raum und betrachtete interessiert die Lampe.

"Was bedeutet das?" er hat gefragt.

„Es ist ein Brauch der orthodoxen Juden. Wenn einer ihrer Angehörigen stirbt, lassen sie ein Jahr lang eine Lampe brennen. Die Flamme darf niemals erlöschen. Es ist ein Symbol. Ein Symbol des ewigen Lebens. Während des ganzen Krieges ließ Raphael Goltz diese Lampe für die Männer brennen, die nach Westen gingen. Sie sehen, es ist im Westfenster. Und jetzt halte ich es für ihn am Brennen. Glaubst du nicht, dass *es ihm* etwas ausmachen würde, obwohl mein armer alter Herr aus rassischen Gründen ein deutscher Jude *war?"*

Sie blickte besorgt zu North auf, als sie Seite an Seite vor der Lampe standen.

„Nicht Dick – schon gar nicht Dick!" sagte North. Ruth atmete erleichtert auf.

„Sehen Sie, ich weiß eigentlich nichts über ihn, außer was ich von der Farm halte, und ich wollte die Lampe hier haben."

„Nein, Dick hätte nichts dagegen. Aber du bist verrückt, weißt du, ziemlich verrückt!"

Dennoch waren seine Augen sehr freundlich, als er auf sie herabblickte.

„Ich gehe davon aus, dass es daran liegt, so sehr allein zu sein", sagte sie ruhig und bückte sich, um an den Nelken zu riechen.

„War Goltz damals ein orthodoxer Jude?" fragte North.

„Oh nein, ganz im Gegenteil. Er war überhaupt nicht orthodox. Wenn du ihn hättest kennen können!" Ruth lachte ein wenig. „Aber er hatte eine eigene seltsame Religion. Er glaubte an Schönheit und daran, dass sie eine Offenbarung von etwas sehr Großem und Wunderbarem sei, jenseits der wildesten Träume einer völlig unwissenden und blinden Menschheit. Diese Glasvase gehörte ihm. Ist Ihnen die wunderbare Form aufgefallen? Und schauen Sie jetzt, während das Licht durchscheint. Finden Sie es eine Schande, Blumen hineinzustellen? Aber ihr Duft ist der Weihrauch auf dem Altar."

„Oh, das ist die Idee, oder?" sagte North. Er sprach sehr sanft, wie man es mit einem Kind tun würde, das einem seine Schätze zeigt.

„Dieser Ort ist voller Altäre", sagte Ruth und blickte nach Westen. „Kennst du den Antrieb im kleinen Spinney? Alles ein breiter blauer Pfad aus Hyazinthen und weißen Maibäumen auf beiden Seiten."

„Oh, das ist die Idee, oder?" sagte North. Er sagte in seiner Stimme : „ Du meinst Dicks ‚Pathway to Heaven'!"

„Hat er es so genannt?"

„Er sagte, es sei so blau, dass es sein muss."

„Ja, und es scheint im Weltraum zwischen den Bäumen zu verschwinden."

„Wie ich muss", sagte North. „Ich habe Ihnen einen ungerechtfertigten Besuch abgestattet und komme erst jetzt vor dem Anzünden nach Hause."

„Du kommst wieder?" sagte Ruth, als sie durch den Garten gingen. „Ich möchte Ihnen den Standort meiner Ferienhäuser zeigen. Ich *denke,* es ist das Richtige."

„Hütten?"

„Ja, ich werde drei bauen. Mein Anwalt sagt mir, es handele sich wirtschaftlich um eine unsinnige Investition. Mein Gewissen sagt mir, dass es getan werden muss, wenn ich Thorpe richtig genießen will. Zwei Paare warten auf ihre Hochzeit, bis die Cottages fertig sind, und ein Mann arbeitet hier und seine Frau lebt in London, weil es keinen geeigneten Platz für sie gibt. Ich gebe ihm jetzt hier ein Zimmer."

North hob die Augenbrauen.

„Nimmst du jemanden promiskuitiv auf, der vorbeikommt?" er hat gefragt.

„Nun, dieser Mann hat vier Kriegsjahre durchgemacht. War Sergeant und Träger der Mons-Medaille und des DCM. Er ist von Beruf Maler und arbeitete für Baxter, der in Mentmore Court ein Billardzimmer und eine Garage einrichtet."

„ Mentmore Court?" North blickte zu dem großen weißen Haus auf dem Hügel hinüber. „Na ja, da gibt es schon ein Billardzimmer und eine Garage."

„Ich glaube, sie verwandeln das bestehende Billardzimmer in einen Wintergarten oder so etwas. Und sie haben sechs Autos, daher ist die derzeitige Garage nicht groß genug."

„Ihre Cottages werden dem Land wahrscheinlich von größerem Nutzen sein", sagte North. „Ich habe gehört, dass er sein Geld mit Leder verdient hat und sein Name ist Pithey . Kennst du ihn?"

„Nun, er fand Gefallen an meinen Shorthorns und kam letzte Woche vorbei, um zu fragen, ob ich verkaufen würde. Der Preis spielte keine Rolle. Er hatte Lust auf sie. Dann gefielen ihm einige der Möbel und er bot an, sie zu kaufen, und schließlich sagte er, wenn ich bereit wäre, „einen Gewinn aus meinem Deal" mit der Farm mitzunehmen, wäre er bereit, dafür einen hohen Preis zu verlangen."

North blieb stehen und sah sie an.

„Erfindest du es?" er hat gefragt.

Ruth brach in ein unbändiges Lachen aus.

„Als er wegging, sagte er mir, ich solle mir keine Sorgen machen. Frau Pithey *wollte* gerade vorbeikommen, aber sie war so beschäftigt gewesen, und jetzt konnten diese faulen Arbeiterhunde mindestens einen Monat lang nicht von hier weg sein."
„Und meine Frau macht mir Angst, ihn aufzusuchen", stöhnte North. „Hallo, wo ist Larry?"
„Er war gerade noch da; Ich habe ihn gesehen, kurz bevor du angehalten hast, aber ich habe ihn nie herausspringen sehen."
North rief vergeblich, bis er einen seltsamen Pfiff ausstieß, der Larry, der sichtlich widerstrebend war, ins Blickfeld brachte.
„Er will nicht mit mir kommen", sagte North. „Steig ein, Larry." Und Larry gehorchte dem gebieterischen Befehl, während Ruth den Impuls unterdrückte, ihr vorzuschlagen, ihn zu behalten.
Als das Auto langsam den Hügel hinauffuhr, drehte er sich um und legte seine schwarz-braune Samtschnauze auf die Rückseite der Motorhaube. Lange nachdem sie verschwunden waren, wurde Ruth von den wehmütigen bernsteinfarbenen Augen heimgesucht, die sie aus einer Staubwolke ansahen. Langsam ging sie durch den duftenden Abend nach Hause. Es war ein wundervoller Tag gewesen. Und sie hatte eine Freundin gefunden. Es war kein so großes Ereignis wie vor ihrer Reise nach Frankreich, aber es war auch jetzt noch ausreichend erhebend. Während sie ging, sang sie vor sich hin. Und dann fiel ihr ganz plötzlich der Mann im braunen Anzug ein. „Ich frage mich, wer er war und wohin er verschwunden ist", sagte sie sich, als sie Miss McCox' verletzten Ruf zum Abendessen beantwortete.

KAPITEL III

„Mein lieber Roger", sagte Mrs. North mit dieser eigentümlichen Perlhuhnstimme in ihrer Stimme, die sie besonders für ihren Mann bewahren durfte, „haben Sie uns nichts Interessantes zu sagen?" Seit gestern Nachmittag um vier Uhr hat dich niemand mehr gesehen. Auf jeden Fall nicht mit ihm reden."

North blickte über den wunderschön gedeckten Mittagstisch hinweg auf den schlecht gewählten Partner seiner Freuden und Sorgen, während sich die Stille, die normalerweise auf einen ihrer direkten Angriffe auf ihn folgte, auf die ihn umgebende Gesellschaft senkte.

„Ich sehe, dass Sie Larry mit zurückgebracht haben, und komme zu dem Schluss, dass Sie ihn in Thorpe gefunden haben", fuhr Mrs. North fort, „und ich nehme an, Sie haben Miss Seer gesehen. Da es strittig ist, ob wir sie besuchen oder nicht, könnten Sie sich vielleicht dazu aufraffen, uns zu sagen, was Sie von ihr halten. Ich bin sicher, Arthur würde es auch gerne hören."

"Sehr viel! Sehr viel!" sagte der schöne, engelhaft aussehende kleine Mann, der zu ihrer Rechten saß. „Thorpe war zu Lebzeiten der armen lieben Carey ein so angenehmes Haus. Es wäre ein schwerer Verlust, wenn der neue Eigentümer unmöglich wäre. Ich sehe die Veränderungen in der Nachbarschaft sehr ernst, sogar sehr ernst. Ich habe erst gestern daran gedacht, dass von unserem alten Kreis nur noch der arme alte Mentmore , die Condors und wir selbst übrig sind. Sowohl Court als auch Whitemead wurden von Neureichen gekauft, vor deren Inspektion ich wirklich Angst habe."

„Dem St. Ubes geht es vielleicht gut", warf Mrs. North ein. „Ich habe gehört, dass sie ihr Geld mit der Schifffahrt verdient haben, und St. Ubes scheint kein schlechter Ruf zu sein."

„Nein", gab Mr. Fothersley zu . "NEIN. Dennoch kann ich mich nicht erinnern, es schon einmal gehört zu haben. Es hat einen kornischen Klang. Wir müssen nachfragen. Ich nehme an, dass sie noch nicht angekommen sind, da der neue Dienstbotenflügel noch nicht fertig ist. Aber die Leute im Grange sind, fürchte ich, nicht nur Juden, sondern deutsche Juden! Was für ein *Milieu*! Und wir waren vor dem Krieg ein so glückliches kleines Paar, sehr glücklich – ja."

„Auf jeden Fall", sagte das vierte Mitglied der Mittagsgesellschaft, eine sehr schöne junge Frau, das einzige Kind und die verheiratete Tochter des Hauses, „haben sie alle eine erstaunliche Menge Geld, und ich habe keinen Zweifel daran, dass sie dazu bereit sind." ausgeben, und die deutschen Juden werden Sie meiner Meinung nach nicht in Anspruch nehmen. Was Thorpe betrifft, ist es widerlich, dass irgendjemand es haben sollte. Wie *ist* die Frau, Vater?"

„Oh, alles klar", sagte North. „Sie kümmert sich gut um den Ort und ist nicht von der gegenwärtigen Manie erfasst, Billardzimmer, Wintergärten und herrschaftliche Garagen zu bauen."

„Aber wie ist sie *?* " fragte Frau North.

„Ist sie eine Dame oder nicht? Eine Frau kann man nicht anrufen, weil sie keinen Wintergarten angelegt hat."

"Warum nicht?" erwiderte ihr Mann auf seine irritierendste Art und Weise.

„Übrigens", warf Mr. Fothersley geschickt ein, „ich habe gehört, dass Miss Seer vorhat, Cottages zu bauen. Eine Sache, die ich überhaupt nicht für wünschenswert halte."

"Warum nicht?" fragte seinen Gastgeber noch einmal.

„Wir wollen nichts dergleichen in Mentmore ", sagte Fothersley entschieden. „Es ist in gewisser Weise das perfekteste Exemplar eines englischen Dorfes auf dem Land – ich könnte sagen in England." Der Bau neuer Ferienhäuser ist nur das dünne Ende des Keils."

„Sie scheinen gesucht zu werden", sagte North und schob seinem Gast die Zigarren hin.

„Das ist Sache der Regierung", antwortete Herr Fothersley und traf eine sorgfältige Auswahl. „Und wir können zumindest hoffen, dass sie sie an geeigneten Orten aufstellen. Dem Himmel sei Dank sind die Grundstückspreise hier unerschwinglich. Es besteht jedoch die Gefahr dieser Neureichen. Sie müssen ihr Geld irgendwie ausgeben. Es kann jedoch sein, dass es nicht wahr ist. Ich habe es erst heute Morgen gehört."

„Hat sie etwas dazu gesagt, Roger?" fragte Frau North.

„Ja , sie hat es erwähnt", antwortete North knapp.

Mrs. North machte eine übertriebene Geste der Verzweiflung, während sie mit einer Zigarette kämpfte. Es war ihr nie gelungen, die Kunst des Rauchens zu erlernen.

„Wirst du uns sagen, was wir wissen wollen oder nicht?" fragte sie mit bedrohlicher Ruhe. „Raten Sie, die Frau aufzusuchen, oder nicht?"

Hier brach Violet Riversley ein.

„Wann wirst du lernen, dem Vater die Dinge ganz klar zu sagen?" Sie fragte. „Du weißt, dass er unsere Euphuismen nicht verstehen kann. Ich vermute, dass es einer der Mängel eines wissenschaftlichen Gehirns ist."

Sie nahm sich eine Zigarette und hielt sie nach Norden, um sich anzuzünden.

„Was wir wissen wollen, Vater, ist genau das. Glauben Sie, dass Miss Seer die Jagd und verschiedene andere Dinge, die uns interessieren, wahrscheinlich abonnieren wird? Wenn sie dazu noch den Wunsch hinzufügt, uns zu unterhalten, umso besser, aber die Abonnements sind das Wichtigste."

„Nein, nein, mein Lieber!" rief Mr. Fothersley zutiefst geschmerzt aus. „Das ist genau das, worüber ich mich an euch jungen Leuten von heute beschwere . Du hast nicht das Gespür für soziale Kontakte – du – –"

„Lieber Arthur", unterbrach Violet ihn rücksichtslos, „sei kein Humbug mit mir. Deine Violet kennt dich, seit sie zwei Jahre alt ist. Lassen Sie uns in unserem Familienkreis ehrlich sein. Lord Mentmore und die Kondore haben das Pithey- Volk besucht , weil Mr. Pithey sich großzügig der Jagd angeschlossen hat, und Sie und Mutter haben den Besuch gemacht, weil sie es getan haben. Übrigens werden sie uns wahrscheinlich ein ausgezeichnetes Abendessen bescheren. Ich kann nur sagen: Ich hoffe, Sie ziehen die Grenze zu den deutschen Juden, egal wie viel Geld sie haben."

„Nun, Roger", sagte Mrs. North, die während des Zeitvertreibs ihrer Tochter ihren Blick auf ihren Mann gerichtet hatte, „soll ich anrufen oder nicht? Sicherlich sind Sie die richtige Person, um mich zu beraten, da Sie Miss Seer kennengelernt haben."

North runzelte gereizt die Stirn.

„Nein, ich sollte auf keinen Fall anrufen", sagte er und erhob sich vom Tisch. „Sie *ist* eine Dame, aber Sie haben nichts gemeinsam, und ich glaube nicht, dass sie genug Geld hat, um es aus der Sicht, die Vi uns so behutsam dargelegt hat, lohnenswert zu machen. Ist das in Ordnung, Vi?"

Auch seine Tochter erhob sich und legte ihren Arm um seinen.

„Ganz gut für dich!" Sie sagte. „Und jetzt komm und rauche deine Zigarre mit mir im Garten. Arthur wird dich entschuldigen."

"Sicherlich! Sicherlich!" sagte Mr. Fothersley , der es aufrichtig mochte, dass Mann und Frau getrennt waren, und der innerlich die Notwendigkeit bedauerte, dass sie jemals zusammen sein sollten. Er erkannte den Mangel an gutem Gefühl bei der Frau, der den Ehemann so ständig verärgerte, was Fothersley selbst jedoch nicht verärgerte, weil sein eigener Geist sich tatsächlich auf derselben Ebene bewegte, da er keine höheren Ideale hegte. Er erkannte auch die entsprechende Verärgerung, die Norths völliger Mangel an sozialem Instinkt für eine Frau vom besonderen Typ seiner Frau auslöste. Hübsch, lebhaft und mit einer leidenschaftlichen Vorliebe für Kleidung, Show und Vergnügen wäre Mrs. North am liebsten jeden Tag im Jahr auf irgendeine Party gegangen oder hätte eine solche veranstaltet. Sie war eine bewundernswerte und erfolgreiche Gastgeberin, und Mr. Fothersley pflegte zu erklären, dass Mentmore ohne Mrs. North verloren wäre.

Sie waren tolle Freunde. Mr. Fothersley hatte noch nie einen Weg gefunden, eine Ehe einzugehen. Gleichzeitig genoss er die Gesellschaft der Frauen. Tatsächlich pflegte er eine platonische, wirklich platonische Freundschaft mit jeder attraktiven Frau in vernünftiger Reichweite von Mentmore. Zweifellos hatte jedoch Frau North den ersten Platz inne. Zum einen waren die Norths seine Pächter, die das Dower House auf seinem Anwesen bewohnten. Es war immer einfach, nach Westwood zu rennen und sich mit dem ein oder anderen spannenden Klatsch zu unterhalten. Beide zeigten lebhaftes Interesse an den Privatangelegenheiten ihrer Nachbarn. Violet Riversley hatte einmal gesagt, wenn es nichts Skandalöses gäbe, worüber man reden könne, würden sie etwas entwickeln, ganz nach der Mode der Zeitungen im Sommerloch. Sie liebten beide nicht das Geld, sondern die Dinge, die Geld bedeutet. Ein perfektes kleines Abendessen voller Köstlichkeiten der Saison zu bereiten, war für beide eine große Freude. Er liebte hübsche Kleidung fast genauso sehr wie sie und begleitete sie gern zu den Partys, wo sie immer der Mittelpunkt der lebhaftesten Gruppe war und vor denen North aus völliger Langeweile zurückschreckte. Sie waren sich in allen aktuellen Punkten einig, sowohl im sozialen als auch im politischen Bereich; Er holte seine Meinungen aus *der Times* und sie aus der *Daily Mail*. Er betrachtete sie als eine äußerst kluge und intelligente Frau. Außerdem hatte er volles Verständnis für ihren intensiven und dauerhaften Groll gegen ihren Mann, weil er darauf bestanden hatte, die sehr großen Geldsummen, die ihm seine wissenschaftlichen Entdeckungen von Zeit zu Zeit eingebracht hatten, für die weitere chemische Forschung aufzuwenden. Die Tatsache, dass er zusätzlich zu diesen Beträgen ein beträchtliches Einkommen aus einer florierenden Margarinefabrik bezog, die durch die Energie und den Unternehmergeist seines verstorbenen Vaters gegründet wurde, und dass sie von diesem Einkommen sicherlich den weitaus größeren Teil ausgab, tröstete sie überhaupt nicht. Sie gab viel aus, aber sie hätte durchaus mehr ausgeben können. Auch sie hätte mit vier oder fünf Autos auskommen können, auch sie hätte in verschiedene teure Richtungen expandieren und expandieren können, selbst als diese neuen *Neureichen*. Fothersley, der treu die Lehre vertrat, dass nicht nur alles, was ein Mann verdiente, sondern auch alles, was er erbte, ihm selbst und dem seiner Familie zugutekam und ausgegeben werden sollte, mit einem angemessenen Beitrag an örtliche Wohltätigkeitsorganisationen oder einer außergewöhnlichen Spende in schwierigen Zeiten, die von der Regierung genehmigt wurde Bürgermeister, war der Ansicht, dass Mrs. Norths Groll völlig natürlich war. Ein jährlicher Beitrag von, sagen wir, fünfundzwanzig Guineen für die Forschung hätte jeden möglichen Anspruch selbst auf die Philanthropie eines

Wissenschaftlers in dieser Richtung ausreichend gedeckt, und das hatte er North sogar gesagt.

Deshalb war es für Mrs. North nur natürlich, sich an ihn zu wenden, noch mehr als an ihre anderen Freunde, um Mitgefühl und Verständnis zu erbitten.

"Jetzt dort!" rief sie aus, als ihr Mann den Raum verließ. „Können Sie sich vorstellen, dass ein Mann so unangenehm und mürrisch ist? Nur weil ihm eine völlig natürliche Frage gestellt wurde. Und ich werde die Frau auf jeden Fall anrufen.“

„Nach allem, was ich gehört habe, glaube ich, dass sie durchaus möglich ist“, sagte Mr. Fothersley und zündete geschickt Mrs. Norths Zigarette an, die bereits erloschen war. „Wie Sie wissen, möchte ich mich selbst anrufen, wenn Sie lieber auf meinen Bericht warten möchten.“

"Danke schön. Aber ich kann genauso gut mitkommen. Ich werde wahrscheinlich eine Hilfe sein, und Roger sagt, sie sei eine Dame, und komischerweise weiß er es wirklich. Ich gehe davon aus, dass sie so langweilig ist wie Grabenwasser; Ich habe gehört, dass sie so etwas wie eine Gefährtin war, bevor sie zu etwas Geld kam. Aber alles muss besser sein als die Pitheys .“

Fothersleys Weinglas nachfüllte .

„Alles, was man hört, scheint sehr schlecht zu sein“, seufzte Mr. Fothersley .

„Ich könnte ihre Alltäglichkeit ertragen“, sagte Frau North, „man hat sich daran gewöhnt, heutzutage, wo man überall trifft, aber es ist die Selbstzufriedenheit des Mannes, die so überwältigend ist.“ Allerdings bin ich darauf angewiesen, dass Sie sich heute Nachmittag um ihn kümmern. Roger wird es nicht tun und Violet ist fast genauso schlimm. Ich weiß nicht, ob es dir aufgefallen ist, aber Violet versteht Rogers hässliche sarkastische Art, Dinge zu sagen, und sie scheint ihn jetzt immer gegen mich zu unterstützen.“

In ihren hübschen Augen standen Tränen, und Mr. Fothersley sah verzweifelt aus.

„Die liebe Violet war seit dem Tod der armen Carey nie mehr dieselbe“, sagte er.

Frau North stimmte zu. „Und doch, wie Sie wissen“, fügte sie hinzu, „habe ich die Verlobung nie wirklich gebilligt.“ Der arme Dick war ein Schatz — niemand konnte anders, als ihn zu mögen; Aber schließlich ließ sich die Tatsache nicht leugnen, dass er alt genug war, um ihr Vater zu sein, und außerdem ging es ihm nicht sehr gut, und aufgrund von Rogers Torheit, sein Geld so zu verschwenden, hätten wir es nicht schaffen können Violett ein großes Taschengeld. Wirklich, wissen Sie, Fred passt in jeder Hinsicht viel besser zu ihr."

„ Ganz , ganz", stimmte Mr. Fothersley zu . „Aber es besteht kein Zweifel, dass sie Careys Tod zu diesem Zeitpunkt sehr zu spüren bekam. Ich habe seitdem sicherlich einen Unterschied bei ihr bemerkt, der auch durch ihre Ehe nicht beseitigt werden konnte. Aber in der Tat scheinen alle jungen Leute seit diesem schrecklichen Krieg verändert zu sein – es fehlt – wie soll ich es sagen ? – an Zurückhaltung – an Respekt vor den Konventionen." Mr. Fothersley schüttelte den Kopf. „Ich bereue es sehr – sehr."

In der Zwischenzeit waren North und seine Tochter in den Schatten der großen Buche gewandert, die den krönenden Abschluss eines wunderschönen Rasens bildete. Der Garten war in diesem wunderbaren Mai in voller Perfektion und die Gärtner waren damit beschäftigt, vor der Nachmittagsparty den letzten Schliff zu geben. Kein Unkraut oder vereinzeltes Blatt war zu sehen. Jede Kante wurde perfekt zugeschnitten. Die drei Tennisplätze wurden neu abgesteckt, ihre Netze waren auf die exakte Höhe ausgerichtet, und auf jeder Aufschlaglinie waren sechs neue Bälle fein säuberlich angeordnet. Sofort kam Frau North heraus und sagte genau, wo jeder Stuhl und jeder Tisch hingestellt werden sollte.

Violet Riversley betrachtete die hübsche, freundliche Szene mit ihren wunderschönen goldbraunen Augen, und das Elend darin war wie ein verzehrendes Feuer. Sie war eine der Tragödien des Krieges. Sie konnte es weder ertragen noch vergessen. Mit dem guten Aussehen, dem vergnügungssüchtigen Temperament und dem hitzigen Temperament ihrer Mutter verfügte sie über viele der Fähigkeiten ihres Vaters. Von der Wiege an verwöhnt, war sie ihren eigenen Weg gegangen und hatte gierig mit beiden Händen die guten Dinge dieser Welt angesammelt, bis Dick Careys Tod ihr Leben in Trümmer gelegt hatte.

Sie war vierundzwanzig und hatte noch nie zuvor Schmerz, Kummer oder Ärger erlebt. Sie hatte immer alles gehabt, was sie wollte. Die Kummer anderer Menschen gingen an ihr vorbei. Sie hatte einfach kein Verständnis dafür. Sie war nicht großzügig, weil ihr nie klar wurde, was es bedeutet, darauf zu verzichten. Und doch mochten alle und viele liebten sie. Sie war so fröhlich und fröhlich und wunderschön.

Als sie sich von Dick Carey verabschiedete, konnte sie einfach nicht begreifen, dass er ihr genommen werden konnte, und als die Nachricht von seinem Tod kam, hatte sie leidenschaftlich und vehement gegen die Qual, den Schmerz und die Trostlosigkeit gekämpft, die damit einhergingen. Sie hatte ihn aufrichtig und wirklich geliebt, und nichts, absolut nichts schien übrig geblieben zu sein. Es gab keine Freude mehr an irgendetwas. Das war es, was sie nicht verstehen konnte, womit sie nicht zurechtkam. Ihr konventioneller Glaube fiel von ihr ab und sie ließ ihn kampflos los. Doch ihr Glück wollte sie nicht loslassen. Sie klammerte sich wild und verzweifelt daran oder an die Illusion davon. Dick war tot, ja, und sie wollte ihn mit einem vernichtenden Hunger. Aber alles andere blieb übrig. Dinge, die sie geliebt hatte. Dinge, die sie glücklich gemacht hatten. Sie ließ sie nicht gehen.

Nach einer kurzen Zeit, in der die Teufel der Bitterkeit, des Grolls und des ohnmächtigen Zorns sie in Stücke rissen, nahm sie ihr altes Leben wieder auf, offenbar mit mehr Lebensfreude. Ihre Freunde sagten: „Violet war sehr mutig", und niemand war überrascht, als sie nach einem Jahr Fred Riversley akzeptierte und heiratete . Es war insgesamt ein passenderes Spiel als eines mit dem armen Dick Carey. Riversley war im passenderen Alter, reich, ergeben und ein guter Kerl, und wie North zu ihren besten Freunden sagte: „Violet war nie für die Frau eines armen Mannes geeignet." Nur Roger North beobachtete sie manchmal besorgt. Zuvor war sie das Kind ihrer Mutter gewesen, aber seit Dicks Tod hatte sie sich immer mehr ihrem Vater zugewandt. Etwas von seiner hartnäckigen, geduldigen Geistesstärke schien ihr klar zu werden. Etwas von dem Mut, mit dem er dem Leben entgegentrat.

Sie erinnerte sich an einen Ausspruch von ihm, als ihre Mutter ihm gegenüber in einer Ausgabenfrage so offenkundig ungerecht und verbittert gewesen war, dass sogar sie sich dafür geschämt hatte. Was auch immer die Fehler ihres Vaters waren, seine Großzügigkeit stand außer Frage. Sie war ins Arbeitszimmer gegangen und hatte versucht, es wieder gut zu machen, und er hatte sie mit seinen müden, humorvollen Augen angeschaut und gesagt:

„Meine Liebe, nichts kann dir wehtun, wenn du es nicht zulässt."

Sie betrachtete dies als eine Art Glaubensbekenntnis inmitten des Wirrwarrs von allem, was sie jemals zu glauben glaubte.

Sie ließ sich nicht verletzen, sie stürzte sich eifriger denn je in die Vergnügungen ihrer Welt. Nach ihrer Heirat gründete und leitete sie ein schickes Offizierskrankenhaus in London. Frau Riversleys Name war in vielen Ausschüssen vertreten. Sie war eine bekannte Spenderin der damals modischen Jungen- und Mädchentänze. Eine berühmte Persönlichkeit sagte, sie erinnere ihn an ein menschliches Feuer. In ihrem Körper schien ein Fieber zu herrschen, eine Unruhe, die sie nie verließ. Seit dem Ende der Feindseligkeiten hatte diese Unruhe zugenommen, und möglicherweise war sie jetzt, da andere ihre Aktivitäten einstellten, noch stärker spürbar.

Während North da saß und seine Zigarre rauchte, holte sie einen Schläger und begann, ihren Aufschlag auf dem ihm nächstgelegenen Spielfeld zu üben. Sie leistete einen schnellen, harten Aufschlag über die Hand, und North beobachtete die lange, schlanke Linie ihrer Figur und ihre exquisite Haltung, als sie ihren Schläger über ihren Kopf schwang und den Ball nach

Hause schlug. Es war irgendwie typisch für die treibende Kraft, die hinter ihrer Unruhe zu stehen schien.

sie ansah, sah er, dass ihre Maske gesenkt und ihre gequälte Seele für einen Moment bloßgelegt war.

„Es sieht alles genauso aus wie immer, nicht wahr?" Sie sagte. „Und wir müssen es irgendwie bis zum Schluss durchstehen.

„Meine Liebe", begann ihr Vater und hielt dann inne. Ein blanker, schrecklicher Schrecken vor der Leere erfasste ihn. Er zitterte im heißen Sonnenschein. Es gab nichts zu sagen. Er konnte ihr keinen Trost spenden.

„Der Himmel weiß, dass ich mein Bestes gegeben habe", sagte sie. „Ich habe geschworen, dass Dicks Tod mir nicht das Leben verderben würde. Ich habe Fred geheiratet, weil er mir alles andere geben konnte – alles außer dem Unmöglichen, und er ist ein guter Kerl." Sie hielt inne und fuhr dann wieder fort, ihre Stimme war sehr leise und dünn. „Es gibt nur eine Sache, die mir nützen würde – wenn ich diejenigen verletzen könnte, die mich verletzt haben. Dieser Gott, der das alles geschehen ließ. Ich bin nicht der einzige. Sie lehren uns, dass Gott allmächtig ist und dass er das Beste für uns tun kann. Du glaubst überhaupt nicht, dass er da ist, Vater – oh nein, das glaubst du nicht – ich bin kein Narr! Aber ich tue es, und ich sehe, wie Er zuschaut, wie alles geschieht , wie er es geschehen *lässt* , nach Plan, wie diese verdammten Deutschen zu sagen pflegten. Wenn ich ihnen nur wehtun könnte – ihnen selbst wehtun könnte. Wenn sie nur einen Hals hätten, den ich langsam – sehr langsam – mit meinen eigenen beiden Händen umdrehen könnte, würde mir das wohl gut tun."

North riss sich zusammen.

„Seit wann fühlst du dich schon so, Vi ?" er hat gefragt.

„Seitdem sie Dick getötet haben", sagte sie dumpf, als wäre das Feuer nach einem plötzlichen Flammenschlag erloschen . „Ich glaube, ich bestehe aus Hass, Vater. Es ist das Stärkste in mir. Es ist so stark, dass ich nicht mehr lieben kann. Ich glaube nicht, dass ich Dick jetzt liebe. Und Fred, manchmal hasse ich Fred, und er ist ein guter Kerl, wissen Sie."

Die Worte erfüllten North mit einem vagen, unheimlichen Entsetzen. Er rang nach normalen, alltäglichen Worten, aber für einen Moment kamen keine. Er wusste, dass das Mädchen überreizt war und unter Überanstrengung litt, aber was hatte ihn aus diesen vehementen, leidenschaftlichen Augen angeschaut?

„Schau mal, Vi", sagte er schließlich und bemühte sich, natürlich zu sprechen, „du bildest dir das nur ein. Kannst du dich nicht ein wenig anstrengen und es ein bisschen ruhiger angehen lassen? Sie übertreiben es, wissen Sie, und solche Ideen sind das Ergebnis."

„Es tut mir leid, Vater."

Sie beugte sich zur Seite, ließ ihren Kopf an seiner Schulter ruhen, suchte nach seiner Hand und hielt sie fest. Eine solche Demonstration war ihr bei ihm fremd. Als sie klein war, war eine seltsame Form der Eifersucht seitens ihrer Mutter zwischen sie geraten. Er fühlte sich schüchtern und unbehaglich.

„Ich weiß nicht, warum ich so ausgebrochen bin", fuhr sie fort. „Ich denke, es muss gewesen sein, als ich hierher zurückkam und alles so sah, wie es vor dem Krieg war. Bis heute, als ich unten war, war es so ruhig und anders, ohne Partys und nichts los. Jetzt ist es zurückgegangen, so wie alles andere zurückgegangen ist – nur dass ich es nicht kann."

„Nichts geht zurück, Liebes", antwortete North. „Es ist eigentlich für niemanden dasselbe. Nicht einmal für die ruhigen jungen Leute, die wie früher problemlos hierherkommen und spielen können. Aber es besteht immer das Interesse, weiterzumachen. Wenn wir gelitten haben, haben wir daraus zumindest Erfahrung, also Wissen, gewonnen. Und in jeder Saison gibt es immer etwas zu erledigen, das früher oder später nicht mehr erledigt werden kann. Das hilft, denke ich."

„Lieber alter Vater", sagte sie leise. „Früher waren wir keine wirklich guten Freunde. Aber jetzt bist du irgendwie der einzige Mensch, bei dem ich Trost finde. Ich denke, das liegt vielleicht daran, dass wir beide einen harten Kampf führen."

„Vergiss nicht, dass die Würze des Lebens der Kampf ist, Vi, wie Stevenson es nennt. Ich neige jedoch dazu, zu denken" – er sprach langsam, als würde er einen für ihn neuen Gedanken entwickeln – „Ich neige dazu zu glauben, dass wir manchmal Bitterkeit und Rebellion damit verwechseln." Das ist kein sauberer Kampf. Meine Liebe, halte den Hass, von dem du sprichst, fern, wenn du kannst – und habe nichts mit Bitterkeit zu tun – es sind Kräfte, die nur Böses anrichten können."

Es entstand eine kleine Pause.

„Ich glaube nicht, dass ich das kann, Vater. Es ist ein Teil von mir. Manchmal denke ich, dass es nur an mir liegt, und manchmal habe ich Angst."

„Sehen Sie, Vi", sagte North und kämpfte mit einer Abneigung gegen den Vorschlag, der ihm durch den Kopf ging, einer Abneigung, die er für lächerlich hielt. „Ich wünschte, Sie würden nach Thorpe gehen und Miss Seer kennenlernen."

Violet setzte sich auf und sah ihn mit weit geöffneten Augen an.

"Aber warum? Ich sollte es hassen!" rief sie aus. „Es würde mich – oh, an so viele Dinge erinnern! Es würde mich noch schlimmer machen –"

„Nun, das dachte ich mir", sagte North. „Ich kann Ihnen sagen, ich hatte Angst davor zu gehen. Aber der alte Ort ist voller – einer seltsamen Art von Ruhe. Ich merkte nicht, wie voller Bitterkeit und Groll ich gewesen war, bis mir, als ich da saß, alles von mir fiel. Es war, als wäre ein Stein weggerollt worden. Ich hatte erst gemerkt, wie weh es tat, als es aufhörte."

Er sprach unzusammenhängend und fast gegen seinen Willen. Er war froh, als der Klang der sich nähernden Stimmen seiner Frau und Mr. Fothersley Violet dazu brachte, seine Hand loszulassen und aufzustehen.

„Glaubst du, Thorpe würde auch meine Teufel töten?" fragte sie und sah auf ihn herab.

„Ich denke", sagte er ernst, „es ist einen Versuch wert."

KAPITEL IV

Mrs. Norths Tennisparty verfolgte ihre übliche erfolgreiche Karriere bei strahlendem Sonnenschein, der ihr, wie sich Mr. Fothersley erinnerte, immer zugute kam . Fred Riversley hatte unerwartet eine Wagenladung RAF-Jungs aus London mitgebracht. Dadurch wurde ein Turnier möglich, wie Frau North sofort erkannte. Sie haben mit viel Spaß und Gelächter Partner gefunden. Herr Fothersley rief Fairbridge an und bat um eine Auswahl an Preisen, die mit dem Bus um 16:30 Uhr verschickt werden sollten. Es war eines der bezauberndsten Dinge , die Mr. Fothersley tat. Es war an diesem Nachmittag besonders nett von ihm als sonst, denn soweit es Mr. Fothersley betraf, machte Mr. Pithey es fast unerträglich.

Er war ein großer, flacher, blassgelber Herr mit einer besonders durchdringenden metallischen Stimme. Er hatte eine sehr lange Nase mit einer breiten, nach oben gebogenen Spitze und kleine, scharfe Augen, die überallhin huschten. Ohne das geringste Zögern nahm er den Platz ein, der seit jeher Mr. Fothersley auf allen Mentmore- Partys gehörte . Unter der Buche, wo Mr. Fothersley nach allen Rechten des Vorrangs das Gespräch hätte leiten sollen, herrschte Mr. Pitheys metallische Stimme und trieb alle vor sich her. Bei dem üblichen Rundgang durch den Garten, den Mr. Fothersley und seine Gastgeberin immer persönlich führten, legte Mr. Pithey die richtigen Linien fest, nach denen man streuen, Nelken züchten, Unkraut und alles andere, was auftauchte, zurückhalten sollte. Als Mr. Fothersley darauf aufmerksam machte, dass auf einem der Plätze das Finale des hart umkämpften Satzes im Gange war, war es Mr. Pitheys Stimme, die alle anderen übertönte, als er „Gut gespielt!" rief. und gab allen Beteiligten Ratschläge. Tatsächlich dominierte Herr Pithey die Partei.

Mrs. Pithy, eine kleine Dame mit blauem Gesicht und sehr edel gekleidet, saß in einem bequemen Korbstuhl, die Füße auf einem Hocker, und sprach, sofern ihr nicht tatsächlich eine Frage gestellt wurde, mit niemandem außer ihrem Ehemann, den sie immer mit Namen ansprach . Bertie, als sie sich erinnerte, ' Erb, als sie es vergaß.

Selbst die Ankunft von Lady Condor, zweifellos die Persönlichkeit des Ortes, hinterließ keinen Eindruck auf die offensichtliche Überzeugung dieses seltsamen Paares, dass es sich um Menschen von größter Bedeutung im Universum handelte. Lady Condor hätte den alten Herrn selbst in die Schranken weisen können, wenn sie in der richtigen Stimmung gewesen wäre, aber diesmal wurde sie zufällig offen und offensichtlich von den Pitheys bewirtet . Mr. Fothersley bereute es. Selten hatte er gespannter auf die Ankunft ihres Rollstuhls gewartet, umgeben von der üblichen Eskorte aus fünf weißen West Highlandern. Lady Condor nutzte für kurze Fahrten immer ihren Stuhl anstelle ihres Autos, damit auch ihre Hunde einen Ausflug machen konnten. Selten war er so enttäuscht von ihr gewesen, und Lady Condor erlebte erstaunliche Überraschungen. Dies war sicherlich einer von ihnen. Feierlich und so weit es in seiner Art möglich war, die Ehre , die ihm zuteil wurde, zum Ausdruck zu bringen, führte Mr. Fothersley Mr. Pithey zu Lady Condors Stuhl, sobald sie von ihrer Gastgeberin an einem bequemen und schattigen Platz in der Nähe des Tees untergebracht worden war -Tische und mit guter Sicht auf das Tennis. Nicht, dass sie es jemals länger als eine Sekunde am Stück angeschaut hätte, sie war immer zu beschäftigt mit Reden, aber es war *selbstverständlich* , dass sie bei jeder Unterhaltung den besten Platz einnehmen sollte.

Mrs. Pithey vorzustellen, da es ihr offensichtlich nicht in den Sinn kommen würde, ihren Stuhl zu verlassen, bis sie ihren Tee für irgendjemanden ausgetrunken hatte, außer möglicherweise für Mr. Pithey .

Herr Fothersley hat die Einführung von Herrn Pithey bewundernswert gestaltet. Der zarte Hauch von Ehrerbietung in seinem eigenen Auftreten ließ keine Wünsche offen.

„Darf ich Mr. Pithey vorstellen , liebe Lady Condor?" fragte er und brachte geschickt die große, blasse Präsenz dieses Herrn in ihr Blickfeld.

„Ah – wie geht's? Nein, machen Sie sich nicht die Mühe, mir die Hand zu schütteln." Sie winkte eine große Annäherung ab. „Du kannst mich wegen der Hunde nicht kriegen. Und wo ist meine Brille? Arthur, ich habe sie irgendwo abgelegt. Könnte es am Laufwerk gelegen haben? Nein, ich hatte sie seitdem. Was! auf meinem Schoß? Oh ja – vielen Dank."

Sie zog sie an und sah Mr. Pithey an , und Mr. Pithey sah sie an.

„Freut mich, Sie kennenzulernen", sagte er. „Nehmen Sie immer ein Rudel Hunde mit?" Offensichtlich missbilligte Mr. Pithey das. Jock und Jinny, Vater und Mutter der Familie, bewegten sich unfreundlich um seine Füße. „Rufen Sie sie einfach ab, ja?"

Herr Fothersley erwartete die schnelle und vollständige Vernichtung von Herrn Pithey . Es bestand Zweifel, ob überhaupt Lady Condor es geschafft hätte; Jedenfalls unternahm sie keinen Versuch. Sie blickte ihn weiterhin mit einem Ausdruck an, den man fast als Anerkennung in ihren klugen Augen unter den schweren Lidern bezeichnen könnte. Nur rief sie die Hunde nicht zurück.

schenkte sie Mr. Pithey vor einer erstaunten Gesellschaft der Mentmore-Elite fast eine halbe Stunde lang ihre ganze und ungeteilte Aufmerksamkeit.

Herr Pithey äußerte seine Meinung zu vielen und verschiedenen Dingen, wie es ihm offenbar immer am Herzen lag.

„Die alte Ordnung verändert sich und macht der neuen Platz", könnte als Text für Mr. Pitheys Gespräch gedient haben.

„Wer in diesem Dorf an der Spitze der Geschäfte stand, weiß *ich* nicht", sagte er im Großen und Ganzen, „aber mehr schlechtes Management, mehr Mangel an Unternehmungsgeist, mehr Mangel an gesundem Menschenverstand habe ich noch nie erlebt." Man sieht es überall! Hier ist der ganze Ort ohne Licht, es sei denn, man nennt Lampen und Kerzen Licht, und ein Bach fließt durch den Ort. Wasserkraft vor Ihrer Tür, von Jingo! Und Geld ist auch drin, sonst sollte ich es nicht annehmen. Waren Sie schon einmal in Deutschland?" Er trank seine dritte Tasse Tee aus und blickte sich zu seinem mittlerweile mehr oder weniger interessierten Publikum um.

„Nun, sie haben in jedem kleinen Dorf, in das Sie gehen, elektrisches Licht, es gibt es immer noch dort, und" – Mr. Pithey legte Lady Condor eine große gelbe Hand aufs Knie – „ *billiger* , als Sie es hier bekommen können."

„Man kann es wirklich nicht glauben!" rief Frau North aus. „Das ist doch sicher nicht möglich!"

„Alles ist möglich", sagte Lady Condor und untersuchte neugierig Mr. Pitheys Hand durch ihre Brille.

„Ich war letzte Woche geschäftlich in der Nähe von Köln", gab Herr Pithey eindrucksvoll zurück. „ Also ich sollte es wissen. Und wenn Sie mich besser kennen, Mrs. North" – Mr. Fothersleys Schaudern war fast hörbar – „ Sie werden wissen, dass ich nicht ohne mein Buch rede." Ich habe da drüben Nägel – Metall, wohlgemerkt –, die billiger sind, als man sie hier bekommen kann. Vielleicht glaubst du das nicht!"

Er nahm sich noch mehr Kuchen und fing von vorne an.

„Sehen Sie sich jetzt die Landwirtschaft hier in der Umgebung an. Faul, das ist es, faul! Ich selbst habe mich noch nie darauf eingelassen, aber ich weiß, wann ein Unternehmen so läuft, wie es sein sollte oder nicht. Es gibt nur einen Bauernhof in diesem Bezirk, der wirklich erstklassig ist, und das ist Thorpe. Es ist ein kleiner Ort, aber er wird gut geführt. Auch von einer Frau geführt! Aber sie ist eine Idiotin. Wenn Sie mir glauben, habe ich ihr fünfundzwanzig Prozent angeboten. Profitieren Sie von dem Preis, den sie für dieses kleine Haus zahlte, und sie würde es nicht annehmen. Hat mir einfach zum Spielen gepasst. Und da gibt es ein oder zwei Dinge, die ich gerne im Hof hätte. Übrigens hat hier jeder Herr und jede Dame ein paar dieser alten Bleiwassertanks, für die er gerne einen tollen Preis hätte, denn ich bin ein Käufer."

Zu diesem Zeitpunkt war die Versammlung unter der Buche mehr oder weniger gelähmt , und Mrs. North fragte sich, was für ein Wahnsinn sie besessen hatte, als Erste Mr. Pithey zu bitten , Lady Condor zu treffen. Aber Lady Condor strahlte weiter; nicht nur zu strahlen, sondern ab und zu auch in ein Lachen auszubrechen. Und doch war das überhaupt nicht das, was man erwartet hätte, um sie zu unterhalten.

„Alte Bleiwassertanks!" wiederholte sie nachdenklich. „Lieber Arthur, würde es dir etwas ausmachen, Jock auf meinen Schoß zu legen? Vielen Dank. Und jetzt Jinny! Da, Lieblinge! Seien Sie nicht nervös, Mr. Pithey . Sie *beißen* nie wirklich, es sei denn, Sie kommen zu nahe. Mal sehen, wo waren wir? Oh – ja – Panzer! Nein, ich fürchte, ich habe gerade keines zum Verkauf."

„Sehen Sie", sagte Mr. Pithey vertraulich, „wenn ich das Zeug von einigen von euch alten Bewohnern bekomme , weiß ich, dass es die richtige Sorte ist, und es macht mir nichts aus, was ich bezahle."

„Wenn du noch viel länger redest, Bertie, kommst du zu spät, um den Mann zu sehen, der beim Butler vorbeikommt", sagte Mrs. Pithey plötzlich von ihrem Stuhl aus. Sie hatte gerade ihren Tee ausgetrunken und fegte beim Sprechen viele Krümel von ihrem Schoß.

„Ganz richtig, mein Lieber! Ganz recht!" Mr. Pithey erhob sich, während er sprach. „Ich komme nie zu spät zu einem Termin, Mrs. North. Bei mir ist es eine Gewissenssache, egal mit wem, Butler oder Duke." Es war charakteristisch für Mr. Pithey , dass er den Butler an die erste Stelle setzte. „Nun, auf Wiedersehen euch allen." Herr Pithey schüttelte allen die Hand, gefolgt von Frau Pithey . „Freut mich, Ihre Ladyschaft kennengelernt zu haben. Es tut mir leid, Ihren guten Mann nicht gesehen zu haben, Frau North. *Der* Mann an diesem Ort, schätze ich. Sein Margarinegeschäft ist eines der am besten geführten in Leicester, und wir lassen dort sowieso keine Fliegen über uns herein. Er beschäftigt sich auch ein bisschen mit Naturwissenschaften und dem Schreiben, nicht wahr? Ein rundum guter Mann, nicht wahr?"

Und im Bewusstsein, dass er im Großen und Ganzen freundlich gewesen war, zog Mr. Pithey mit seiner großen, blassen Gestalt dorthin, wo sein Rolls-Royce-Wagen in der Vordereinfahrt auf ihn wartete.

„Ich weiß, dass Sie mir vergeben werden, liebe Dame", sagte Mr. Fothersley mit vor Emotionen zitternder Stimme, „wenn ich sie nicht verabschiede."

"In der Tat, ja!" rief Frau North aus. Die Anspielung auf die Margarinefabrik hatte sie ganz heiß gemacht. „Was für vollkommen hasserfüllte Menschen! Er tat nichts außer reden, und sie tat nichts außer essen!"

Lady Condor erhob sich zügig von ihrem Stuhl und zerstreute die West Highlander um sich herum.

„Wo ist Roger?" sie verlangte. „Ich werde wirklich schlau sein, wenn ich mich nur ausreichend konzentrieren kann, um zu sagen, was ich meine. Lenkt meine Gedanken nicht ab, keiner von euch! Aber ich muss Roger haben! Er ist der Einzige unter uns, der wirklich klug ist – zumindest meine ich, dass er der Einzige ist, der sein Gehirn benutzt hat. Ich habe von Natur aus ein sehr gutes Gehirn, aber es ist eingerostet, weil es nicht genutzt wird. Unser ganzes Gehirn ist verrostet. Aber was will ich? Oh ja – Roger. In seinem Arbeitszimmer, meine Liebe? Lasst uns alle gehen – ja. Wo sind meine Brille und meine Handschuhe? Bitte steck sie in deine Tasche, bis ich gehe, Arthur. Ich kann es mir nicht leisten, sie wie früher zu verlieren. Runter, Kinder! runter!"

Sie nahm Mrs. Norths Arm und machte sich mit Mr. Fothersley an der anderen Hand und den Hunden im vollen Chor auf den Weg über den Rasen zum Haus.

„Gut gespielt, Violet! gut gespielt! Das Kind ist so gut wie immer darin. Aber wohin gingen wir? Oh ja – ich muss Roger haben. Wir werden ihn durch das Fenster überraschen. Er wird sehr verärgert sein, aber er wird nichts sagen, weil ich es bin. Ah – aber da ist er –"

Norths lange Gestalt trat ins Sonnenlicht, und als er sich der Gruppe näherte , wirkte er fast wie ein großer Schuljunge, der geschwänzt hatte.

„Ich entschuldige mich vielmals", sagte er. „Meine Absichten waren die allerbesten. Ich hatte vor, zum Tee herauszukommen, aber zufällig begegnete ich Mr. Pithey im Flur, wo er Mansfield zu kaufen versuchte ..."

Es gab einen Chor von Ausrufen.

„Nun, er hat Mansfield gebeten, ihm einen guten Butler für ein Herrenhaus zu empfehlen. Gehalt kein Thema, wenn Mann zufriedenstellend. Ich gestehe, ich bin weggelaufen. Lady Condor, wenn Sie noch eine Tasse Tee trinken würden, würde ich sie gerne für Sie holen, aber es ist eindeutig nicht meine Schuld, wenn Sie meine Frau ermutigen, diese Leute zu bewirten."

„Wenn es nach deinem Willen ginge, würdest du nie jemanden unterhalten", sagte seine Frau.

„Ich würde Lady Condor immer unterhalten. Oder besser gesagt, ich bin mir immer sicher, dass Lady Condor mich unterhalten wird."

„Nun, ich bin begeistert von Mr. Pithey ", verkündete Lady Condor, nahm wieder ihren Stuhl ein und genoss das Aufsehen, das sie verursachte. "Ja. In Mr. Pithey sehe ich unseren – was ist nun das Wort, das ich will? – oh ja – unseren Rächer! Das Volk hat Uns entthront. Sie zwingen uns dazu, unsere Existenz zu zerstören. Condor sagte mir heute Morgen, er müsse das Cleve-Anwesen zum Verkauf anbieten. Ich werde Glück haben, wenn ich meine

Diamanten behalte, und der arme Hawkhurst wird Glück haben, wenn er und seine Frau nicht im Arbeitshaus enden. Aber wo war ich? Ich hatte gerade alles im Kopf. Wenn ich nur alles direkt aufschreiben könnte , wenn ich daran denke, könnte ich mein Vermögen als Autor von Führungskräften in einer Tageszeitung machen. Ja. Sie haben Uns entthront und werden stattdessen Pitheys bekommen , Dutzende von Pitheys . Wir werden ruiniert, veraltet und ausgestorben sein, aber wir werden gerächt werden. An unserer Stelle werden sie Pitheys bekommen. Der Himmel sei gepriesen! Der alte *Neureichtum* war erträglich. Sie hatten Ehrfurcht, sie erkannten ihre Grenzen, sie waren bereit, belehrt zu werden. Schauen Sie sich an, liebe Leute, natürlich kennen wir alle die Margarine. Und du, liebe Nita, es gab Wein – oder war es Mineralwasser ? – etwas zu trinken, nicht wahr? Wir brauchen jetzt nichts zu verbergen, denn die Pitheys werden alles offenlegen. Wenn Ihnen die Dinge lieb wären, wären Sie mit 2½ Tagen hierher gekommen. Ein Jahr lang und in einer Villa gelebt, hätten wir dich nie kennenlernen dürfen. Und doch – ja, jetzt habe ich es – doch wirklich und wahrhaftig war Roger die wahre Aristokratie. Die Aristokratie der Gehirne. Die Margarine und der Wein spielten keine Rolle, ebenso wenig wie das Geld – zumindest meine ich, dass es das nicht sein sollte. Ich komme furchtbar durcheinander! Und wo ist mein Schal? Habe ich es fallen lassen, als ich aufgestanden bin? Oh, hier ist es. Sehen Sie, Wir haben die Aristokratie des Reichtums geschaffen. Wir konnten den Shootings in Schottland für die Jungen, den Bällen für die Mädchen und den gemütlichen Direktorenposten in großen Unternehmen nicht widerstehen. Ja – wir haben unsere Position belächelt – unsere Großväter und Großmütter hätten das nie getan. Und jetzt werden wir hier förmlich bevormundet – ja, lieber Arthur – von Pitheys bevormundet . Ich glaube, ich habe einen anderen Weg eingeschlagen. Es ging darum, meinen Schal zu verlieren! Aber ich bin begeistert von Pithey . Er wird Uns an den Massen rächen – Pithey, der Rächer – ja. Aber ich hätte es viel besser ausdrücken sollen, wenn ich es hätte sagen können, während er hier war. Arthur, sieh doch fröhlicher aus! Stellen Sie sich Pithey als den Rächer vor. Es macht ihn so erträglich. Und ich werde diese Tasse Tee trinken, Roger!"

„Ich kann nicht lachen", sagte Mr. Fothersley . Obwohl er sich an Lady Condor wandte, klang in seiner Stimme ein tadelndes Wort. „Wir hätten nie anrufen sollen! Es macht mich wütend, wenn ich daran denke, dass wir uns so – so – hätten unterwerfen sollen."

Ihm fehlten die Worte. „Allerdings", fügte er hinzu, „haben wir Grund, dankbar zu sein, dass wir die St. Ubes nicht angerufen haben . " Ich habe heute herausgefunden, dass der Name, der uns leicht in die Irre geführt hätte, ursprünglich *Stubbs war* . Ich werde *nicht* anrufen. Diese Pithey -Leute –"

Wieder fehlten ihm die Worte und Lady Condor lachte.

"Frau. Pithey missbilligt mich", verkündete sie. „Sie erzählt Mr. Pithey wahrscheinlich , dass ich male. Ich muss zugeben, dass es heute sehr schlecht gemacht ist; Mullins war wütend. Sie macht mich immer schlecht, wenn sie schlecht gelaunt ist. Nun lasst es uns genießen! Vergessen wir die Pithian-Invasion. Danke – und etwas Kuchen – ja. Und jemand anderes muss Tee trinken, um mir Gesellschaft zu leisten. Liebe Nita – ja. Die arme Gastgeberin bekommt nie genug Tee. Das ist jetzt gemütlich . Und wo ist meine Brille? Ich habe mir das Tennis noch nicht *angeschaut* . Und ich weiß, dass es sehr gut ist. Und ich habe weder mit der lieben Violet noch mit Fred gesprochen. Und warum spielen sie sicherlich zusammen? Haben sie zusammen gezeichnet? Wie merkwürdig! Das Kind ist schöner als je zuvor. Und jetzt sind sie fertig. Bring sie mit, um mit mir Tee zu trinken. Was ist Fred jetzt? Ein Major! Ist es nicht zu lächerlich? Und ich nehme an, dass die kleinen Jungen, die Sie in RAF-Uniformen mitgebracht haben, Brigadegenerale sind. Und habt ihr das Turnier gewonnen, meine Lieben?"

„Nein", sagte Fred Riversley . Er und Violet hatten sich die Hände geschüttelt und gewartet, bis Lady Condor anhielt, um Luft zu holen. "NEIN. Ich habe sehr schlecht gespielt. Selbst Vi konnte mich nicht durchziehen."

Er war ein hübscher, kräftig gebauter junger Mann, und während die Damen redeten, alle drei scheinbar gleichzeitig, denn Lady Condor hörte nie auf, setzte er sich ins Gras und wurde sofort zum Mittelpunkt der Anziehungskraft der fünf Hunde . Als eine kurze Pause eintrat, fragte er: „Wie geht es Dudley?"

„Dudley", sagte Lady Condor, „hat sein Aluminiumbein . Es ist wirklich zu wunderbar. Man würde nie auf die Idee kommen, dass es kein echtes Lebendbein war – es sei denn, er versucht zu rennen, was er natürlich nicht tun darf. Aber alles andere. Und John, wir hatten erst gestern Briefe. Russland – ja – und der Himmel weiß, wann wir ihn zurückbekommen . Und wo ist dein Harry? Es scheint, als hätte er erst gestern in einem Matrosenanzug Tennisbälle geholt!"

„Harry sitzt in Marseille fest", sagte Riversley , „auf dem Weg nach Ägypten." Weiß nicht, was mit ihm passieren wird, bis der Frieden unterzeichnet ist."

Die kleine Gruppe verfiel in eine plötzliche Stille, eine Stille, die das stetige Aufprallen der Tennisbälle, der Ruf der Ergebnisse, der Applaus nicht berührten. Ein Schatten schien über die sonnenverwöhnten Rasenflächen und leuchtenden Blumenbeete zu wandern. Es gab andere, an die sie sich alle erinnerten und von denen niemand jemals wieder nach Neuigkeiten fragen würde.

Riversley stand auf und trug die leeren Tassen zurück zum Teetisch. Dann stand er da und schaute eine Weile dem Tennis zu.

Seine Gedanken bewegten sich heftig, aber er war sich bewusst, dass es trotz aller Dynamik, die eine große Reaktion auslöste, nicht mehr so einfach sein würde wie früher, aus Vergnügen ein Geschäft zu machen.

Dann zog er sich in die Ruhe und Abgeschiedenheit des Arbeitszimmers seines Schwiegervaters zurück. Es war ein langer, niedriger Raum, der vom Boden bis zur Decke mit Büchern ausgekleidet war. Norths Schreibtisch stand in einem Fenster, das andere führte auf den Rasen hinaus, während eine zweite Tür am Ende des Raums, die in sein Labor führte, einen weiteren Fluchtweg bot. In dem großen Sessel, der den Kamin bewachte, schliefen jeweils Larry und Victoria, die kleine Foxterrierin, der Roger North gehörte. Zwischen Vic und Larry bestand ein merkwürdiger Vertrag, der offenbar so unbeweglich war wie die Gesetze der Meder und Perser. Jeder hatte einen Teil des Zimmers, in den der andere nie eindrang, und Larry besaß bestimmte Privilegien, die Victoria in Bezug auf North eindeutig zugestanden hatte und über die er nie hinausging. Ansonsten waren die beiden enge Freunde, und das schon lange, bevor Larry nach Westwood zog. Sie duldeten den West Highlander der Lady Condor im Garten, aber nie im Haus. Beide Hunde begrüßten Riversley überschwänglich, und der schwere, schweigsame junge Mann saß mit Victoria auf seinem Knie und Larry zu seinen Füßen da, umgab sich mit Rauchwolken und streichelte den kleinen schlanken Kopf an seinem Arm.

Plötzlich gesellte sich North zu ihm. „Du bleibst über Nacht?" fragte er und nahm eine angebotene Zigarre an.

"NEIN." Riversley leerte seine Aschepfeife und begann, sie wieder aufzufüllen.

„Ich habe mich mit einem geschäftlichen Aufenthalt in London entschuldigt", fuhr er nach dieser kleinen Pause fort. „Ich denke, Vi möchte eine Abwechslung von – allem."

Es entstand eine weitere Pause, aber North sagte immer noch nichts. Er verstand diesen spießigen und scheinbar eher gewöhnlichen jungen Mann besser als die meisten Menschen. Er wusste, wie schwer es ihm fiel , über Dinge zu sprechen, die ihn zutiefst berührten, Dinge, die wirklich wichtig waren. Also zündete er seine Zigarre an und ging schweigend am Licht vorbei, und bald darauf fuhr Riversley wieder fort.

„Sehen Sie, ich denke immer noch, dass Vi unter den gegebenen Umständen das Beste getan hat, was sie konnte, als sie mich geheiratet hat", sagte er, „aber trotzdem war es nicht der Erfolg, den ich mir erhofft hatte. Es ist etwas falsch. Etwas mehr, als mich statt eines Kerls wie dem alten Dick ertragen zu müssen. Es war ein herber Schlag, ihn zu verlieren, aber Vi war da verdammt mutig, und das erklärt nicht …“

"Was?" fragte North, diesmal scharf, als die übliche Pause kam.

„Ich weiß es nicht“, antwortete Riversley ruhig wie immer. „Das ist es, was mir Sorgen macht. Ich kann es nicht benennen. Aber da stimmt etwas nicht. Vi hat sich verändert, und es ist nicht zum Besseren.“

„Geändert?“

„Nun, sie sieht die Dinge anders – sie ist verloren – oh, ich weiß es nicht.“

„Mein lieber Freund, können Sie es nicht etwas deutlicher formulieren?“

"NEIN. Ich bin ein dummer Typ, sonst würde ich vielleicht besser verstehen, was los ist. Das Einzige, was ich festhalten kann, ist, dass sie plötzlich Hassanfälle bekommt, und es ist – nun, es ist, als würde man in eine glühend heiße Hölle blicken. Ich weiß nicht, wie ich es sonst beschreiben soll. Sie war immer etwas aufbrausend, wissen Sie, aber das ist anders. Und“ – seine Stimme wurde etwas leiser und verlor für einen Moment ihre Ruhe – „ die Tiere kommen manchmal nicht in ihre Nähe.“

Es herrschte eine Minute lang eine eigenartige, seltsame Stille, durch die das Gelächter draußen wie ein klirrendes Kabel brach.

der Sinnlosigkeit seiner Vernunft bewusst war, während er sprach.

„Hunde ärgern sich nie darüber, wo es ihnen wichtig ist“, sagte Riversley kurz. "Es ist nicht das. Sie haben aus irgendeinem Grund Angst vor ihr, und manchmal ist es schrecklich unheimlich. Ich dachte, wenn sie ohne mich hierherkäme und sich von mir ausruhen würde, würde es ihr vielleicht ein bisschen helfen.“

North nickte. „Ich denke, du bist weise. Ich hoffe, es ist nur eine vorübergehende Phase. Sie hat eine schwierige Zeit durchgemacht, und wir sind noch keiner von uns, ganz normal, denke ich.“

„Es ist nicht so, dass sie sich um mich kümmern würde“, fuhr Riversley ruhig fort. „Ich bin mein Risiko eingegangen, und ich würde es wieder eingehen, und ich gebe ihr wohlgemerkt keine Vorwürfe. Und ich erzähle es dir nur, weil sie anscheinend an dir festhält und du ihr besser helfen kannst, wenn du es weißt.“

„Ja, das verstehe ich“, erwiderte North. Er fühlte sich tatsächlich besonders hilflos. Was Riversley ihm gerade erzählt hatte, gepaart mit Violets Selbstausbruch an diesem Nachmittag, beunruhigte und beunruhigte ihn nicht wenig. Er erinnerte sich an ihre Worte: „Manchmal habe ich Angst.“ Die Worte waren überreizt, hysterisch, langangespannt, durcheinander in seinem Kopf und brachten keinen Trost. Dann plötzlich, wie eine Hand, die einem stolpernden Mann ausgestreckt wird, kam der Gedanke an Thorpe, sein strahlender Frieden, die festen Augen von Ruth Seer. Und damit kam der Gedanke an Dick Carey. Er sah zu Riversley hinüber .

„Eines möchte ich dir sagen " , sagte er, „und das ist, dass Dick sich gewünscht hätte, dass Violet dich und nicht sich selbst ausgewählt hätte. Er hatte irgendwie das Gefühl, dass du wirklich besser zu ihr passtest."

Riversleys Blick begegnete seinem in leerem Erstaunen. „Dick hat das gedacht?"

„Er hatte immer das Gefühl, zu alt für Vi zu sein. Aber sie war unsterblich in ihn verliebt, und er wusste es, und Sie wissen schon, der alte Dick. Außerdem konnte Vi fast jeden Mann um ihren kleinen Finger wickeln. Aber dass er froh gewesen wäre, wenn ihre Wahl auf dich und nicht auf ihn gefallen wäre, daran habe ich keinen Zweifel."

Riversley stand auf und atmete tief durch. „Danke, dass Sie es mir gesagt haben " , sagte er. „Es ist eine Hilfe."

„Ich möchte noch etwas sagen", fuhr North ziemlich hastig fort, „nämlich, achtet darauf, dass ihr und Vi nicht so werdet wie ich und ihre Mutter." Vi ähnelt ihr in mancher Hinsicht, und obwohl ich zweifellos auch schuld daran war und wir immer völlig ungeeignet waren, begannen wir unter besseren Bedingungen als Sie. Und jetzt gehen wir uns gegenseitig so auf die Nerven, dass mich alles, was sie sagt oder tut, irritiert und umgekehrt. Wir könnten es jetzt *nicht schaffen, selbst wenn wir es wollten.* Sie denkt, sie mag mich immer noch, weil es richtig ist, seinen Mann zu mögen, aber es kommt viel mehr Hass als Liebe gleich. Und ich habe keine Wahnvorstellungen. Und um Gottes willen, mein Junge, halte dich davon fern, in unsere Fußstapfen zu treten."

„Wir stammen aus einer anderen Generation, Sir", sagte Riversley schlicht. „Wenn wir uns nicht verstehen, trennen wir uns. Nur wenn ihr Ärger bevorsteht, und ich fürchte, das gibt es, dann bin ich genau richtig."

North sah ihn mit freundlichen Augen an, aber er seufzte. Er wusste nur zu gut, wie die langen Jahre des Missverständnisses, der Gereiztheit und des Mangels an Geben und Nehmen etwas zermürben können, das zunächst so wunderbar und unzerstörbar schien.

„Roger! Roger!" schrillte die Stimme seiner Frau vom Rasen. „Alle gehen. Kommst du nicht, um dich zu verabschieden?"

Als sie rief, blitzte ihre Vision auf, ihr Gesicht war vor Empörung unter ihrem blumengeschmückten Hut gerötet, ihre Hände waren voller kleiner Schachteln, Seidenpapier und Watte.

„Ich glaube wirklich, dass du ein wenig helfen könntest! Es sieht so seltsam aus und alle meine Freunde finden dich schon seltsam genug."

North wurde durch den Schock wieder bewusst, wie tödlich die alltägliche Routine ist, und wurde leichtfertig. „Du willst nicht sagen, dass sie es dir sagen?" er hat gefragt.

„Es ist leicht zu erraten, was sie denken müssen, ohne es zu sagen", erwiderte seine Frau. „Jedenfalls, wenn du dich selbst nicht mit der üblichen Höflichkeit verhalten kannst, könntest du Fred kommen lassen und mir helfen. Fred, ich habe für 8.30 Uhr ein kaltes Abendessen arrangiert. Wirst du sofort kommen und dich um die Freunde kümmern, die du zu Fall gebracht hast, während Violet und ich uns umziehen? Und um Violets willen bitte ich Sie, geraten Sie nicht in die gleichen Verhaltensweisen wie ihr Vater."

Riversley folgte ihr sanftmütig über den Rasen. „Es tut mir wirklich schrecklich leid", entschuldigte er sich. „Kann ich sonst noch etwas tun?"

Dann blieb er stehen. Seine Schwiegermutter war in eine Gruppe ihrer Gäste versunken, die sich verabschiedeten, und seine Augen hatten die Gestalt gefunden, nach der sie immer gesucht hatten. Vor der Haustür wurde Lady Condor mit ihren Schals, Handschuhen und Brillen sorgfältig in ihren Badesessel gepackt, und ein Stück die Auffahrt hinunter saß seine Frau. Vor ihr, nur knapp eine Armlänge entfernt, bellte das kleine Rudel der West Highlanders wütend. Sie bückte sich und überredete sie, zu kommen und sich streicheln zu lassen.

Er ging in seiner gewohnten, eher schwerfälligen Art über den Rasen auf sie zu und stand da und beobachtete sie. Das ganze Licht der Sonne schien sich für ihn auf diese schlanke weiße Gestalt zu konzentrieren . Es berührte die glatte dunkle Seide ihres Haares mit einer Krone der Herrlichkeit und fand keinen Makel in der klaren, blassen Haut, dem rosaroten Mund. Diese schlanken Hände, die er den Hunden entgegenstreckte , wären ihnen bis ans Ende der Welt gefolgt. Er liebte sie ganz, mit allem, was er hatte oder war.

Dann gab sie ihre hoffnungslosen Bemühungen auf und schaute ihn, zu voller Größe aufgerichtet, über die immer noch bellenden Hunde hinweg an.

„Sie haben mich vergessen, die kleinen Schweinchen!" Sie sagte. „Sie lassen sich nicht einmal von mir streicheln."

Aber Riversley wusste es, auch wenn Hunde es nicht verübeln, wo sie lieben, und sie vergessen es auch nicht.

KAPITEL V

„Wenn ich kein Bauer wäre, würde ich gerne Maurermeister werden", sagte Ruth Seer ganz bestimmt.

Sie saß am Straßenrand und sah zu, wie die Arbeiter den Grundstein für ihr erstes Häuschen legten. Der Prozess interessierte sie enorm. Der Maurermeister machte von Zeit zu Zeit eine Pause bei seiner Arbeit und erklärte ihr den Sinn der Arbeit. Sie lernte den Gebrauch und die Bedeutung des Quadrats, der Wasserwaage und des Lotmaßstabs. Es hat ihr auch sehr viel Spaß gemacht.

Auf ihren Knien lag Bertram Aurelius. Als Antwort kicherte er fröhlich und biss ihr mit den Zähnen, die er besaß, kräftig in den Zeigefinger.

Bertram Aurelius war ohne Geistliche auf die Welt gekommen. Sein Vater gehörte dem BEF an, seine Mutter war Zwischenmädchen, und unter normalen Umständen hätte er in seine eigene Wohnung gehen sollen. Aber die Werte hatten sich in den Jahren des Ersten Weltkriegs erheblich verändert, und im Jahr des Friedens wurden sowohl männliche Babys, auch wenn sie nicht zugelassen waren, als auch Zwischenmädchen als ausgesprochen wertvolle Güter anerkannt.

Gladys Bone, die achtzehnjährige Mutter von Bertram Aurelius, war erbärmlich darauf bedacht, ihr zu gefallen, eine Eigenschaft, die wahrscheinlich zu ihrem Untergang beigetragen hatte, und nahm den guten Rat demütig an, außer wenn es um Bertram Aurelius ging . Hier argumentierten die guten Damen, die mit großer Mühe das Geld zusammengekratzt hatten, um in Fairbridge ein Heim für unverheiratete Mütter zu eröffnen , vergeblich mit ihr. Sie bestand auf seiner gewiss etwas verblüffenden Namenskombination und beharrte darauf, ihn bei beiden zu nennen. Sie schämte sich überhaupt nicht dafür, dass er keinen authentischen Vater hatte.

„ Ist er nicht wunderschön?" schien ihr eine völlig ausreichende Antwort für diejenigen zu sein, die sich bemühten , das Thema im richtigen Licht darzustellen. Und das Schlimmste war, dass sie sich absolut weigerte, von ihm getrennt zu werden.

Die kleine grauhaarige Jungfer mit den rosa Wangen, die solche Angelegenheiten praktisch geregelt hatte, war verzweifelt. In ihrem tiefsten Herzen sympathisierte sie mit Gladys, da Bertram Aurelius ein Kind von beträchtlichem Charme war. Gleichzeitig wurde ihr klar, dass es fast unmöglich war, jemanden zu finden , der verrückt genug war, ein Hausmädchen oder auch nur ein Zwischenmädchen mit einem hineingeworfenen Baby zu engagieren.

Eines Tages jedoch, als Bertram Aurelius das entzückende Alter von zehn Monaten erreicht hatte, geschah das Unerwartete. Die kleine Miss Luce reiste mit Ruth Seer in derselben Kutsche aus London an, begann ein Gespräch und erzählte ihr die Geschichte von Gladys und Bertram Aurelius Bone. Im Moment dachte Ruth über die Möglichkeit nach, ein Mädchen dazu zu bringen, Miss McCox zu helfen , ohne den Frieden auf der Thorpe Farm dauerhaft zu zerstören. Gladys Bone schien die Möglichkeit zu sein. Da sie, abgesehen von den kurzen drei Monaten, in denen sie mit ihr zusammen war, nie in einer gut geregelten Familie gelebt hatte, erschien ihr das begleitende Baby nicht als eine Unmöglichkeit, sondern vielmehr als eine Lösung.

Dann und dort, als Miss Luce in Fairbridge ankam , entführte sie sie zu den beiden.

Bertram Aurelius hatte Augen von der Farbe eines Rittersporns, einen Kopf aus roten Daunen und eine Haut wie Erdbeeren und Sahne. Er hatte kleine Hände, die einen festhielten, und rosa Zehen, die er kräuselte und entkräuselte. Er krähte Ruth an und steckte ihr sofort den Finger in den Mund.

„ Ist er nicht wunderschön?“ sagte seine kleine Mutter.

„Sie ist wirklich eine ausgezeichnete Arbeiterin“, sagte die kleine Miss Luce, als Gladys und Bertram Aurelius entlassen worden waren. „Und sie wird alles für jeden tun, der dem Baby gut tut. Wenn Sie denken, dass Sie mit ihm *zurechtkommen* , vielleicht –?“

Sie sah Ruth besorgt an.

Ruth lachte. „Meine liebe Dame“, sagte sie, „ich habe gerade herausgefunden, dass das Einzige, was Thorpe perfekt machen wollte, ein Baby ist.“

„Aber Sie haben noch andere Bedienstete“, schlug Miss Luce vor. „Ich fürchte, Sie könnten Schwierigkeiten damit haben.“

Sicherlich war Miss McCox‘ Einstellung zu dieser Situation mehr als zweifelhaft, aber Ruth hatte gelernt, dass irgendwo unter der harten Hülle einer unattraktiven Persönlichkeit ein ausgesprochen weicher Kern existierte. Sie dachte an die blauen Augen und den weichen roten Kopf von Bertram Aurelius .

„Ich denke, Sie müssen Gladys nach Thorpe schicken, um sich für die Stelle *bei* Bertram Aurelius zu bewerben“, sagte sie.

Sie sahen einander an und Miss Luce nickte umfassend. „Er ist ein sehr attraktives Baby“, murmelte sie.

Am nächsten Morgen, als Ruth sich über die Ankunft köstlicher, flauschiger gelber Dinge in ihrem Brutkasten für fünfzig Eier freute , kam Miss McCox aus dem Haus, offensichtlich die Überbringer wichtiger Neuigkeiten.

Wie immer war sie makellos sauber und fast unerträglich ordentlich, und ihre Kleidung schien unangenehm eng zu sein. Ihr Kragen war mit einer riesigen Bernsteinbrosche befestigt, ihr Hüftgürtel mit einer noch größeren glitzernden Metallschnalle, beides Geschenke des jungen Mannes, mit dem sie in ihrer fernen Jugend verlobt gewesen war und der an dem gestorben war, was Miss McCox als ... bezeichnete sinkender Verbrauch. Aus dem Augenwinkel wirkte Ruth ausgesprochen kompromisslos.

„Eine junge Frau ist gekommen, um sich für die Stelle zu bewerben", verkündete sie.

„Ist es wahrscheinlich, dass es ihr gut geht?" fragte Ruth, die immer noch mit dem Brutkasten beschäftigt war.

„Sie hat ein Baby", sagte Miss McCox , die es immer auf den Punkt brachte. „Und sie will es behalten."

"Ein Baby?"

„Ein Baby", wiederholte Miss McCox bestimmt. „Ein Baby, wie es nicht hätte kommen sollen, aber es ist da."

"Oh!" sagte Ruth schwach. „Na, was denkst du darüber?"

Miss McCox befingerte die Bernsteinbrosche. Ruth wusste, dass dies ein deutliches Zeichen von Schwäche war.

mit ihrem Ring ist es noch schlimmer ", sagte sie düster. „Ich bin bereit , es mit ihr zu versuchen, wenn du es bist."

Ruth versteckte ein Lächeln zwischen den gelben Küken. Der Charme von Bertram Aurelius hatte gewirkt.

„Aber das Baby?" Sie fragte. „Können wir vielleicht mit dem Baby zurechtkommen?"

"Warum nicht?" erwiderte Miss McCox scharf. „Babys sind kein großes Problem, Gott weiß! Es sind die Erwachsenen, die *mich* krank machen!"

So kam Bertram Aurelius nach Thorpe und wurde schnell in das Leben auf der Farm integriert. Er war ein guter und fröhlicher Säugling, und jeder konnte sich um ihn kümmern. Er war gleichermaßen zufrieden, ob er nun die Welt über Ruths Schulter betrachtete, während sie die Farm inspizierte, oder ob er in seiner Wiege in der Ecke der Küche merkwürdige Geräusche hörte, die man Gesang nannte und die Miss McCox zum Erstaunen des gesamten Betriebs für ihn produzierte Nutzen. Er lag im Heu in einer Krippe, wie das Baby aller Zeiten, während Ruth und der Kuhhirte melkten, oder auf seinem Raupenwagen auf der Terrasse, bewacht von Sarah und Selina, die ihn so gern annahmen, als wäre er selbst einer von diesen seltsamen schwarz-weißen Welpen von Sarahs jugendlicher Indiskretion. Und Gladys, seine Mutter, arbeitete fröhlich und unermüdlich, um ihr zu gefallen, indem sie Miss McCox zu Füßen saß und Anweisungen holte, und der Frieden und die Geborgenheit von Thorpe wurden von Tag zu Tag tiefer und größer.

Es war jetzt fast Mitte Juni und das schöne Wetter hielt immer noch an. Tag für Tag brach der wolkenlose Sonnenschein an, eine Welt voller Blumen und dem rhythmischen Leben wachsender Dinge. Die Samen und jungen Pflanzen schrien nach Regen, das Heu und die Obsternte würden leiden, aber Ruth, deren Herz in beide Richtungen zerrissen war, konnte es nicht bereuen. Es war alles so schön, und wer konnte das schon sagen, als der Regen kam? Es könnte das echte Sommerwetter des Jahres sein, dieser wundervolle Mai und Juni.

Heute durchbrachen kleine, ganz sanfte weiße Wolken das klare Blau des Himmels, aber es gab immer noch keine Anzeichen einer Veränderung. Die wilden Rosen und der Ginster waren in Vollkommenheit, und überall war der Honig- und Mandelduft des Ginsters; Der Glanz der Butterblumen war vorbei, aber die Gänseblümchen waren alle draußen und wandten ihre süßen Mondgesichter der Sonne zu.

Von ihrem Platz aus konnte Ruth die rosaroten Dächer von Thorpe und die weißen Tauben sehen, die in der Hitze dösten. Ihre Cottages sollten im kleineren Maßstab ebenso schön sein. Sie träumte, während sie in der Wärme und der Süße saß, mit Bertram Aurelius, der sanft auf ihrem Schoß gurrte, und stellte sich Bilder vor, wie sie im großen Jahr des Friedens in den Köpfen vieler wuchsen, und sah wunderschöne Häuser, in denen der starke Mann und die Mutter waren , mit kräftigen, rundgliedrigen Kindern, sollte dort leben, wo die großen Söhne und hübschen Töchter ein- und ausgehen sollten, im Frieden des Überflusses und zum Klang des Lachens. Es könnte alles so wunderbar sein, denn das Nötigste gehört uns, ist hier bei uns. Die gute braune Erde, die Sonne und der Regen, Feuer und Wasser, all das wimmelnde Leben der Natur, alles gehört uns, um für uns und unsere Kinder ein Leben voller Schönheit zu gestalten .

Träume? Ja. Aber solche Träume sind die Samen des Schönen, die, wenn sie Boden finden, in der kommenden Zeit zu Schönheit erblühen werden, für die kleinen Kinder, die auf unseren Knien liegen und sich an unsere Herzen klammern.

Pithey in Ruths Träume ein , und sie entdeckte ihn im weißen Staub der Straße vor sich stehen. Missbilligung und Neugier erschienen gleichzeitig in seinen kleinen, scharfen Augen. Nach den Vorstellungen von Herrn Pithey war es für eine Person in Ruths Position ausgesprochen unziemlich, „wie ein gewöhnlicher Landstreicher" am Straßenrand zu sitzen, wie er es später gegenüber Frau Pithey ausdrückte. Seiner Meinung nach verstärkte das Baby auf ihrem Schoß die Unziemlichkeit, und es machte die Sache noch schlimmer, weil sie weder Hut noch Handschuhe trug. Wäre sie für den Straßenverkehr angemessen gekleidet gewesen, wäre der Rest möglicherweise ein Unfall gewesen.

„Ich glaube, dass du einen Sonnenstich bekommst, wenn du so ohne Hut an der Straße sitzt", sagte er.

Mr. Pithey selbst war kostspielig in Hellgrau gekleidet, mit einer weißen Weste und Gamaschen. Auf dem Kopf trug er einen Fünf-Guinea- Panama , und sein allgemeines Aussehen erinnerte Ruth stark an ein makellos gepflegtes großes, blassgelbes Schwein. Ihre grauen Augen lächelten ihn aus ihrem sonnengebräunten Gesicht an. Sie hatte ein entwaffnendes Lächeln.

„Ich glaube, ich war fast eingeschlafen", sagte sie und grub ihre Knöchel in ihre Augen, wie es ein Kind tut.

Mr. Pithey wurde sanfter. „Warum zum Teufel sitzt du da?" er hat gefragt.

"Nur träumen. Aber Sie dürfen nicht denken, dass ich ein Faulenzer bin, Mr. Pithey . Sogar Pan schläft um diese Zeit."

Ihr Lächeln wurde tiefer und Mr. Pithey wurde noch sanfter. Er trat aus dem Staub ins Gras und nahm dabei eine freundlichere Haltung ein.

„ Pan? – das ist ein seltsamer Name für ein Baby!" er sagte.

Das Lächeln wurde zum sanftesten Teil des Lachens. „Nun, sein richtiger Name ist Bertram Aurelius. Aber Pan –" Sie hielt Bertram Aurelius hoch, während er sie anlachte und sich bemühte, seine Hand in seinen Mund zu stecken. „Sehen Sie sich seine blauen Augen und seine kleinen spitzen Ohren und seinen roten Flaum am Kopf an. Eigentlich passt Pan viel besser zu ihm."

„Ähm", sagte Mr. Pithey . „Bertram ist ein guter, vernünftiger Name für einen Jungen, wie meiner, und nicht allzu häufig. Bleiben Sie besser dabei. Sie haben also mit Ihren Cottages begonnen. Nun, du erinnerst dich, was ich dir gesagt habe. Glaubst du nicht, dass sie zahlen werden, denn das werden sie nicht."

„Oh ja, sie werden bezahlen", sagte Ruth. „Natürlich zahlen sie!" In ihrem Blick lag Unheil.

„Sehen Sie mal her", sagte Mr. Pithey schwerfällig. „Es nützt nichts, mit einer Frau zu reden; Es ist an einem Ohr rein und am anderen raus. Aber wenn du mit mir zum Haus gehst, lege ich es schwarz auf weiß nieder. Die Rendite, die Sie für Ihr Geld erhalten –"

„Oh, Geld!" unterbrach Ruth. „Ich habe nicht an Geld gedacht."

Mr. Pithey krümmte sich sozusagen wie ein Schiff, das vor dem Wind hochsegelt.

„Wenn es Ihnen um verdammt schlechte Gefühle geht", rief er aus, „dann können Sie sich auf mein Wort verlassen, das *zahlt* sich auch nicht aus!"

tatsächlich ein sehr zorniges, makelloses, blassgelbes Schwein. Sie dachte an seine Millionen und die Macht, die sie ausübten, und dann an die Macht, die sie ausüben könnten, wenn sie von irgendeiner Vorstellungskraft gestützt würden.

"Herr. Pithey ", sagte sie, und ihre Stimme war sehr leise, und in ihr lag das Rauschen vieler Wasser, die über ihre Seele gelaufen waren, „ich habe unsere toten Männer in Reihen liegen sehen, viele Hunderte, durch die dunkle Nacht hindurch und wartend bis zum Morgengrauen zur Beerdigung; Sie fragten nicht, ob es sich auszahlte."

Mr. Pithey schlurfte mit seinen großen Füßen im Gras. „Das ist anders", sagte er, aber seine kleinen, scharfen Augen senkten sich. „Ich hätte selbst gehen sollen, aber mein Geschäft war von nationaler Bedeutung, wie Sie natürlich wissen. Ja, das ist anders. Das ist anders." Er schien in den Worten Genugtuung zu finden. Er musterte Ruth erneut mit Gleichmut. „ Natürlich verstehen Sie, meine Damen, das nicht, aber Sie können kein Gefühl ins Geschäft bringen."

Er hat sich aufgebläht. Wieder der Satz erfreut.

Ruth stand auf. Selbst gegenüber ihrer breiten Barmherzigkeit war er erdrückend widerlich geworden.

„Wie viel hast du mir für Thorpe geboten?" sie fragte plötzlich.

Mr. Pitheys Augen schnappten. "Fünfundzwanzig Prozent. auf Ihr Geld", sagte er, „oder ich gehe vielleicht sogar noch ein bisschen höher, da Sie eine Dame sind."

Ruth warf Bertram Aurelius lachend über ihre Schulter.

„Wissen Sie, was Thorpe zu dem Juwel gemacht hat, das es ist?" Sie fragte. „Warum, Gefühl! Wenn Sie nicht etwas dafür ausgeben können, würde sich der Kauf nicht lohnen."

Sie nickte zum Abschied und verließ ihn mit einem erstickten „Verdammt" auf den Lippen. Er sehnte sich nach Thorpe. Als Freizeitfarm für sich selbst ließ es kaum Wünsche offen.

Er drückte seine Gefühle gegenüber Mrs. Pithey aus, die gerade in ihrem Rolls-Royce mit den beiden älteren Kindern in ihren besten Kleidern vorbeikam, ihn aus dem Staub holte und ihn zum Tee nach Hause brachte.

„Nun, sie muss es gewesen sein, an der ich gerade vorbeigekommen bin!" rief sie aus. „Da, wenn ich nicht dachte, es wäre nur eine gewöhnliche Frau, und mich nie verbeugte!"

„Auch eine gute Sache!" sagte Herr Pithey majestätisch. Und er sagte zu Mrs. Pithey alles, was er zu Miss Seer gesagt hätte, wenn sie ihm eine Chance gegeben hätte.

Unbeeindruckt von der Unterlassung ging Ruth über die Blumenfelder nach Hause, aber Mr. Pithey selbst unterdrückte sie. Irgendwie schien es völlig unpassend, dass die Lebensopfer dieser toten Jungen den Pitheys dieser Welt einen Nutzen bringen sollten, jedenfalls materiellen Nutzen ; es erschütterte selbst das Anstandsgefühl.

Aber Bertram Aurelius' Kopf lag ganz weich an ihrer Kehle, als er einschlief. Die Sonne war sehr warm, der Mandel- und Honigduft des Ginsters war sehr süß. Dann beruhigte sie sich und begann das Lied zu singen, das ihrer Meinung nach besonders Thorpe gehörte:

„Wenn ich das Ende meiner Reise erreicht habe

Und ich bin tot und frei,

Ich bete, dass Gott mich gehen lässt

Entlang der blühenden Felder, die ich kenne

Dieser Blick Richtung Meer."

So kam sie zu dem Zauntritt, der zum Butterblumenfeld führte, das jetzt purpurrot und weiß mit Sauerampfer und Margeriten war. Und zwischen den Blumen stand eine schlanke Gestalt, die Gestalt einer ganz in Weiß gekleideten Frau. Ruth blieb auf dem Zaun stehen, um nachzuschauen. Es war so schön in Haltung und Umriss, dass es ihr diesen kleinen, entzückenden Freudenschock verschaffte, den nur Schönheit verleiht. Mit dem blauen Himmel im Hintergrund und dem breiten Nachmittagssonnenlicht war es sogar ihrer Blumenfelder würdig. Ganz still stand die Gestalt da und blickte über die Felder, die „zum Meer blickten", und ebenso still, in einer atemlosen Pause, stand Ruth da und beobachtete und wunderte sich.

Denn nach und nach nahm sie wahr, dass die schlanke Gestalt von einem seltsamen Feuer umgeben war. Es hatte eine ovale Form, eine leuchtend scharlachrote Farbe und eine Vertiefung an der Basis. Es gab noch andere

Farben im Oval, aber der feurige Glanz des Rots übertönte sie in der Bedeutungslosigkeit. Ruth beschattete ihre Augen mit der losgelassenen Hand und vermutete, dass es sich um eine Illusion von Licht handelte, aber das Oval behielt seine Form unter der ständigen Betrachtung, und mit einem kleinen Atemzug wurde ihr klar, dass sie etwas betrachtete, was der gewöhnliche physische Anblick nicht offenbart. Vage Erinnerungen an Dinge, die in alten Büchern aus Raphael Goltz' Bibliothek gelesen wurden, Beschreibungen des farbigen Aura-Eis, das für das menschliche Auge unsichtbar alle lebenden Formen umgibt, schossen ihr hastig durch den Kopf, aber sie hatte sie eher mit Neugier als mit Neugier gelesen Jeder Gedanke, dass sie jemals in die Grenzen ihres eigenen Bewusstseins gelangen würden. Als sie erkannte, um was für ein Phänomen es sich handelte, überkam sie wie eine Welle ein wachsendes Zurückschrecken, ein Gefühl des Entsetzens, das Gefühl, dass in dem feurigen, unerbittlichen Rot der Erscheinung etwas Unheimliches, Bedrohliches sei. Sie war froh über Bertram Aurelius' warmen kleinen Körper an ihrem eigenen und spürte, dass sie gegen den Wunsch ankämpfte, umzukehren und ihren Weg zurückzuverfolgen. Ein Wunsch, der auf den ersten Blick so völlig absurd war, dass sie sich zusammenschüttelte und entschlossen weiterging. Während sie das tat, bewegte sich auch die weiße Gestalt und kam den Abhang des Feldes herab, um ihr entgegenzukommen, und als sie kam, verblasste das scharlachrote Oval, flackerte und schien, soweit es Ruth betraf, zu erlöschen. Die gewöhnlichen, alltäglichen Dinge des Lebens kehrten mit einem merkwürdigen, verwirrenden Ruck zurück, und sie blickte in ein wundervolles Paar goldbrauner Augen, die in kurzen, aber seltsam dichten, schwarzen Wimpern saßen, und eine helle, hohe Stimme sprach, eine Stimme mit plötzliche glockenartige Kadenzen darin, wie man sie so oft in der Stimme französischer Frauen hört. Es war genauso attraktiv wie die gesamte übrige physische Ausrüstung von Violet Riversley.

„Ist es Miss Seer? Darf ich mich vorstellen? Ich gehe davon aus, dass Roger Norths Tochter am einfachsten sein wird", sagte sie und streckte ihre Hand aus. „Vater hat mich auf dem Weg nach Fairbridge mit Lady Condor hierher gebracht. Sie rufen beide später hier an, um dich zu sehen und mich abzuholen, und hoffen auch auf Tee, sagte mir Vater. Deine Magd hat mir gesagt, ich solle dich finden, wenn ich hierher käme. Stört es Sie, dass ich einige Ihrer Mondgänseblümchen ausgewählt habe? Auf diesem Gebiet gibt es keine, die so gut wachsen."

„Nein, nein, natürlich nicht", stammelte Ruth halb, als ihr zum ersten Mal bewusst wurde, dass sie in der Armbeuge ein Bündel Gänseblümchen trug. Alles wäre ihr gehört, wenn es nicht die Möglichkeit eines Krieges gäbe. Dies war die Frau, die Dick Carey hätte heiraten sollen. Und irgendwie wusste Ruth plötzlich, dass dieses Treffen nicht der gewöhnliche Alltag war, der solche Treffen meistens sind. Es hatte eine Bedeutung, einen eigenen Zweck. Sie spürte, wie ein innerer Sinn plötzlich schrumpfte, so wie sie gerade eben ein körperliches Schrumpfen gespürt hatte. Sie wollte vor etwas zurückschrecken, sie wusste nicht was, genauso wie sie gerade eben dieses lächerliche Verlangen verspürt hatte, sich umzudrehen und in die andere Richtung zu gehen. Und doch, als sie da stand und sie auf diese dumme, dumme Art anstarrte, hatte sie keine Abneigung gegen Violet Riversley ; weit davon entfernt. Sie fühlte sich eindeutig von ihr angezogen, und ihre Schönheit zog Ruth wie ein Zauber an.

Es schien ziemlich lange zu dauern, bis sie ihre eigene Stimme sagen hörte: „Bitte wählen Sie – nehmen Sie – alles, was Sie wollen.“

„Vielen Dank“, sagte Mrs. Riversley . Sie hatte sich umgedreht, um den Weg hinaufzugehen. „Ich bin einfach wie ein Kind. Ich möchte immer Blumen pflücken, wenn ich sie sehe, und sie scheinen hier besser zu wachsen als irgendwo sonst, die ich kenne. Mr. Carey sagte immer, er hätte die Blumenelementare ins Gleichgewicht gebracht.“

Sie sprach den Namen ganz einfach und beiläufig aus, während Ruth ein lächerliches Gefühl der Schüchternheit verspürte.

„Ich halte es für sehr wahrscheinlich“, antwortete sie. „Schau dir die Glyzinien an.“ Sie hatten den Hangkamm erreicht und konnten sehen, wo die Blumenfelder in den eigentlichen Garten übergingen. „Überall oben an der Wand, vor dem Blau. Ich habe noch nie etwas so Wundervolles gesehen.“

Es war unglaublich schön, aber Mrs. Riversley betrachtete es ohne offensichtliche Freude.

„Es ist so nett von dir, dass ich auf diese ungezwungene Art und Weise in dich eindringen darf“, sagte sie mit ihrer kleinen, liebenswürdigen, geselligen Art. „Vater sagte, er sei sicher, dass es dir nichts ausmachen würde. Und du lässt dich doch nicht von mir unterbrechen, oder? Du arbeitest selbst auf dem Bauernhof, nicht wahr? Es ist nicht nur ein Vorwand , mit Ihnen Landwirtschaft zu betreiben.“

„Ich wollte gerade melken“, sagte Ruth lächelnd. „Wir haben heute eine Hand zu wenig, also wenn es Ihnen nichts ausmacht, wenn ich Sie bis zur Teezeit lasse, und Sie werden einfach genau das tun, was Sie wollen, und sich alles aussuchen, was Ihnen gefällt –“

Dann tat Violet Riversley etwas Ungewöhnliches für sie. Sie legte ihre Hand in Ruths, wie es ein schüchternes, eher einsames Kind getan hätte. Es war einer der Momente, in denen sie unwiderstehlich war.

„Lass mich mitkommen und zuschauen“, sagte sie. „Und warum trägst du dieses große Baby herum? Ist es ein gutes Werk?“

„Er ist das Farmbaby“, sagte Ruth mit funkelnden Augen. „Und wir fanden ihn unter einem Stachelbeerstrauch.“

Sie hatten die Terrasse erreicht, und die Tauben, die gerade aus ihrem Mittagsschlaf auf dem sonnendurchfluteten Dach erwacht waren, stürzten herab, flatterten um Ruth herum und suchten in den großen Taschen ihres Overalls nach Mais, während Bertram Aurelius vergeblich versuchte, einen Flügel zu fangen oder Schwanz.

Mrs. Riversley stand in einiger Entfernung. „Meine Güte, sie sind zahm“, rief sie, während die hübsche Jagd nach dem versteckten Futter weiterging. „Genau so zahm wie sie mit –“ Sie hielt inne und sah sich um. „Es ist außergewöhnlich, wie wenig sich der Ort verändert hat – und das ist auch kein Vorwand – es ist hier wirklich genau das Gleiche.“ Das gleiche alte, gemütliche Gefühl wie zu Hause. Kannten Sie Mr. Carey zufällig? Nein, das nehme ich an. Aber es ist lustig – ich habe bei dir das gleiche Gefühl, das ich immer bei ihm hatte, und bei keinem anderen Menschen auf der Welt. Du gibst mir Ruhe – du tust mir gut – du bist etwas Cooles an einem heißen Tag. Weißt du, Vater hat es auch gespürt, und er neigt nicht zu Gefühlen. Werden Sie diesen großen Fettklumpen los. Setze ihn wieder unter seinen Stachelbeerbaum. Dann gehen wir melken.“ Sie ging drohend auf Bertram Aurelius zu. "Wo *geht* er hin?"

Ruth brach in Gelächter aus. „Er geht in die Futterkrippe auf das Heu oder irgendwo anders hin, wo es ihm gerade passt. Oder – aber Moment mal – hier kommen die Hunde.“

Sarah und Selina gingen anständig den Weg vom Eingangstor hinauf. Allem Anschein nach hatten sie eine kleine sanfte Übung gemacht. Sie hatten einen Hauch von Sanftmut und einnehmender Unschuld an sich, der für diejenigen, die sie kannten, eine eigene Geschichte erzählte. Sie hatten zweifellos Unheil angerichtet.

"Die Hunde?" fragte Frau Riversley .

„Sie werden sich um ihn kümmern“, erklärte Ruth.

Sie ging ins Haus und holte eine kleine hölzerne Wiege auf Schaukeln hervor. Darin arrangierte sie Bertram Aurelius, der die Veränderung mit seiner gewohnten Philosophie annahm, kräftig mit seinen nackten rosa Beinen wedelte und sich bemühte, die durch die Jasminblätter flackernden Sonnenstrahlen einzufangen. Die kleinen Hunde saßen Seite an Seite, sehr wachsam und voller Verantwortung.

Es war ein Bild voller Charme, aber Mrs. Riversley hielt sich zurück, obwohl sie interessiert die schnelle, saubere Bewegung von Ruths von der Arbeit abgenutzten Händen beobachtete, bis sie sich ihr anschloss.

Dann wurde sie für die nächste halbe Stunde eine ganz entzückende Begleiterin, die fröhlich mit ihrer hübschen, klangvollen Stimme redete und wie ein weißer Vogel hier und da durch den großen, duftenden Kuhstall huschte, begierig mit dem impulsiven Eifer eines Kindes, zu zeigen, dass auch sie es wusste wie man melkt. Dick hatte es ihr beigebracht. Sie sprach häufig und ohne Befangenheit von ihm. Sie erzählte Ruth viele Dinge, die sie wissen wollten. Und nach und nach verschwand die merkwürdige Hülle der Härte, dieser offensichtliche Mangel an Mitgefühl für all das schöne, geschäftige Leben auf dem Bauernhof. Zu Ruths Erstaunen melkte sie gut und geschickt. Sie verstand viel über Hühner und Schweine. Sie hielt die daunenweichen gelben Entenküken in ihren wohlgeformten Händen und brach in offene Begeisterung über das kleine weiße Junge aus, das mit der Herde lief.

„Ich frage mich", sagte sie, als das Melken vorbei war und Ruth Tee vorschlug, „ich frage mich, ob unser ‚Haus an der Wand' vielleicht noch da ist?"

„Du meinst, wo die Küchengartenmauer so gebaut ist, dass sie auf die Buche trifft, und die Äste wie drei Sitze sind, der höchste in der Mitte, und da sind ein paar Regale?"

"Ja ja! und du kannst rundherum sehen und niemand kann dich sehen. Dick hat es für uns gebaut, als wir Kinder waren – Fred, ich und die Condor-Jungs. Wir waren immer hier. Wir spielten dort oben Hauswirtschaft, und Dick erzählte uns Geschichten über alle Tiere – eines gab es auch über eine Mäusefamilie – und über die Elementare. Die Wasserelementare, die sich um den Fluss kümmerten und an den frühen Sommermorgen Regen und Tau brachten; Sie waren alle wie silberner Hauch und weißer Schaum. Und die Erdelementare, die sich um die Nahrung der Blumen kümmerten; und die Elementare des Feuers."

Sie blieb plötzlich stehen und zitterte. Sie überquerten eine Ecke des Obstgartens auf dem Weg zum Küchengarten, und zu Ruths Erstaunen blickte sie sich mit etwas wie Angst in den Augen um.

„Haben Sie gespürt, dass es kälter wurde, ganz kalt", sagte sie, „als wir gerade dort den Fußweg überquerten?"

„Das glaube ich, das sagen Sie jetzt", sagte Ruth. „Manchmal bekommt man diese komischen Streifen kälterer Luft zu spüren. Unter diesen Apfelbäumen sinkt auch der Boden."

Violet zitterte erneut. Sie schaute auf die Apfelbäume und der seltsame Ausdruck der Angst in ihren Augen verstärkte sich. „Hat Ihnen jemals jemand von einem Mann namens von Schäde erzählt , einem Deutschen, der hier gewohnt hat?" Sie fragte.

„Nein", sagte Ruth und fragte sich.

„Er hat mich gleich dort drüben, unter dem größten Baum, gebeten, ihn zu heiraten. Damals war es mit Blüten bedeckt und es waren weiße Schmetterlinge umher. Oh, er hat mir Angst gemacht!" Ihre Stimme wurde zu einem kleinen Schrei. „Er hat mir Angst gemacht. Ich hasse es, selbst jetzt noch daran zu denken. Ich hatte das Gefühl, er könnte mich dazu zwingen, ob ich wollte oder nicht. Er küsste mich – wie mich noch nie jemand geküsst hatte – ich hätte ihn töten können, ich hasste ihn so sehr. Aber schon damals hatte ich Angst, er könnte mich dazu zwingen. Ich hatte Angst. Alleine würde ich ihn nie wiedersehen, und ich fühlte mich nie wirklich sicher, bis ich mit Dick verlobt war, und selbst dann" – ihre Stimme wurde sehr leise – „ war ich froh, als Karl getötet wurde." Glaubst du, es war sehr schrecklich von mir? Ich konnte nicht anders. Manchmal, auch jetzt noch, träume ich in der Nacht, dass er nie gestorben ist, dass er zurückgekommen ist und mich zwingen kann, zu tun, was er will." Sie schauderte. „Ich muss mich ganz schön wach schütteln, bevor ich weiß, dass es nur ein tierischer Traum ist. Und ich habe Dick jetzt nicht mehr .

Sie blickte über ihre Schulter zurück und zitterte erneut.

„Bist du sicher, dass dieses Kältegefühl ganz normal war?"

„Warum, ja", sagte Ruth. „Was soll es sein?"

"Ich weiß nicht. Kommen wir zum Haus an der Wand."

Sie eilte weiter, und ihre schlanken, weiß gekleideten Füße stiegen wie zu Hause die rauen Stufen hinauf. Sie stand einen Moment lang da und blickte sich um, während die alten Erinnerungen an ein scheinbar anderes Leben in ihr hochkamen. Dann kletterte sie auf den Mittelsitz und setzte sich dort hin, wobei sie sich zusammenraffte, wie es ein Kind tut, wenn es sich tief konzentriert. Im flackernden Schatten der Blätter über und um sie herum wirkte ihr Gesicht blass, fast geheimnisvoll, ihre seltsamen goldenen Augen waren seltsam lebendig und blickten doch, so schien es, in eine andere Welt.

Von ihrem Platz im Kreis blickte man auf das große, endlose Tal, das sich im Westen erstreckte. Unmittelbar darunter befand sich das große Heufeld, das jetzt zum Schneiden bereit war. Es fiel in einem sanften Gefälle zum Fluss hin ab, der, indem er unter der Fahrbahn am Eingangstor hindurchtauchte, sich um den Garten schlängelte und am Grund des Feldes in einen Miniaturteich mündete, bevor er im Farnkraut verschwand, wo das Territorium lag Thorpe endete und der große, wunderschöne Wald des Condor-Anwesens begann. Im Teich befanden sich rosafarbene und weiße Seerosen und große braune Binsen, alle in ihrer Blütezeit. Am auffälligsten in der edlen Landschaft dahinter war eine Buchengruppe auf dem Kamm der gegenüberliegenden Talseite, die sich steil vom Himmel abhob. Sie hatten viele Jahre lang die volle Kraft der aus dem Nordosten aufsteigenden Winde eingefangen, und nur die obersten Zweige überlebten, während ihre geraden, wunderschönen Stämme kahl blieben. Heute, als sie hoch über den blauen Weiten standen, im schimmernden Licht und in der Hitze, hatten sie mehr als sonst an Majestät und Geheimnis um sich.

Violet Riversley saß ganz still da. Die unzähligen Sommerblätter raschelten leise; hier und da sang ein Vogel. Plötzlich begann sie zu sprechen, so wie ein anderer Vogel zu singen begonnen hätte.

„Und es dauert lange, bis die Seerosen wachsen, denn sie wachsen erst, wenn sie sicher sind, dass man sie wirklich liebt und nicht nur zur Schau stellen will. Dasselbe gilt auch für die Madonnenlilien. Und sie machen nie Fehler. Man muss sie wirklich lieben. Und die Seerosen sind wie Binsen, die als Leibwächter zur Hand sind, denn die Seerosen sind königlicher Herkunft. Die Wasserelementare erzählten Dick das alles. Und so wuchsen die Lilien, und mir gefielen die rosafarbenen am besten, er aber liebte die weißen. Und in den Wipfeln der Buchen mit den langen Stämmen sprechen die Erdelementare ihre Gebete; Sie wählen solche Bäume aus, damit die Erdenkinder nicht hinaufklettern und sie stören können. Wenn man sie stört, während sie ihre Gebete sprechen , werden sie wütend, und dann kommen die Blumen völlig schief. Rote Rosen mit einer grünen Spitze im Herzen und die Lindenblüten sind schwarz bedeckt. Und all diese flimmernde Hitze ist wie in der Wüste, alles so und kein Grün. Nur hier und da Wasser in einem Palmenhain. Und da ist der Wald, in dem die Winde leben. Sie werden heute alle zu Hause sein und sich ausruhen.“

Ruth hielt den Atem an, während sie zuhörte, und dann verstummte die Stimme ganz sanft. Und ganz plötzlich ergoss sich ein Schauer großer, weicher Tränen. Sie hinterließen verschwommene Spuren auf der strahlend weißen Haut, und sie blickte Ruth mit trüben, feuchten Augen an wie ein ungezogenes Kind.

Dann stand sie auf und setzte sich oben auf die Mauer mit Blick auf den Garten.

„Komm und setz dich auch hierher“, sagte sie und klopfte neben sich auf die Ziegelsteine. „Es ist ziemlich bequem, wenn man die Absätze wieder in die Stufen steckt. Da ist gerade mal Platz für zwei. Wir haben immer darauf geachtet, dass Dick von hier nach Hause kam – ich und Fred und der älteste Condor-Junge. Er wurde in Messines getötet – und der kleine Teddy Rawson, der Sohn des Pfarrers – er hatte vor fast allem Angst – Mäuse und Frettchen – genau wie ein Mädchen – und starb in Gallipoli den Heldentod. Und Sybil Rawson – sie ging als Krankenschwester nach Saloniki, wurde auf dem Heimweg torpediert und ertrank. Nur Fred und ich sind gegangen, und die beiden jüngsten Condors.“

Wieder verfiel sie in Schweigen, und wieder hielt Ruth den Atem an. Sie fürchtete, dass jedes Wort von ihr den Zauber dieser Rückkehr in die vergangenen Tage brechen könnte, die wie ein anderes Leben waren.

„Die Blumen wachsen auch für dich. „Sie sind genauso wunderbar wie immer", fuhr Mrs. Riversley nach einer Weile noch einmal fort. „Und du hast einen blauen Rand. Delphinium, Anchusa, Love-in-the-Mist und die Nemophila – alle. Ich frage mich, wie Sie darauf gekommen sind?"

„Einige der Pflanzen waren noch übrig, und ich – irgendwie glaube ich, dass ich es erraten habe."

„Und die Vögel? Sind sie immer noch so zahm?"

„Zuerst waren sie schüchtern, aber sie fangen an, zurückzukommen."

„Früher flogen die Rotkehlchen ins Haus und wieder hinaus. Und selbst Schwalben und Eisvögel kamen Dick ziemlich nahe. Wenn ich bei ihm war , musste ich lange Zeit ganz still sein, bevor sie kamen."

Ruths Gesicht erhellte sich durch einen plötzlichen Gedanken. „Die Eisvögel?" Sie sagte.

„Sie sind die schüchternsten aller Vögel. Ich nehme an, wir Menschen haben immer versucht, sie wegen ihres Gefieders zu fangen und zu töten. Dick hasste so etwas." Ihr Gesicht wurde hart und das seltsame Feuer brannte erneut in ihren Augen. „Und dann wurde er selbst abgeschossen — abgeschossen, wie wir jeden Vogel oder jedes Tier abschießen."

Sie blieb plötzlich stehen, die Worte blieben ihr im Hals stecken, als der Condor-Wagen über die Brücke kam und am Tor anhielt.

Dann rutschte sie von der Wand herunter und blickte zu Ruth auf. „Danke, dass ich mit dir herumgehen und reden durfte. Es war gut." Sie strich die schwere Haarwelle aus ihrer Stirn unter ihren breitkrempigen Hut. „Es hat mich für einen kleinen Moment zu dem zurückgebracht, was das Leben früher war, von dem, was ich bin, zu dem, was ich war. Und jetzt lasst uns gehen und all die Dinge einsammeln, die Lady Condor fallen lassen wird."

Lady Condors fröhliches Geplapper war bereits bei ihnen.

„Habe ich jetzt alles? Ja – nein – wo ist mein Taschentuch? Habe ich es in die Tasche gesteckt? Die Pakete können alle bleiben. Niemand wird sie berühren. Oh, da ist es! Danke, Roger."

Sie begann, den Pfad hinaufzusteigen, wobei sie einen blauen Chiffonschal ablegte, den North zurückholte, als er ihr folgte.

„Oh, da bist du ja, Violet! Und das ist Seher? Ein unverzeihlich später Anruf, aber ich habe den Vorsitz bei einem Treffen übernommen, bei dem es um das Women's Victory Memorial ging. Wir haben stundenlang diskutiert – die verrücktesten Ideen! Und die Hitze! Im Rathaus? Ja. Warum sind Rathäuser und Krankenhäuser immer abscheulich? Es kann keine Notwendigkeit dafür geben. Tee drinnen, außerhalb der Sonne? Wie schön! Ich selbst mag eigentlich nie Tee im Freien, auch wenn ich manchmal so tue. Und das liebe alte Zimmer – fast so wie es einmal war. Ich bin froh, auch wenn es mich zum Weinen bringt. Ja. Aber wo war ich? Oh ja, die verrücktesten Ideen. Sogar ein Krematorium wurde vorgeschlagen. Nein, ich erfinde nicht, liebe Violet. Die gute Dame hatte ihren Mann verloren und musste ihn bis nach Woking mitnehmen . Am anstrengendsten natürlich! Sie tat mir wirklich leid. Aber es kam mir für ein Siegesdenkmal so seltsam vor. Also entschieden wir uns für ein Entbindungsheim, eine ganz hervorragende Idee. Natürlich auf die falsche Seite graben. Es brachte die Tatsache, dass Babys auf die Welt kommen, sozusagen in eine sehr konkrete Form. Aber gerade jetzt so notwendig – und dass sie jede Chance haben sollten. Sogar die lieben Damen, die die St.-Christopher-Kirche besuchen, stimmten zu. Wir trennten uns in größter Harmonie. So angenehm – und so ungewöhnlich!"

„Und haben Sie sich für ein Kriegerdenkmal entschieden?" fragte North und rettete ihr Taschentuch aus Selinas Fängen.

"Noch nicht! Und ich sehe keine Aussicht – wir reden immer noch. Wir *werden* es tun, bis ein abenteuerlustiger Geist unter uns sagt: „Nun, es muss etwas *getan werden* ." Dann werden wir den Weg des geringsten Widerstands gehen – immer so sicher und so unoriginell. Bitte noch eins dieser köstlichen Sandwiches. Natürlich Ihre eigene Devonshire-Creme. Warum kann mein Koch keine Devonshire-Creme zubereiten? Aber wo war ich? Ach ja – das Kriegerdenkmal. Dann werden wir ein künstlerisch offensives Denkmal errichten. Ich frage mich, wer dieses Wort erfunden hat. Und kam das Wort von der Monstrosität oder danach? Aber es beschreibt so sehr, was es ist. Ja. Und was ist Ihre Vorstellung von einem guten Denkmal, Miss Seer?"

„Im Moment habe ich nur eine Idee", sagte Ruth lächelnd. „Und das sind Hütten."

„Auch ziemlich gut", sagte North. „Warum hat niemand daran gedacht?"

„Viel zu offensichtlich, meine Liebe", rief Lady Condor. „Die Leute schreien danach, untergebracht zu werden, also werden wir ihnen eine Bibliothek bauen – ja."

„Und die Pithians werden sich Wintergärten und Billardzimmer und Marmorschwimmbäder bauen", sagte Mrs. Riversley .

„ Pithianer !" rief Lady Condor. „Wer hat sich bei jemand anderem für ein Wort bedankt! Danke, liebe Violet. Habe ich es neulich selbst erfunden? Wie klug von mir! Pithians – ja. Die Demokratie wird Privilegien töten, wie es in

Frankreich der Fall war, aber die Pithianer erheben sich aus unserer Asche – oder sollte es Phönix sein ? Ich werde furchtbar durcheinander – das liegt daran, dass ich zu viel rede. Roger, warum reden Sie nicht, anstatt mir Miss Seer und die ganze Unterhaltung zu überlassen?"

„Meine liebe Dame, der pithische Ruhm ist nur für einen Moment. Wir alle nähern uns mit erstaunlicher Geschwindigkeit dem gleichen Haufen Asche an, und was aus dieser Asche entstehen wird, müssen Sie einen klügeren Mann als mich fragen."

„Denken Sie ernsthaft über die Aussichten nach?" fragte Ruth.

North bediente sich noch mehr Brot und Butter. „Ich glaube nicht", sagte er. „Es ist unerträglich, daran zu denken – wenn man nichts tun kann."

Dann stellte Lady Condor ausnahmsweise eine klare Frage, ohne weiter fortzufahren.

„Was denkst du über die Dinge?" fragte sie und sah Ruth an.

Die Stille wurde auf seltsame Weise angespannter, während sie alle auf die Antwort warteten. Es überraschte North, dass er mit etwas darauf wartete, das deutlich an Interesse grenzte.

Einen Moment lang wirkte Ruth Seers Gesicht beunruhigt, dann strömte die Farbe wie eine Flut hinein und ließ sie ganz bleich zurück. Als sie sprach, hatte sie das Gefühl, als kämen die Worte mühsam aus einem unbekannten Bewusstsein. Und obwohl sie die Worte, die sie sprach, zweifellos für wahr hielt und ein Zeugnis ihres eigenen Glaubens darstellte, hatte sie die Wahrheit, die sie sagte, erst in diesem Moment erkannt.

„Ich glaube", sagte sie langsam, zögernd, aber mit einer seltsamen Intensität der Überzeugung, „ich glaube, wir sind nicht allein." Die Dinge liegen in den Händen der Männer, die ihr Leben gegeben haben, damit die Dinge anders – besser – werden. Ihr Einfluss ist hier – alles dreht sich um uns. Mit zusätzlichem Wissen führen sie durch unsere Dunkelheit. Es ist ihre große Belohnung."
Es herrschte erneut Stille, und Ruth errötete unter dem prüfenden Blick dreier Augenpaare erneut schmerzhaft. „Woher hast du diese Idee?" fragte Lady Condor.
„Ich weiß es nicht", antwortete sie und änderte dann ihre Aussage. „Zumindest bin ich mir nicht sicher. Aber ich glaube, dass es wahr ist."
„Es gefällt mir", verkündete Ihre Ladyschaft. „Es gefällt mir enorm – ja – ganz enorm. Mein armer lieber Hartley! Er war so begeistert von allem, so interessiert an *dieser* alten Welt. Er wollte keine Ruhe im Himmel – mit vierundzwanzig. Nein – ist das wahrscheinlich? Und *les choices ne vont pas si vite* . Es liegt nicht in der Natur der Sache, dass sie das tun sollten. Die Natur hat

keine so großen Lücken, die keinen Sinn ergeben. Ich weiß nicht, meine Liebe, ob *ich* vernünftig rede, aber ich weiß, was ich meine, und ich bin sicher, dass es richtig ist. Ja – deine Idee gefällt mir."

„Aber das macht es nicht wahr. Manche Menschen können alles glauben, was sie wollen. Ich kann nicht." Mrs. Riversley erhob sich ungeduldig von ihrem Platz. „Wir wissen nur, dass sie für uns verschwunden sind; wir können sie nicht mehr sehen, berühren oder halten . Warum diskutieren und stellen Sie sich vor? Sie sind weg."

Lady Condor zuckte bei diesen Worten zusammen. Die wunderbare Vitalität, die es ihr ermöglichte, dem Alter und dem Sättigungsgefühl zu trotzen, versagte für einen Moment. Sie sah alt und erbärmlich aus.

„Ja", sagte sie, „sie sind weg." Sie sah North an. „Und Sie können uns nichts sagen – trotz all Ihrer Erkenntnisse – trotz all Ihrer Entdeckungen. Und die Pfarrer sprechen von Glauben und Hoffnung. Ja. Aber wir haben unsere Erstgeborenen verloren."

North antwortete nicht. Er sammelte ihre verschiedenen Habseligkeiten ein und legte sie ihr auf den Schoß. „Es gibt ein oder zwei Dinge, die ich am Auto machen muss", sagte er.

Die Tür öffnete sich unter lautem Hundegeschrei. Sarah und Selina bellten mit schrillem Willkommensruf im Chor um Larry herum, der offenbar gerade angekommen war. „Was zum Teufel –" murmelte North vor sich hin, während Larry ihn mit der gefiederten Pfote schlug und mit wehmütigen Augen um Verzeihung flehte.

Ruth saß an diesem Abend sehr lange draußen auf ihrer Terrasse. Der Himmel war dunkel, aber voller Sterne. Ihr Glanz erfüllte den ganzen Raum. Wer und was hatte diese Worte heute Nachmittag gesprochen, denn weder der Gedanke noch die Worte waren ihre eigenen gewesen? Sie glaubte, es sei ein wahrer Gedanke; Etwas, das tiefer als das Gehirn oder der Verstand lag, wusste, dass es wahr war. Und Ruth Seer saß da und betete. Stand sie an der Schwelle des offenen Tors, nach dem die Menschen zu allen Zeiten vergeblich gesucht und gesucht haben? War sie irgendwie auf etwas Großes und über alle Maßen Wertvolles gestoßen? Sie wusste, wie wertvoll sie war, sie hatte gesehen, wie die Toten zu Tausenden auf ihre Beerdigung warteten, und hatte mit ihrer Seele die Tränen ihrer Frauen gehört. Verschwunden, wie Violet Riversley sagte, außer Sichtweite, Berührung oder Geräusch. Und doch war zwischen ihr und einem dieser toten Männer sicherlich eine Gemeinschaft entstanden, die tiefer und voller war als Sehen, Berühren oder Festhalten. Ein Mann, der ihr auf dieser physischen Ebene unbekannt war. Das war das krönende Wunder dieser wundervollen Sache, die geschah. Wie war es dazu gekommen? Was sollte das heißen? Und es war nichts anderes als dieses irdische Leben, von der kleinen täglichen Runde. Es war keine andere Welt.

Die Nacht wurde dunkler. Ein Zauber aus Sternenlicht lag auf der Farm, auf dem matten Silber des Baches, über den violetten Fernen. Der kleine Bauernhof, den sie liebte, mit all seinen schlafenden Kreaturen, gehörte zum wunderbaren Ganzen, zum großen Raum, zur Unermesslichkeit des Lichts, zur Herrlichkeit und zum Geheimnis.

Die Schönheit von allem war wie ein Schluck Wein, war wie ein silbernes Schwert, war wie eine Harfe aus Gold.

Und plötzlich begann eine Nachtigall zu singen. Ein kleines, braun gefiedertes Ding mit diesem wunderbaren Klang in seinem winzigen Hals. Und dann kam es. Glaube – Hoffnung – sie können die offene Tür nicht passieren – nur Liebe. Und nicht die Liebe zueinander, so tief und wahr sie auch sein mag, sondern die Liebe zum universellen Ganzen, die Liebe, die sie und Dick Carey gemeinsam hatten, konzentrierte sich sozusagen auf Thorpe. Das war das Passwort, der Schlüssel, die Gemeinschaft zwischen den Lebenden und den Toten, die sie gefunden hatte.

Und Larry, der zu ihren Füßen lag, denn North hatte ihn bleiben lassen, wedelte mit seinem langsamen Schwanz und träumte zufrieden.

erloschen eines nach dem anderen die Lichter des großen Pithian-Herrenhauses mit allem, was es symbolisierte, und Ruth, die ihr England liebte, hatte keine Angst.

Es blieb ein tiefes Gefühl großer Verantwortung. Wenn das, was sie gespürt hatte, wirklich so war und sie weder damals noch zu irgendeinem späteren Zeitpunkt daran zweifelte, was hatten sie dann mit ihrem größeren Wissen für den großen Fortschritt in der Evolution, den sie, die ihnen allen das höchste Geschenk gemacht hatten, gemacht hatten? Was hatten sie auf dieser physischen Ebene sicherlich erreicht, womit konnten sie die neue Ordnung aufbauen, außer denen, die noch übrig waren? Lebende Steine für den Großen Neuen Tempel, niemals von Hand gefertigt.

Die Herrlichkeit berührte Ruth wie ein plötzlicher Lichtstrahl. Der Gedanke war wie ein Signalhornruf. Immer noch für sie zu arbeiten. Sie hatte nur sich selbst anzubieten. Ein kleiner Stein, der für den Gebrauch geformt und so perfekt wie möglich gemacht werden kann. Sie brachte es von ganzem Herzen unter dem Sternenhimmel dar. Das Leben bekam einen neuen und schöneren Sinn, jede Dienstarbeit eine tiefere, vollere Freude. Es war immer noch für und mit ihnen.

KAPITEL VI

Ein paar Tage später kam Mr. Fothersley , wie es seine übliche Gewohnheit war, um elf Uhr aus seiner Haustür und machte sich auf den Weg zur Post. In seiner linken Hand trug er einen Stapel Briefe für die Zwölf-Uhr-Post. Wie er oft sagte, war es „ein Gegenstand für seinen Morgenspaziergang". Nicht, dass Mr. Fothersley jemals wirklich spazieren gegangen wäre. Es wäre physikalisch unmöglich gewesen. Seine kleinen dicken Beine trabten immer. Sie trotteten nun den makellosen Kiesweg entlang, der sich zwischen zwei breiten Streifen glatt gemähter Rasenfläche schlängelte. Auf der rechten Seite ging das Gras in einen prächtigen Buchenhain über, auf der linken Seite war es durch ein ordentliches Eisengeländer eingezäunt und trennte es von dem, was der Hausverwalter als fein bewaldetes Parkland beschreibt. Hinter ihm schlief das graue alte Haus mit allen heruntergelassenen Sonnenjalousien friedlich im Sonnenschein. Die Parterres waren voller Calceolaria, Geranien und Heliotrop. Mr. Fothersley war eher stolz auf seinen frühen viktorianischen Stil im Gartenbau, und seine Staudenrabatten, so sehr sie auch waren, waren in der Region der Küchengärten zu Hause.

Leigh Manor gehörte Herrn Fothersley seit dem Tag seiner Geburt, der zwei Monate nach dem Tod seines Vaters stattfand. Dieser Herr hatte erst spät im Leben geheiratet, und zwar mit dem einzigen und erklärten Ziel, seinem Vermögen einen Erben zu verschaffen, und sein Sohn war mit diesem Zweck aufs herzlichste einverstanden. Gleichzeitig hatte er selbst nie den Weg gesehen, so weit zu gehen . Die Fothersleys waren keine heiratende Familie. Seine Mutter, eine farblose Person von tadelloser Abstammung und einer Lebensauffassung, die nur zwei Aspekte berücksichtigte, das Bequeme und das Unbequeme, hatte lange genug gelebt, um ihn bis weit in die Vierzigerjahre hinein zu sehen, und zu diesem Zeitpunkt war er genauso geschickt wie sie in der Leitung eines Betriebes tätig gewesen sein. Alles verlief weiterhin in der gleichen perfekten Ordnung, und Mr. Fothersley fühlte sich genauso wenig wie zu ihren Lebzeiten geneigt, den reibungslosen Ablauf seines angenehmen Lebens zu stören, indem er sich auf das sehr unsichere Abenteuer der Ehe einließ. An diesem besonderen Morgen blieb er vor seinem eigenen Tor stehen, um die Aussicht zu genießen – fast die gleiche Aussicht, die man vom „Haus an der Wand" auf der Thorpe Farm hatte. Mr. Fothersley konnte sich daran erinnern , dass er schon als kleines Kind Besucher mitnahm, um „unsere Aussicht" zu sehen, und er hatte es schon in jungen Jahren als bedauerlich empfunden, dass auf dem Gelände von Leigh Manor nichts so Gutes zu finden war. Er blickte auf die stille Szene. Das große, wunderschöne Tal, hinter dem nur die Andeutung des Meeres zu sehen war, die verstreuten Bauernhöfe, mit hier und da zwischen seinen Bäumen ein altes, edles Herrenhaus wie seines, und zu seinen Füßen das kleine Dorf Mentmore mit seinem grauen Kirchturm , halb versteckt in der Mulde. Es war typisch für alles, was ihm am Herzen lag. Ein Symbol für die wohlgeordnete Leichtigkeit und Überlegenheit seiner Position, für die Dinge, die tatsächlich, wenn auch unbewusst, Mr. Fothersleys Religion waren.

In der grauen Kirche hatten seine Vorfahren, wie er selbst, mit Gleichaltrigen in den vorderen Kirchenbänken gesessen, während ihre Angehörigen sich diskret hinten hinter den Säulen versammelt hatten. In diesen überaus malerischen Hütten mit zwei oder drei Zimmern wohnten Familien, die ihn und die Seinen, wie er immer mehr oder weniger als selbstverständlich angesehen hatte, mit einer Mischung aus Respekt und Ehrfurcht betrachteten, nur berührt – nur berührt – mit Ehrfurcht. Im Großen und Ganzen äußerst würdige und respektable Menschen. Mr. Fothersley war ihnen gegenüber aus seinem Überfluss großzügig. Er hing tatsächlich an ihnen; und obwohl Mr. Fothersley stolz darauf war, mit der Zeit zu gehen, war klar, dass jede Änderung des bewundernswerten Zustands der Dinge in Mentmore nicht nur ein Fehler, sondern absolut falsch wäre.

Fothersley an diesem schönen Junimorgen beunruhigt. Das Wissen, dass Mr. Pithey anstelle seines alten Freundes Helford Rose in dem edlen grauen Steinhaus auf dem gegenüberliegenden Hügel wohnte, verdarb ihm „seine Sicht". Und zum ersten Mal war auch eines von Ruth Seers neuen Cottages direkt unter seinen eigenen Weidefeldern sichtbar. Die Arbeiter bauten das Dach auf. Für Mr. Fothersley war es ein unziemlicher Anblick in Mentmore . Ruth hatte ihr Bestes gegeben, sie hatte sowohl Zeit als auch Geld darauf verwendet, Material zu beschaffen, das weder die Harmonie noch den Charakter des kleinen Dorfes beeinträchtigen würde, aber wie Mr. Fothersley gesagt hatte, war es das dünne Ende des Keils.

Was sollte Mr. Pithey davon abhalten , eine schreckliche Epidemie abscheulicher Zweckwohnungen über sein weitläufiges Anwesen auszubreiten? Mr. Fothersley schauderte und erinnerte sich dankbar daran, dass es sich im Moment nicht um ein lohnendes Angebot handelte.

Dennoch wünschte er, Miss Seer hätte diese seltsamen Manien nicht. Nicht, dass er sie nicht mochte – ganz im Gegenteil. Tatsächlich war der kleine Korb mit seinen besonderen frühen Erdbeeren, den er in seiner rechten Hand hielt, auf dem Weg zu ihr. Und er hatte sogar eine entfernte Verwandtschaft mit ihr auf der Courthope- Seite festgestellt. Seit dem, was in seinem Set mittlerweile als Pithian- Invasion bekannt ist, betrachtete er sie als einen besonderen Aktivposten in Thorpe.

„Ich hätte das Haus des alten Dick nicht für einen guten Preis vulgarisieren lassen", sagte er sich, als er den Hügel hinunterstieg. „Und ich weiß, dass sogar er vor dem Krieg davon gesprochen hat, ein paar Hütten zu bauen, armer lieber Kerl."

Trotzdem fühlte er sich nicht in seiner gewohnten Stimmung, und um sein Unbehagen noch zu verstärken, kam er kurz darauf an dem örtlichen Kehrer, Fensterputzer und im Allgemeinen geschickten Mann vorbei, der, anstatt wie früher seinen Hut zu berühren, fröhlich nickte „Guten Morgen, Mr. Fothersley !" Schönes Wetter", sagt er.

Mr. Fothersley gefiel es nicht. Am deutlichsten hat es ihn geärgert! Es war eine Sache gewesen, Mankelow aufzusuchen , als er verwundet war und Patient im örtlichen VAD war, und viel Aufhebens um ihn zu machen, aber das als Mr. Pithey sagte gern: „war anders." Es war eindeutig anmaßend für Mankelow , ihn auf die Art und Weise zu behandeln, in der er sagte: „Gegrüßet seist du, mein Freund.

Dies erinnerte Herrn Fothersley an die drohenden Streiks unter den Bergleuten, Transportarbeitern und denen, die Herr Fothersley vage als „ diese Art von Menschen " bezeichnete . Er fragte sich, was passieren würde, wenn alle Feger streiken würden. Es war äußerst gefährlich, Feuer anzuzünden, während sich im Schornstein eine große Rußansammlung befand – äußerst gefährlich.

In diesem Moment wäre er beinahe mit Ruth Seer zusammengestoßen, als sie schnell um die Ecke des Postamts bog.

Sie blieben beide stehen, lachten und entschuldigten sich.

„Ich war gerade mit einigen unserer frühen Erdbeeren auf dem Weg zu Ihnen", sagte Mr. Fothersley und zeigte eine Ecke des Inhalts seines Korbs.

„Wie gut von dir!" rief Ruth aus. „Und ich liebe sie. Wirst du einen Moment auf mich warten? Ich mache mich auf den Weg, um Herrn North ein Telegramm zu schicken.

Jetzt war die Neugier der hervorstechendste Zug in Mr. Fothersleys lustiger kleiner Figur, und es war die nackte und unverschämte Neugier des kleinen Kindes. Es könnte fast als eine auf den Kopf gestellte Tugend angesehen werden, so real und lebhaft war sein Interesse an den Angelegenheiten seiner Nachbarn, ein Interesse, dem oft Mitgefühl und Hilfe folgten.

„Nach Norden telegrafieren!" er rief aus. "Wie wäre es mit?"

Kein Bewohner wäre über einen längeren Zeitraum hinweg auch nur im Geringsten erstaunt gewesen, aber Ruth starrte ihn für einen oder zwei Momente völlig verblüfft einfach an. Dann, etwas spät am Tag, begann ihr zu dämmern, dass ihr Telegramm an Roger North möglicherweise eine Erklärung erfordern würde, und eine, die sie nicht geben wollte.

„Nach Norden telegrafieren? Wie wäre es mit?" wiederholte Mr. Fothersley , sein kleines rosa Gesicht strahlte vor freundlichem Interesse.

Da die ganze Wahrheit nicht in Frage kam, blieb uns nichts anderes übrig als so viel wie möglich.

„Ich möchte ihn sehen, um ihn nach seiner Meinung zu einer wichtigen Angelegenheit zu fragen", sagte Ruth.

Erstaunen vermischte sich mit Neugier auf Mr. Fothersleys sprechendem Gesichtsausdruck. In dem Moment, in dem er und Ruth sich wieder anstarrten, gingen ihm viele Dinge durch den Kopf, das auffälligste war die Zunge der Postmeisterin und Mrs. Norths feurige Eifersucht.

Mr. Fothersley konnte sich an schreckliche Zeiten erinnern, als ihn kleinere Dinge als dieses Telegramm so sehr erregt hatten, dass ganz Mentmore davon betroffen war war darauf aufmerksam geworden, und viel unnötige schmutzige Wäsche wurde in der Öffentlichkeit gewaschen, bevor der Sturm nachließ.

North selbst war bei diesen Gelegenheiten, in Mr. Fothersleys Sprache, schwierig, am schwierigsten. Entweder neckte er seine Frau unbarmherzig, oder er verlor die Beherrschung und benutzte eine schlechte Sprache. Die ganze Angelegenheit war immer, wiederum in Mr. Fothersleys Sprache, „bedauerlich, sehr bedauerlich", während die Grundlage der ganzen Angelegenheit darin bestand, dass Frauen North viel mehr langweilten, als sie ihn jemals amüsierten, so dass es, wenn er tatsächlich mit jemandem redete, es war war spürbar.

Fothersley war es ganz offensichtlich , dass Miss Seer sich überhaupt nicht bewusst war, dass bei ihrer Handlung etwas Ungewöhnliches vorgefallen war. Das überraschte ihn, denn er hatte verstanden, dass sie eine Gefährtin gewesen war, und das Wissen einer Gefährtin über solche Dinge übersteigt in der Regel jeden Glauben.

Ruth machte eine Bewegung, um sie weiterzugeben, das verhängnisvolle Dokument in der Hand. Aber es war einer dieser Momente, in denen Mr. Fothersley die Oberhand hatte.

„Meine liebe Dame", rief er aus, „ich gehe nach Westwood, sobald ich meine kleine Gabe vor Ihrer Haustür deponiert habe. Erlauben Sie mir, die Botschaft für Sie zu übermitteln."

Mit einer geschickten Bewegung war das Papier in seinem Besitz, wurde ordentlich gefaltet und sicher in seiner Westentasche verstaut. Seine kleine, rundliche Gestalt drehte sich um, offensichtlich bereit, sie zurück nach Thorpe zu begleiten.

„Das Telegramm wird sich erklären?" Er fragte: „Oder soll ich eine Nachricht überbringen?"

„Ich möchte ihn zu einigen Ereignissen auf der Farm befragen", antwortete Ruth. „Dinge, die ich gerne so schnell wie möglich mit ihm besprechen würde. Herr North war sehr freundlich und hat, glaube ich, echtes Interesse an Thorpe."

"Kein Zweifel. Kein Zweifel." Mr. Fothersley stimmte herzlich zu. „Er war der engste Freund des armen Carey. Obwohl wir tatsächlich alle seine Freunde waren. Ein überaus liebenswerter Kerl. Tatsächlich war er fast zu gutherzig. Jeder konnte ihn aufnehmen – und das tat er auch!" fügte Herr Fothersley mit Wärme hinzu. „Ich muss zugeben, dass es einen Deutschen gab, der sehr angenehm zu treffen war und der eine Zeit lang ziemlich oft bei ihm blieb. Ich hatte immer das Gefühl, dass er, wenn sie in England einmarschiert wären, jeden Zentimeter des Landes um uns herum gekannt hätte, denn zweifellos machte er sich wie immer Notizen über alles. Witzigerweise wurde er von Dicks eigenem Regiment schwer verwundet gefangen genommen und starb auf der Clearingstation, bevor sie ihn in ein Krankenhaus bringen konnten."

Ruth blickte auf den sonnenbeschienenen Frieden der Farm, denn sie hatten das Tor erreicht. Sie erinnerte sich, was Violet Riversley ihr erzählt hatte. Und doch hatte sich Dick Carey um diesen Mann gekümmert.

„Und sie hatten sich hier als Freunde getrennt", sagte sie.

„Ich glaube, Dick war darüber ziemlich verärgert", sagte Mr. Fothersley . "Sehr komisch. Aber der arme, liebe Dick war seltsam! Kein Sinn für Proportionen, wissen Sie!"

Dies war ein Lieblingsspruch von Mr. Fothersley und Mrs. North. Es ist zweifelhaft, ob einer von ihnen genau wusste, was er damit meinte, aber es klang gut.

Mr. Fothersley wiederholte es noch einmal und stützte sich dabei mit den Armen auf das Tor. „Kein Augenmaß. Aber ein liebenswerter Kerl, sehr liebenswert. Wir standen schon oft hier, genau wie Sie und ich, und beobachteten seine Vögel. Wie ich sehe, hast du immer noch das Vogelbecken. Mr. Fothersley suchte nach seiner Brille. „Ja, und diese elenden kleinen Blaumeisen überall – die schlimmsten Übeltäter im Garten. Selbst die Blüte ist vor ihnen nicht sicher. Wahnsinn, sie mit Kokosnüssen und Speckschwarte anzufeuern. Aber wie gesagt, armer Dick –"

Zu diesem Zeitpunkt hatte Mr. Fothersley seine Brille fest auf dem Nasenrücken verankert. Er konnte den Teich deutlich sehen und neben mehreren Blaumeisen zwei runde Engelsgesichter, die mit offenem Mund und ganz still über dem Uferrand hingen.

"Du lieber Himmel! Was sind diese?" er rief aus.

„Nur zwei kleine Besucher von mir“, sagte Ruth lächelnd. „Es ist ganz wunderbar, wie ruhig sie gelernt haben, die Vögel zu beobachten. Sie leben in Blackwall Tenements und ihr einziger Spielplatz dort ist ein Bürgersteig unter einer Staubwolke.“

"Oh!" sagte Mr. Fothersley zweifelnd. „Blackwall. Das ist irgendwo in der Stadt .“

Er wurde von einer schrillen, aufgeregten, eindeutig weiblichen Stimme in der höchsten Note unterbrochen.

„Oh, Tommy! „Er hat eine Fliege gefangen !“

Im nächsten Moment war jeder Vogel verschwunden, während die kompletten Figuren der Mondgesichter gleichsam aus dem Boden auftauchten. Beide trugen Höschen, beide hatten kurzes Haar, aber es war eindeutig der männliche Meister, der die Strafe schnell und einfach anordnete.

„Da hast du es schon wieder geschafft!“

„Ich habe vergessen – ich –“ Schluchzen, bitter und heftig, unterbrach die Klage.

Der Junge steckte die Hände ein und ging weg.

„ Jes ist wie eine Frau“, rief er über seine Schulter.

Die andere kleine Gestalt folgte ihm in bescheidenem Abstand und jammerte laut, bis beide außer Sichtweite verschwanden.

Mr. Fothersley schauderte.

„Wie kannst du das ertragen?“ fragte er, sein kleines rosa Gesicht war wirklich besorgt. „Sogar Dick –“

„Bei den Deutschen stehengeblieben“, endete Ruth für ihn. „Nun, es hat seine Entschädigungen. Und was *kann man* schließlich tun? Ich kenne diesen Spielplatz unter dem Rußstaub! Und das alles habe ich. Man könnte es nicht ertragen, wenn man sie nicht unten hätte.“

"Wie viele?" fragte Mr. Fothersley schwach.

Ruth lehnte sich gegen das Tor und brach in hilfloses Gelächter aus, während Mr. Fothersley mit seinem Stock Löcher in die Bank bohrte und würdevoll darauf wartete, dass sie sich erholte. Er sah nichts, worüber er lachen konnte.

„Ich bitte um Verzeihung“, sagte Ruth und unterdrückte hastig, was sie an seinem Verhalten als höchst unziemliche Heiterkeit empfand. „Ich habe immer nur zwei auf einmal“, fügte sie beschwichtigend hinzu . „Und sie sind im Großen und Ganzen wirklich sehr gut.“

„Ich sollte sie in den Hintergarten verbannen“, sagte Mr. Fothersley entschieden. „Ich erinnere mich, dass selbst *ich* als Kind nie herumlaufen durfte, wo ich wollte. Du lieber Himmel! Was ist das für ein Lärm?" Er spitzte sein Ohr, als ein Geräusch deutlich wurde, das er noch nie zuvor gehört hatte.

Im selben Moment erschien über der Rasenkuppe eine wunderbare Prozession. Zuerst kam die kleine weibliche Gestalt in Unterhosen, die in der rechten Hand eine purpurrote Fahne schwang, während sie mit der linken eine kleine Blechtrompete an die Lippen hielt, mit der sie von Zeit zu Zeit einen atemlosen Ton blies. Dasselbe, das Mr. Fothersleys Aufmerksamkeit erregt hatte. Dann kam Bertram Aurelius, angeschnallt in seinem Go-Cart und förmlich überhüllt von Fahnen und Blumen. Schließlich schiebt der kleine Lord of the Show mit etwas gefährlichem Elan das Gokart . Um die Prozession herum tummelten sich Sarah und Selina hüpfend und bellend, während neben dem Gokart Larry gemächlich trottete, sanft die Luft schnüffelte und stattlich mit dem Schwanz wedelte.

Die Prozession umkreiste den Rasen mit der vollen Geschwindigkeit der kleinen Kinderbeine, ließ sich auf den Gartenweg fallen und verschwand in Richtung des Hofes.

Mr. Fothersley wurde sanfter. Die Szene war hübsch gewesen.

„Ganz wie eine der entzückenden Illustrationen in den Kinderbüchern von heute“, sagte er lächelnd. „Bitte halten Sie mich nicht für unsympathisch, liebe Dame. Die Liebe zu Kindern ist einer der schönsten Charakterzüge einer Frau, und auch die Philanthropie hat ihren gebührenden Platz. Aber lassen Sie sich nicht von zu viel Begeisterung mitreißen. Ich habe, wie ich dem armen Dick immer zu sagen pflegte, ein gebührendes Gespür für Proportionen. Sonst werden Sie nur aufgedrängt und bringen auf lange Sicht nichts Gutes. Glauben Sie mir, Sie sind mit diesen Innovationen schon weit genug gegangen, und lassen Sie es dabei bleiben, bevor Sie Grund zum Bedauern haben.“

Mr. Fothersley hielt inne und lächelte, sehr zufrieden mit der Wendung seiner Sätze. Außerdem empfand er seinen Rat als gut. Ruth gab sich mit der anständigen Demut zufrieden und war sich nur eines kurzen Kommentars bewusst, der ihr nichts sagte. Sie war ganz in Gedanken mit der Tatsache beschäftigt, dass Larry die kleine Prozession begleitet hatte, die so schnell ihr Blickfeld gekreuzt hatte und verschwunden war – Larry, der Kinder streng an ihren Platz hielt, wie es sich für einen würdevollen Gentleman in einem bestimmten Alter gehörte, und wen nicht selbst Selinas listigste Verlockung hatte die geringste Wirkung.

„Es hat nie etwas Gutes, Menschen aus ihrer natürlichen Umgebung zu vertreiben", fuhr Mr. Fothersley fort und setzte seinen Weg mit völliger Zufriedenheit fort. „Nicht alle Menschen können gleich sein, und das macht sie nur unzufrieden mit dem Lebenszustand, in den Gott sie gestellt hat. Persönlich glaube ich auch, dass sie bessere Bedingungen überhaupt nicht zu schätzen wissen. Warum wann--"

Und hier wandte sich Ruth zum Erstaunen des kleinen Mannes plötzlich und sehr lebhaft zu ihm und schüttelte warnend einen Finger vor seiner erschrockenen Nase.

"Herr. Fothersley , wenn du mir diese alte Geschichte über die Hühner im Badezimmer erzählst, warne ich dich, dass ich es einfach nicht ertragen kann. Ich werde durchhalten und dich entweder sehr verärgern oder dich zu Tode langweilen. Ich habe unter den Ärmsten gelebt, und zwischen Ihrer und meiner Sicht auf sie besteht eine große Kluft. Ich weiß, was Sie nicht wissen können – ihre Leiden, ihr Durchhaltevermögen, ihre Geduld. Ich würde jedes Kind in London hier unten haben, wenn ich könnte – also dort! Und sie mögen ihren Elend und Dreck lieben, wie die Leute hier zu mir gesagt haben. Es ist das Zuhause, das sie je gekannt haben. Es ist die große Anklage gegen unsere Zivilisation."

Dann blieb sie stehen und lächelte ihn plötzlich an, es war ein Lächeln, das jede Beleidigung ausschloss.

„Da siehst du! Fang mich nicht an, was auch immer du tust!"

Mr. Fothersley lächelte zurück. „Meine liebe Dame, ich bewundere Ihre Herzensgüte. Es liegt an Ihrem Mangel an Augenmaß –"

In diesem Moment erschien Mr. Pithey , prächtig in einem neuen Tweed-Knickerbocker-Anzug in einem gelbbraunen Farbton, mit makellosen Gamaschen, braunen Stiefeln und Handschuhen; eine zum Anzug passende Mütze auf seinem Kopf; die unvermeidliche Zigarre in seinem Mund; zwischen Wildrosen- und Geißblatthecken sieht es ziemlich unpassend aus.

Pithey nur eines hervor . Seine Art nahm eine schreckliche Freundlichkeit an.

„Jetzt lass mich dich nicht stören", sagte er und winkte mit seiner großen, frisch behandschuhten Hand. „Nur ein Wort mit dieser Dame und ich bin weg." Er zwinkerte, was dazu führte, dass Mr. Fothersley die Augen schloss. „Zwei sind Gesellschaft und drei sind keine, was?"

Mr. Fothersley öffnete die Augen und versuchte, ihn mit konzentrierter Wut und Abscheu anzustarren. Aber Mr. Pithey blieb ungestört auf seinem Weg.

„Wunderbar, wie man in diesem kleinen Ort alle Menschen trifft! Bin gerade an Lady Condor vorbeigekommen. Jove! wie diese Frau ihr Gesicht mit Farbe verschmiert. Auch in ihrem Alter! Was ist der Nutzen? Macht mir keine Sorgen, aber Mrs. Pithey missbilligt so etwas von Grund auf.“

Wenn Mr. Fothersley in diesem Moment das Feuer vom Himmel hätte herabrufen und Mr. Pithey töten können, hätte er es zweifellos getan; So wie es war, konnte er nur kraftlos nach Worten ringen, um ihm ein Gefühl für seine unerträgliche Unverschämtheit zu vermitteln.

Und ihm fehlten die Worte. Sein kleines rundes Gesicht zitterte vor Wut, er stammelte einen Moment lang unverständlich und machte mit der gelösten Hand wütende Gesten auf den erstaunten Mr. Pithey . Schließlich drehte er sich um und drückte Ruth den Korb mit den Erdbeeren in die Hand.

„Bitte schicken Sie den Korb nach Belieben zurück, Miss Seer“, sagte er. Selbst in diesem Moment vergaß er nicht, wie wichtig die Rückkehr eines der Körbe von Leigh Manor war. "Guten Morgen."

„Ein rührendes kleines Tier“, bemerkte Mr. Pithey fröhlich und blickte ihm nach. „Was hat ihn jetzt verärgert? Er wird einen Schlaganfall bekommen, wenn er bei dieser Hitze so schnell läuft, ein Mann von seiner Statur und außerdem ein herzhafter Esser!“

Tatsächlich befand sich der arme Mr. Fothersley , als er das Manor erreichte, in einem sehr traurigen Zustand, zwischen Wut und Nervosität, denn wer könnte sagen, welche Gedanken Mr. Pitheys ungeheuerliche Bemerkungen bei Miss Seer nicht ausgelöst hätten.

Es war unmöglich, das Risiko einzugehen, in einem offenen Wagen nach Westwood zu fahren. Er bestellte die geschlossene Landaulette.

Er musste gehen, weil er Miss Seers Telegramm überbringen musste. Außerdem sehnte er sich stark nach den Menschen seiner eigenen kleinen Welt, nach denen, die die Dinge fühlten, wie er sie fühlte, und die Dinge sahen, so wie er sie sah. Er wollte mit verständnisvollem Geist über die verschiedenen kleinen Vorkommnisse des Vormittags sprechen; die Vertrautheit des Fegers, die seltsamen Aktivitäten von Miss Seer und nicht zuletzt Mr. Pitheys hasserfüllte Scherzhaftigkeit. Vor allem wollte er, auch wenn er es selbst kaum wusste, mit Menschen zusammen sein, die genauso waren wie vor dem Krieg, um dieser ständigen Unterströmung einer Unterströmung von Unterschieden und Veränderungen zu entkommen, die ihn so beunruhigte er wünschte sich dringend Trost und Mitgefühl.

Die Nordmänner waren allein und freuten sich entsprechend, ihn zu sehen. Violet war an diesem Morgen aus einem plötzlichen Impuls heraus gegangen, und neue Besucher wurden erst in der folgenden Woche erwartet.

Die Atmosphäre von Nita North tröstete den kleinen Mann. Die Atmosphäre des großen Alltäglichen, des Einfallslosen, des Egoistischen. Eine vom Krieg unberührte Atmosphäre. Friede breitete sich in seinem aufgewühlten Geist aus, als er seine Tischserviette auseinanderfaltete und zusah, wie der Butler in der allerbesten Art des besten Butlers vor Mrs. North den silbernen Deckel von den goldbraunen Kalbskoteletts hob, jedes mit seiner zierlichen Rolle fetter Speck, Mr. Fothersley's Lieblingsgericht zum Mittagessen, während North, der einige Momente der Einsicht hatte, sagte:

„Einige aus dem Steinberg-Kabinett für Herrn Fothersley , Mansfield.“

Tatsächlich erkannten beide Nordstaaten sofort, dass Mr. Fothersley nicht ganz er selbst war, dass er verärgert war.

Es war unmöglich, vor den Dienstboten die Hauptgründe für seine Verärgerung zu nennen, obwohl er zwischendurch das bekannte Verhalten des Fegers und seine Ansichten über die Folgen der „neuen Unabhängigkeit“ für die Arbeiterklasse kommentierte die Gefahr von Streiks.

„Ich habe keine Geduld mit dieser Anbiederung an die Unterschicht“, sagte Frau North. „Sie müssen unterrichtet werden.“

Fothersley wirklich mochte , fragte nicht: „Wie?“ wie er die irritierende Angewohnheit hatte, wenn er hörte, wie seine Frau diese Formel aussprach.

Herr Fothersley stimmte zu. „Sicherlich müssen sie unterrichtet werden.“

Er war deutlich beruhigt. Das Steinberg-Kabinett hatte sich nicht verändert, es hatte sogar an Macht gewonnen, Minister zu sein. Das unangenehme Gefühl, dass die Fundamente, auf denen seine Welt aufgebaut war, bebten und zerfielen, traten in den Hintergrund, und als der Kaffee kam und die Diener gingen, war er sein gewohnt freundliches, freundliches kleines Ich und konnte sogar lächerliche Worte von sich geben Wenden Sie sich seinem Bericht über Mr. Pitheys Unverschämtheit zu.

„Ich habe die Beherrschung verloren und, fürchte ich, ihn fast vor Wut angeschimpft“, gestand er. „Ich war kaum würdevoll. Aber dass ich erleben sollte, dass Marion Condor von Mrs. Pithey missbilligt wird !“

„Unverschämtes Tier!“ sagte Frau North, völlig unbewusst, dass ihre Sprache Pithian war . „Kann ihn niemand in die Schranken weisen?“

„Er muss belehrt werden“, schlug North boshaft vor. Aber obwohl seine Frau ihm einen zweifelnden Blick zuwarf, nahm Mr. Fothersley den Vorschlag in gutem Glauben auf.

„Ich stimme dir voll und ganz zu, Roger. Die Frage ist: Wie ? Leider haben wir alle angerufen.“

„Wir könnten ihn alle schneiden", schlug Frau North vor.

„Ich bin nicht dafür, Menschen zu beschneiden, meine liebe Nita. In einer kleinen Gemeinschaft ist das sehr unangenehm und führt zu solch unangenehmen Situationen." Tatsächlich hatte Mr. Fothersley mehr als einmal fast selbstherrlich eingegriffen, um Mrs. North davon abzuhalten, Damen zu beschimpfen, auf die sie ihrer Meinung nach Grund zur Eifersucht hatte. „Nein, ich wünschte aufrichtig, wir hätten nie angerufen, aber nachdem wir angerufen und diese Menschen tatsächlich in unsere Häuser eingeladen und als Gäste empfangen haben, würde ich es ablehnen, sie zu schneiden. Stimmst du mit mir überein, Roger?"

"Sicherlich. Den Pitheys wäre es egal, wenn Sie das täten. Außerdem gehört er zu der Art von Mann, der einem im Dorf große Sorgen bereiten könnte, wenn er es sich nur in den Kopf setzen würde. Bleiben Sie lieber gut mit ihm in Kontakt, wenn Sie können."

„Was hat Miss Seer gesagt?" fragte Frau North.

„Ich kann mich nicht erinnern, dass sie etwas gesagt hat, aber ich war so aufgeregt. Ich habe sie natürlich nicht einmal angesehen. Sie glauben nicht, dass seine Bemerkungen Anlass zu irgendwelchen Ideen geben werden —" Mr. Fothersley hielt inne und blickte von einem zum anderen.

„Mein Gott, nein!" sagte North.

"Woher weißt du das?" fragte seine Frau scharf. „Ich sollte Arthur auf jeden Fall raten, sich in Zukunft fernzuhalten."

North zuckte mit den Schultern, als er vom Tisch aufstand.

„Ich gehe davon aus, dass Ihnen Ihre Zigarre im Garten mit Nita gefallen wird", sagte er und schob die Kiste über den Tisch zu seinem Gast. „Ich muss ein paar Briefe schreiben."

Als er sein Arbeitszimmer erreichte, holte er Ruths Telegramm aus seiner Handtasche, zündete ein Streichholz an und verbrannte es vorsichtig zu Asche. „Segne ihren kleinen Geist", sagte er.

Kapitel VII

Ruth traf North, als er den Gartenweg hinaufkam.

„ Du bist also heute Nachmittag gekommen! Ich habe so gehofft, dass du es tun würdest.“

"Was ist es?" er hat gefragt. „Ist mit der Farm alles in Ordnung?“

„Falsch mit der Farm!“ Ruth lachte. „Jetzt *fühle* es einfach.“

Es war von Sonnenschein und dem Duft von Veilchen durchdrungen. An der Gartenmauer gurrten die Tauben schläfrig. Vom Fluss her drang das Lachen eines Kindes.

„Es fühlt sich gut an“, sagte North ernst.

„Genau so glücklich, gesund und gesund wie nur möglich“, sagte sie. „Ich habe dich gebeten zu kommen, weil etwas Wunderbares – ich glaube, Wunderbares – passiert ist. Ich hatte das Gefühl, dass ich es dir sofort sagen muss. Und ich möchte dich Dinge fragen, ich möchte dich ganz furchtbar dringend fragen. Kommen Sie hoch und setzen Sie sich an die blaue Blumengrenze. Ich habe die Stühle dort. Es ist vom Feinsten.“

„ Das hast du also auch behalten“, sagte North, genau wie seine Tochter gesagt hatte.

„Es ist eines der vielen schönen Dinge, die ich hier gefunden habe“, antwortete sie. „Der Ort ist einfach voller Gedanken. Ich hoffe, dass ich keine verloren habe, aber wenn ja, werden sie zurückkommen.“ Sie blieb stehen, um einige der gebrechlichen Nemophilas hochzuheben. Genauso hatte North gesehen, wie Frauen die Haare ihrer Kinder ordneten.

„Sind die Rittersporn nicht in Perfektion? Für mich sehen sie immer so aus, als würden sie beten.“

Vor Jahren hatte Dick Carey genau das Gleiche gesagt, als er genau an derselben Stelle stand. Blitzartig kam North zurück und wie er geantwortet hatte:

„Ich denke, diese sanftmütigen, hängenden weißen Dinger sehen eher so aus.“

Einen Moment zögerte er. Dann gab er ihr die gleiche Antwort.

"Ach nein!" rief sie aus. „Um zu beten, muss man streben. Und sie müssen blau sein.“

Dick Carey hatte gesagt: „Gebet ist Streben, nicht Demut.“ Außerdem sind sie nicht blau.“

Wieder überkam North das Gefühl des Wohlbefindens, das zur Gesellschaft seines Freundes gehört hatte. Wieder schienen die Bitterkeit und der Schmerz zu verblassen und zu schmelzen. Die Gegenwart bekam ein neues Interesse, ein neues Verständnis. Mit einem zufriedenen Seufzer gab er sich der Sache hin und ließ sich neben Ruth Seer auf den Stuhl fallen. Die Wärme des Juninachmittags, das schläfrige Gemurmel des Bauernlebens, das Summen der Bienen, dieses wundervolle Blau, das alles gehörte dazu.

„Jetzt zünde deine Pfeife an und mach es dir ganz bequem", sagte sie und ließ ihn in Ruhe, während der Frieden und die Schönheit in ihn eindrangen . Er wusste nicht, wie lange er allein blieb. Wenn Sie echte Ruhe berühren, bleibt die Zeit stehen.

Dann zündete er die Pfeife wieder an, die er angezündet hatte, und ging hinaus.

„Jetzt", sagte er, „erzähl es mir. Ich bin bereit, mich hier und jetzt von allem Wunderbaren überzeugen zu lassen."

Ruth lächelte. Sie saß ganz still da, den Ellenbogen auf dem Knie, das Kinn in der Handfläche. Ein toller Inhalt machte ihr Gesicht wunderschön. Ihre grauen Augen blickten liebevoll auf die kleine Welt, die so viele Welten in ihrem Kreis umfasste. Das Gelächter der Kinder erklang erneut über das Feld. Dann begann sie zu reden.

„Es ist so wunderbar", sagte sie. „Ich kann noch kaum glauben, dass es wahr sein kann, was so dumm ist, denn die Wahrheit *ist zweifellos* wunderbar, jenseits unserer Vorstellungskraft. Wir sehen hier nur so kleine Teile davon, selbst die klügsten von uns. Und wir werden denken, dass es das Ganze ist. Wenn wir das Ganze sehen, denke ich, dass das Wunderbarste daran seine erstaunliche Einfachheit sein wird. Wir werden uns fragen, wie wir jemals zwischen so vielen scheinbaren Komplikationen, so viel Schmutz und Dunkelheit herumgewandert sind."

Sie hielt einen Moment inne und North wartete. Er hatte das Gefühl, dass er in sich selbst zurückschrumpfte, weg von allem, was kommen könnte. Wie viele sehr intellektuelle Menschen neigte er dazu, sich über das zu ärgern, was er nicht erklären konnte, und ihm gegenüber völlig unsympathisch, wenn nicht sogar ein wenig brutal zu sein.

Übersinnliche Untersuchungen hatten ihn schon immer abgestoßen. Es stößt ihn nur weniger und auf andere Weise ab als die Suche nach Wissen in den gequälten Eingeweiden freundlicher Hunde. Mit den großen Kräften der Natur konnte er sauber und mutig kämpfen, um sie in den Dienst des Menschen zu stellen. Sie waren enorm interessant, unglaublich schön. Stark genug, um sich bei Bedarf zu schützen. Man entriss ihnen ihre Geheimnisse auf eigene Gefahr. Und der Wissenschaftler, der sich mit den großen Kräften der Natur auseinandersetzt, hat das Zeichen seines Fachs tief in seiner Seele eingebrannt. Sein Name ist Wahrheit. Wenn er ein echter Wissenschaftler ist, ist er diesem Ziel absolut und unerschütterlich treu. Tatsächlich muss es so sein. Und auf der Suche nach der Wahrheit weiß der wahre Wissenschaftler, dass seine Entdeckungen immer nur unvollständig sind; dass bald, noch bevor sein eigener kleiner Tag hier zu Ende ist, neue Entdeckungen kommen werden, die die alten verändern werden. Damit er nie „Ich weiß", sondern nur „Ich lerne" sagt. Und nun wandten sich zum ersten Mal psychische Untersuchungen an ihn, durch den Mund von Ruth Seer, im Namen der Wahrheit.

„Sehr gut, sagen Sie es mir ", sagte er und kämpfte mit seiner Abneigung. „Ich werde so weit wie möglich alle vorgefassten Einwände und möglicherweise Vorurteile aus dem Weg räumen. Ich werde eine offene Einstellung mitbringen."

Ruth drehte sich um, ihr ganzes Gesicht strahlte. „Ah, das ist genau das, was ich will! Seien Sie nur so kritisch, wie Sie wollen. Das will ich auch. Deshalb wollte ich Ihnen so viel sagen, denn Sie werden bei all dem einen geschulten Verstand mitbringen. Aus diesem Grund und auch weil Sie sein Freund sind, kann ich mit Ihnen darüber sprechen. Für jeden anderen wäre es sehr schwierig."

Sie hielt inne und sammelte sich sozusagen, bevor sie anfing.

„Erinnerst du dich an den Tag, an dem du zum ersten Mal hier warst? Um Larry abzuholen?"

North nickte.

„Wir haben uns alle am Tor versammelt, du und ich und die Hunde. Ich habe dir von Larry erzählt, wie er am Abend zuvor müde und elend gekommen war und überall gejagt hatte, und wie ich wusste, war er am frühen Morgen wieder weg. Und kurz bevor du kamst, hatte ich ihn unten am Bach gefunden, offenbar ganz glücklich mit einem Mann. Ich glaube, ich habe es dir gesagt?"

"Ja."

„Der Mann beobachtete einige Eisvögel, und ich blieb stehen, um sie ebenfalls zu beobachten. Ganz still waren wir alle. Ich hatte die Vögel noch nie aus der Nähe gesehen. Der Mann lag im Gras, aber er sah aus wie ein großer Mann. Er trug einen braunen Anzug, ziemlich schäbig. Ich konnte sein Gesicht nicht sehen, nur seinen Hinterkopf, der auf seiner Hand lag. Es war eine lange, dünne Hand, stark sonnenverbrannt. Eine wohlgeformte, sensible Hand. Und er hatte dunkles Haar mit einer starken Welle darin.

Obwohl es sehr kurz geschnitten war, zeigten sich die Wellen recht deutlich und gleichmäßig."

North hatte inzwischen seine Pfeife aus dem Mund genommen und starrte sie an.

„Dann erschreckte uns alle die Sirene Ihres Motors, und der Mann verschwand anscheinend genauso schnell wie die Vögel. Als ich danach darüber nachdachte, fragte ich mich ein wenig, wo er wohl hingekommen sein könnte, aber nicht lange. Heute Morgen habe ich denselben Mann wieder gesehen. Ich war auf dem Butterblumenfeld und er stand auf der Straße vor den neuen Cottages und betrachtete sie. Wieder konnte ich nur seinen Rücken sehen, und er ist sehr groß. Er hatte keinen Hut auf und hatte die gleichen dunklen, welligen Haare. Kennen Sie den kleinen Hügel, der zu den Cottages hinaufführt? Als ich unten ankam , konnte ich ihn ganz deutlich sehen. Er zog Larry an der Leine eines Taschentuchs zu sich und ließ ihn dann plötzlich los – er spielte mit ihm, wissen Sie? Und ich konnte Larry knurren hören, wie es ein Hund beim Spielen tut. Dann erblickte Larry mich und blieb stehen, um nachzuschauen. Und als er hinschaute, drehte sich der Mann um und sah mich ebenfalls an –"

Sie hielt inne. Die sommerlichen Geräusche der Farm hallten weiter, doch um sie herum schien eine angespannte Stille zu herrschen. North hat es kaputt gemacht.

"Also!" sagte er mit rauer und fast ungeduldiger Stimme.

„Er hatte ein schmales, sehr sonnenverbranntes Gesicht", fuhr Ruth fort, „mit Falten, aber mit den Falten, die beim Lachen entstehen." Sehr blaue Augen, die blauen Augen, die aussehen, als ob hinter ihnen eine Kerze angezündet wäre. Als er mich sah , lächelte er. Da blitzten sehr weiße Zähne auf und sein Lächeln war wie ein plötzliches helles Licht."

Norths Pfeife fiel mit dem leisen, dumpfen Klicken fallenden Holzes auf den gepflasterten Weg.

Ruth beugte sich zu ihm; Ihre Stimme wurde fast zu einem Flüstern.

„War Dick Carey so?" Sie fragte.

"Ja." North sah ihr zum ersten Mal in die Augen, seit sie begonnen hatte, es ihm zu erzählen. Der Anflug von Unwilligkeit, zuzuhören, der sich von Anfang an in seinem Verhalten gezeigt hatte, verschwand von ihm. "Was als nächstes geschah?"

„Ich weiß nicht so recht, wie ich es beschreiben soll. Er verblasste oder verschwand nicht oder ähnliches. Er war immer noch ganz deutlich zu erkennen und dieses wundervolle Lächeln strahlte immer noch, aber mein

Sehvermögen ließ nach. Es schien immer dunkler zu werden, bis ich ihn schließlich überhaupt nicht mehr sehen konnte. Ich beeilte mich, ich versuchte sogar, ihn anzurufen, aber es half nichts."

„Aber du warst nicht blind; Konntest du alles andere sehen?"

sie suchte, konnte ich es. Ich wünschte, ich könnte dir erklären, wie es war. Das Beste, was ich sagen kann, ist, dass seine Figur, als ich sie sah, deutlicher hervortrat als alles andere. Der Rest schien im Hintergrund zu verschwinden und im Vergleich dazu undeutlich zu sein. Ah, ich weiß – ist Ihnen schon einmal aufgefallen, dass an einem strahlend sonnigen Tag in ein Schaufenster geschaut wurde, wie plötzlich die reflektierten Dinge viel klarer und besser sichtbar waren als die Dinge, die sich tatsächlich im Schaufenster befanden? Sie scheinen zurückzutreten und die Reflexion ist stark und klar. Nun ja, es war so etwas in der Art. Als hätte einer zwei Anblicke und einer würde den anderen für den Moment überfordern. Ich erkläre schlecht, aber es ist schwierig. Auf jeden Fall verschwand oder verblasste er nicht, wie es in diesen Visionen immer der Fall ist. Der Anblick hat mich enttäuscht."

„Das ist enorm interessant", sagte North langsam.

„Sehen Sie", sagte Ruth eifrig, „seit ich hierher gekommen bin, ist dieser Kontakt mit Dick Carey immer intensiver geworden." Es wird zu einer wunderbaren Erfahrung; Es scheint mir möglicherweise von enormem Wert zu sein, aber ich möchte nicht einen Schritt weiter gehen, als es vernünftig und legitim ist. Ich möchte die Wahrheit darüber erfahren. Ich möchte, dass Ihr Gehirn, Ihre Intelligenz mir hilft. Ich möchte, dass Sie mir ehrlich und ehrlich sagen, was Sie von diesen Ereignissen halten. Und ich möchte wissen, ob Sie selbst seine Anwesenheit hier gespürt haben, auch wenn sie noch so schwach war."

North holte seine Pfeife zurück, zündete sie wieder an und begann erneut zu rauchen, bevor er antwortete. Tatsächlich rauchte er lange Zeit schweigend.

„Ich kann die Tatsache nicht leugnen", sagte er schließlich, „dass ich etwas habe, was man vielleicht als Vorurteil gegen jede angebliche Kommunikation mit den Toten bezeichnen könnte." Meiner Meinung nach war es immer von so viel Unerwünschtem umgeben, und ich glaube auch nicht an irgendeine Offenbarung außer der der Wissenschaft, und in dieser Hinsicht hat die Wissenschaft keine Offenbarung. Aber es gibt hier zwei Dinge, die mir meine Überlegung aufdrängen. Zum einen hast du Dick nie leibhaftig gekannt, zum anderen habe ich, seit du hierhergekommen bist, nicht zuvor irgendeine Präsenz gespürt, sondern das Gefühl des Wohlbefindens und der Zufriedenheit, das immer zu meiner Gesellschaft gehörte ihn. Und dass ich mich nie irgendwo anders als in Thorpe fühle, oder in Thorpe, außer wenn du bei mir bist. Letzteres kann auf verschiedene Weise erklärt werden.

Ersteres ist etwas anders. Haben Sie jemals ein Foto von Dick gesehen oder hat Ihnen jemand ihn beschrieben?"

"NEIN. Ich habe noch nie ein Foto gesehen und niemand hat mir jemals sein Aussehen beschrieben."

Dann lächelte sie ihn plötzlich und entzückend an. „Ich bin keine neugierige Frau, aber ich bin ein Mensch", sagte sie. „Bevor wir weitermachen, beschreiben Sie mir um Himmels willen Dick Carey und sagen Sie mir, ob er die Angewohnheit hatte, Larry am Taschentuch zu führen!"

„Sie *haben* ihn beschrieben", sagte North und lächelte ebenfalls. „Besonders sein Lächeln. Ich bin kurzsichtig, aber ich konnte Dick in einer Menschenmenge immer sagen, ob er lächelte, lange bevor ich seine Gesichtszüge erkennen konnte. Und er führte Larry am Taschentuch. Es war ein reguläres Spiel zwischen ihnen."

„Sicher liegt das in der Natur eines Beweises!" rief Ruth aus.

„Nennen wir es Indizienbeweise."

„Aber ist es überhaupt Ihre – als Wissenschaftler – Überlegung wert?"

"Zweifellos! Was ist übrigens mit Larry passiert?"

„Als ich wieder an ihn dachte, war es etwas später; Er ging zurück zum Haus auf der anderen Seite des Feldes. Und – und – oh, ich weiß, es klingt verrückt – er folgte jemandem, und Sarah und Selina auch. Weißt du, nicht wahr, was ich meine? Hunde laufen ganz anders, wenn sie alleine unterwegs sind. Und ich habe in ihrem ganzen Leben noch nie erlebt, dass Sarah und Selina mich verlassen haben, um jemand anderem zu folgen."

„Jeder Hund würde Dick folgen", sagte North und sah dann aus, als hätte er die Worte gerne zurückgenommen, aber sie hielt ihn zurück.

„Du hast es versprochen", sagte sie. „Und auch das ist ein Beweisstück. Wie gesagt, ich möchte es nicht einen Bruchteil eines Zolls über das Ziel hinaus schieben. Aber denken Sie darüber nach, was es bedeutet? Der Einsturz dieser schrecklichen unüberwindlichen Mauer zwischen den Lebenden und den Toten. Denken Sie darüber nach, was ein gewisses Wissen über den nächsten Schritt jenseits der Pforte des Todes bedeutet."

„Immer davon ausgehen, dass es einen nächsten Schritt gibt", sagte North. „ Auch hier gibt es keine Beweise, die ich akzeptieren kann. Aber wohlgemerkt" – er meinte es jetzt wirklich ernst – „ ich gehöre nicht zu denen, die zufrieden, ja sogar froh darüber sind, dass alles hier enden sollte." Dieses alte Universum ist ein zu interessantes Rätsel, als dass man es nach ein paar Jahren des Studiums aufgeben könnte."

„Ah, kennen Sie Walt Whitmans Zeilen? –

„Heute stieg ich vor Tagesanbruch einen Hügel hinauf und schaute in den überfüllten Himmel.

Und ich sagte zu meinem Geist:

Wenn wir die Träger dieser Kugeln werden und die Freude und das Wissen über alles in ihnen genießen,

Werden wir dann satt und zufrieden sein?

Und mein Geist sagte: Nein , wir ebnen diesen Lift nur, um ihn zu passieren und weiterzumachen.“

North nickte. "Das ist es! Ich bin durchaus dafür, wenn es klappt. Ich sage allerdings nicht, dass ich sicher bin, dass wir nicht weitermachen. Ich bin nicht so ein Idiot. Aber meiner Meinung nach sind alle bisherigen Beweise umgekehrt.“

„Haben Sie jemals versucht, Beweise zu beschaffen?“

"NEIN. Alle Methoden erscheinen mir sehr anstößig. Selbst bei diesem – diesem möglichen Anblick von Ihnen – bin ich nicht begeistert von der Vorstellung, dass diejenigen, die gegangen sind, in ihren alten Häusern herumlungern, um uns herum, die sie nicht wiedererkennen.“

Er sprach stockend, als würde es ihm schwerfallen, sich auszudrücken. Es zeigte sich, dass er nicht bereit war, diese Angelegenheiten noch einmal zu diskutieren.

„Aber sicherlich werden Zeit und Raum in der nächsten Welt nicht so existieren, wie wir sie hier verstehen, und das muss einen fast unkalkulierbaren Unterschied machen.“ Und wenn man bedenkt, dass so viele ihr Leben für diese Welt gegeben haben, ist es dann nicht vernünftig anzunehmen, dass die Arbeit für einige von ihnen immer noch damit verbunden ist? Erinnern Sie sich, als Sie über die gegenwärtigen Aussichten sprachen und Lady Condor mich fragte, was ich davon halte? Und ich sagte, dass wir nicht allein wären, dass diejenigen, die gestorben waren, damit die Dinge besser würden, sie mit ihrem zusätzlichen Wissen – angeleitet – geholfen hätten – erinnerst du dich? Nun ja, das war irgendwie nicht *meine eigene Idee*. Es kam von irgendwo anders zu mir, ganz plötzlich, sozusagen in diesem Moment. Und ich musste es sagen – obwohl ich mich schüchtern und unwohl fühlte. Über diese Dinge spricht man nicht mit aller Welt. Aber *jemand* wollte, dass ich es sage – genau dann und an Ort und Stelle.“

Sie hielt inne und in beiden Köpfen tauchte eine Vision von Violet Riversleys wunderschönem, wütenden, unglücklichen Gesicht auf.

„Ich erinnere mich", antwortete North. „Und Ihre Idee ist, dass Dicks Geist durch Gedanken mit Ihrem kommunizieren kann?"

Ruth dachte ein wenig nach; Ihre Augen blickten hinaus, ohne etwas zu sehen.

„Das ist keine Idee", sagte sie schließlich. "Ich weiß."

„Und haben Sie eine Ahnung oder wissen Sie, warum das so sein sollte, wenn man bedenkt, dass Sie sich in diesem Leben nie gekannt haben? Wenn Sie sehr tief geliebt hätten, wäre es verständlicher, wenn auch weniger interessant aus der Sicht des Kommunikationsnachweises. So wie es aussieht, gibt es meiner Meinung nach nichts Wichtiges, das dies erklären könnte. Nichts über eine gewisse Ähnlichkeit der Gedanken und Interessen hinaus."

Ruth lächelte. Das Interesse hatte ihn erneut gepackt. Er dachte laut nach. Sie wartete, bis er sie ansah.

„Was ist Ihre Erklärung?" er hat gefragt.

Und plötzlich fiel es Ruth erstaunlich schwer, es zu erklären. Die Erinnerung an diese samtene Nacht der Sterne, die Botschaft im Gesang des kleinen braunen Vogels, die Offenbarung, die zu ihr gekommen war, überkam sie erneut mit neuer und überraschender Süße, aber sie schien sprachlos zu sein. Verglichen mit dem Wunder und der Schönheit des Gedankens schienen sie völlig unzureichend und hoffnungslos. Sie streckte beide Hände mit einer kleinen fremden Geste der Hilflosigkeit aus.

„Du hast keine?" fragte er, und sie hörte die Enttäuschung in seiner Stimme, und als sie ihn ansah, sah sie, wie sie es schon einmal bei seinem ersten Besuch gesehen hatte, die einsame, müde Seele des Mannes, der durch den Verlust von Dick Carey viel verloren hatte. Und Dick Carey war da, also ganz sicher da.

„Es ist nicht die persönliche Liebe zu jemandem, die wirklich zusammenbringt", sagte sie mit sehr, sehr sanfter Stimme. „Es ist die Liebe zu allem, was Leben oder Atem hat. *Diese* Liebe muss Gemeinschaft sein. Es sorgt dafür, dass man dazugehört."

Es herrschte eine kurze Stille, bevor sie fortfuhr:

„Sehen Sie, ich hatte nie eine Person, auf die ich mich konzentrieren konnte, es sei denn, es war der alte Raphael Goltz, und rückblickend sehe ich jetzt, dass er eine kosmische Person war. Er hat die ganze Sache irgendwie wirklich im Griff, und es hat mir mehr geholfen, als ich mir damals vorstellen konnte. Dann lagen mir all die Männer in Flandern so am Herzen, die so schnell und krampfhaft in mein Leben kamen und wieder gingen. Dann kam ich hierher und stellte fest, wie sehr mir alle Lebewesen in den unteren Welten am

Herzen lagen. Und er ist auch mit ihnen allen verbunden, weil er sich so sehr um sie gekümmert hat. Und wir haben uns beide zufällig, was auch immer der Zufall sein mag, auf Thorpe konzentriert. Verstehst du überhaupt, was ich meine?"

„Ja, in gewisser Weise", sagte North. „Es ist, als würde man jemandem zusehen , wie er sich schemenhaft in einer unbekannten und für mich visionären Welt bewegt. Ich gebe zu, Sie haben Recht – er ist auch darin eingezogen; und ich bin auch bereit zuzugeben, dass es aufgrund meiner eigenen Grenzen möglich ist, dass ich es nur als visionär betrachten kann."

„Raphael hatte viele Bücher, die sich mit diesen Dingen befassten", sagte Ruth. „Es tut mir jetzt so leid, dass sie mich damals nicht interessiert haben. Wissen Sie, ich hatte noch nie jemanden durch den Tod verloren. Ich hatte niemanden zu verlieren. Es war nur draußen in Frankreich, als die Männer hereinkamen und meine Suppe oder meinen Kaffee tranken, und einige schliefen wie müde Kinder, andere spielten Karten oder erzählten mir von zu Hause, und wir kamen uns alle wie Kinder einer Familie vor zueinander. Und in ein paar Stunden, vielleicht sogar weniger, würde ich einen oder mehrere von ihnen tot daliegen sehen – erloschen wie Flammen, die ganz plötzlich erloschen wären. Und ich wusste nicht, was Leben oder Tod bedeutet."

North nickte. „Manchmal trifft es einen", sagte er.

„Und ihre Leute zu Hause – ich habe für einige von denen geschrieben, die ins Estaminet gebracht wurden und starben, bevor sie sie weiterbringen konnten. Man dachte die ganze Zeit an sie. Sie gehen ihrem Alltag zu Hause nach und warten. Deshalb erscheint mir das, was hier passiert ist, so erstaunlich wichtig, warum seine Wahrheit so genau hinterfragt werden muss, warum ich so sehr Ihre Hilfe brauche."

„Denn was es wert ist, steht Ihnen zur Verfügung, und" – er hielt inne, bevor er mit der Entscheidung fortfuhr – „, ich gebe zu, dass ich an der sogenannten Kommunikation mit einer anderen Welt interessiert bin, wie noch nie zuvor."

„Hier gibt es einige Bücher, die sich mit übersinnlichen Fähigkeiten befassen. Ich habe sie oben auf dem Bücherregal aus Eichenholz gefunden. Überwiegend von deutschen Autoren. Hätten sie Mr. Carey gehört?"

„Wahrscheinlich gehörten sie einem Freund von ihm, der früher hier wohnte."

„Oh, der deutsche Freund!" rief Ruth aus.

„Du hast von ihm gehört?"

"Herr. Fothersley hat erst heute Morgen von ihm gesprochen, und Ihre Tochter hat ihn neulich erwähnt."

„Er war eine interessante Persönlichkeit und sehr stark in dem Punkt, dass im Menschen außergewöhnliche Kräfte und Kräfte schlummern. Ich hatte nie Lust, sie mit ihm zu besprechen. Er ging zu weit, und rückblickend glaube ich, dass ich fast unbewusst Angst vor seinem Einfluss auf Dick hatte. Ich glaube nicht, dass ich das brauche. Dick war, das erkenne ich jetzt, der Stärkere von beiden."

„Aber er interessierte sich für die gleichen Dinge?"

"Zweifellos. Möglicherweise war ich eifersüchtig; Mir war es lieber, wenn er sich für meine spezielle Studienrichtung interessierte. Er *war* natürlich sehr interessiert, aber die Gedankengänge von Schädes gefielen ihm mehr. Ich erinnere mich an die letzte Nacht, als von Schäde hier war. Es war im Juni 1914. Er hatte Dick einen längeren Besuch abgestattet und wollte am Morgen abreisen. Es war die Art von Nacht, in der die Welt viel größer erscheint als am Tag – eine wundervolle Nacht. Der Himmel war voller Sterne, und er stand dort drüben, ihr Licht auf seinem Gesicht, und redete mit uns, als wären wir eine öffentliche Versammlung. Er war ein gutaussehender Kerl mit einem hartgefrorenen Stil. Oliver Lodge hatte mit der Royal Art Society über die Quellen der Macht gesprochen, und das hatte von Schäde zu seinem Hobby geführt.

„,Ihr Wissenschaftler redet von der Kraft der Atomenergie', sagte er; „Es ist nichts im Vergleich zu den Kräften, die der Mensch in sich selbst besitzt." Wenn wir diese studieren würden, wenn wir sie verstehen würden, wenn wir wüssten, wie wir sie nutzen und lenken könnten, gäbe es nichts im Himmel und auf der Erde, über das wir nicht Herr werden könnten. Männer – wir sollten Götter sein! Und ihr Männer mit Verstand treibt euch zwischen den Kräften der Natur herum, blind und taub gegenüber den Kräften im Menschen, die jede einzelne Naturgewalt eurem Willen unterwerfen könnten, und überlasst das Studium dieser Dinge hysterischen Verrückten und neurotischen Frauen. Und diejenigen, die etwas Wissen haben, die die Gabe und die Macht haben, mit diesen Kräften zu experimentieren, wenn sie wollten, haben Angst vor diesem und jenem. Mein Gott, du machst mich krank!'

„Er streckte beide Arme aus und sein Gesicht war weiß wie ein Laken. Der alte Dick stand auf und legte seinen Arm um die Schultern des Kerls. Gott weiß, was er in ihm gesehen hat! „Wir werden die Kräfte richtig einsetzen, alter Freund, wenn wir fähig sind, sie einzusetzen", sagte er.

„Und sie sahen sich eine ganze Minute lang an, von Schäde starrte ihn an und Dick lächelte, und dann begann von Schäde plötzlich zu lachen.

„„Meistens mag ich dich, Dick', sagte er, ,aber manchmal hasse ich dich wie der Teufel!'

„Er ging am nächsten Morgen und ich war froh. Außerdem verliebte er sich in Vi, und sie war so ein kleiner Flirtdämon, dass man bis zur letzten Minute nie wusste, ob sie es ernst meinte oder nicht. Moralisch und sozial war er einwandfrei, aber – nun ja, ich mochte ihn nicht! Ich habe mich oft gefragt, wie er die Nachricht von ihrer Verlobung mit Dick überbrachte."

„Das ist passiert, nachdem er gegangen ist?"

"Ja. Beim zweiten Mal ging Dick nach vorne. Er war eigentlich kein Mann, der heiratete. Aber Sie wissen, wie es damals war. Vi brach darüber zusammen und er hatte sie immer gemocht, seit sie ein Baby war. Aber ich glaube nicht, dass es ein Erfolg gewesen wäre. Ich könnte mir den alten Dick nie als etwas anderes als einen Junggesellen vorstellen."

Er blieb stehen, denn er sah, dass sie nicht zuhörte. Sie dachte angestrengt nach. Ihre schwarzen Brauen zogen sich nach oben, und ihre grauen Augen darunter waren fast genauso schwarz.

„Das ist sehr interessant", sagte sie plötzlich und sprach langsam, als wäre sie einer Idee auf der Spur. „Von Schäde muss gewusst haben, dass Dick Carey diese latenten Kräfte besser auszuüben wusste als er. Sie suchten beide aus unterschiedlichen Motiven dasselbe."

"Erkläre bitte."

Ruth schwieg wieder für einen Moment und dachte immer noch angestrengt nach. „Es ist nicht einfach, wissen Sie", sagte sie. „Aber das ist das Beste, was ich tun kann. Sie waren beide Wissenschaftler des Unsichtbaren, so wie Sie ein Wissenschaftler des Sichtbaren sind, aber Dick Carey suchte die Vereinigung mit Gott und von Schäde suchte nach Wissen und Macht für sich. Deshalb untersuchten sie die unsichtbaren Quellen von Leben und Tod mit unterschiedlichen Methoden, und Dick Carey war weiter gekommen, als von Schäde und von Schäde es wussten."

North schüttelte den Kopf. „Jetzt wandern Sie für mich im Nebel", sagte er.

Ruth seufzte. „Ich erkläre schlecht, aber dann kämpfe ich selbst nur im Nebel. Ich wünschte, ich hätte mich um diese Dinge gekümmert, als Raphael Goltz noch lebte! So viele Dinge, die er gesagt hat und die mir bis dahin entgangen waren, kommen mir jetzt mit einer neuen Bedeutung wieder in den Sinn. Aber es gibt eine Sache, die ich in letzter Zeit sehr stark gespürt habe. Als er im physischen Körper war, war Dick Carey ein weitaus wundervollerer Mann, als jeder von Ihnen wusste – außer wahrscheinlich von Schäde . Ja, du hast ihn geliebt. Ich weiß, die Welt ist schwarz ohne ihn, aber du hast nicht gedacht, dass er etwas Außergewöhnliches ist. Du bist ein großartiger Mann und er war in den Augen der Welt ein Niemand. Du weißt noch nicht, wie wunderbar er war. Und jetzt ist er diesem verstopfenden Schimmel , diesem blendenden Schleier der physischen Materie entkommen , und ich bin fest davon überzeugt, dass er diesen kleinen Winkel der Erde, diese kleine Sussex-Farm, zu dem macht, was jedes Haus und jedes Dorf in der Stadt sein könnte, wenn wir dort wären Berühren Sie die unsichtbare geheime Quelle von allem.“

Sie blieb stehen, denn sie hatte das Gefühl, dass North ihr nicht länger folgte, sondern wieder zurückschreckte.

"Oh!" Sie rief: „Warum glaubst du nicht, dass es überhaupt dein Studium wert ist?“

North wandte sich plötzlich, hart, fast brutal, gegen sie.

„Ich kann nicht“, sagte er heiser. „Sehen Sie nicht, dass für einen Geist wie meinen alles formlos, formlos ist? Ich möchte glauben. Gott! es würde einem einen Horizont über die Ewigkeit hinaus eröffnen; aber du redest von dem, was für mich Torheit ist.“

Er blickte sie mit unermesslicher Traurigkeit in den Augen an, und ganz sanft legte sie ihre abgenutzte braune Hand in seine und hielt sie.

„Hör zu“, sagte sie und ihre Stimme war tief von plötzlicher Musik. „Die Kinder kommen jetzt. Du kannst sie nicht fernhalten. Etwas zieht sie nach Thorpe. Die wilden Kreaturen kann man verstehen. Es ist ein Zufluchtsort. Aber die Kinder – es muss etwas bedeuten.“

"Sie sind hier."

Sie zuckte zurück, als wäre sie verletzt. „Nein, oh nein! Es ist nicht ich. Es ist etwas, das ich völlig übersteige. Oh, hör zu. Ständig schlüpften sie hinein oder standen am Tor und schauten mit ihren kleinen Gesichtern zwischen den Gitterstäben hindurch. Einige von ihnen waren ziemlich winzig, und ich nahm sie zunächst mit nach Hause. Ich dachte, ihre Mütter wären besorgt. Und dann – dann begann ich zu raten. Jetzt habe ich ihnen das Feld jenseits des Baches gegeben und sie kommen außerhalb der Schulzeit.“

„Das untere Feld!“ rief North aus. „Kein Wunder, dass du Fothersley den Atem geraubt hast .“

„Oh, das weiß er nicht. Glücklicherweise war er morgens während der Schulzeit hier und sah daher nur die Blackwall-Kinder. „Sehen Sie“, fügte sie entschuldigend hinzu, „es ist *so* ein Kinderfeld, mit dem Bach und dem kleinen Wald mit Glockenblumen, und im Frühling gibt es Schlüsselblumen und im Herbst Nüsse, und ich werde wie immer Heu daraus machen.“ Kurs. Wir schneiden am Dienstag.“

„Finden Sie sie nicht sehr destruktiv?"

„Sie haben keinen Meter Gras niedergetrampelt", sagte Ruth triumphierend. „Ich habe ihnen einen Streifen am Bach unter den Hängebirken gegeben. Das Primelstück, wissen Sie, und das Holz. Und das Heu ist gewissermaßen ihr Eigentum. Geh und versuch, darüber zu laufen! Du wirst ein Nest voller Dohlen haben!"

„Aber die Bäume und Blumen!"

„Das ist nur eine andere Sache", lächelte sie ihn an. „Oh, warum glaubst du nicht? Ich musste ihnen kaum etwas beibringen. Sie wissen. Keine Filiale wird jemals abgerissen. Nie werden Sie hier diese erbärmlichen kleinen Sträuße gepflückter und weggeworfener Blumen finden. Die Vögel sind genauso zahm. Ich lehre sie sehr wenig. Ich habe Angst, meine ungeschickte Hilfe zu verderben. Es ist so wunderbar. Sie bringen Krümel von jedem besonderen Stück Kuchen, das sie bekommen, für die Vögel mit, pflanzen lustige kleine Wurzelstücke und säen Samen. Komm vorbei und sieh sie dir mit mir an. Ich nehme andere Leute nicht an und erzähle es ihnen auch nicht. Ich habe solche Angst, dass es kaputt geht."

North zog seine lange Gestalt aus seinem Stuhl.

„In Ordnung", sagte er mit seinem seltsamen Lächeln, als würde man ein Kind belustigen . „Aber du bist verrückt, weißt du, ziemlich verrückt."

„Das hast du mir schon mal gesagt."

Und dann fiel North plötzlich ein, dass er es oft zu Dick Carey gesagt hatte.

Ihr Weg führte durch den Blumengarten und unter den Kirschbäumen hindurch, wo die Gänseblümchen wie Schnee auf dem Grün des kurz geschnittenen Grases leuchteten. Hier fanden sie Bertram Aurelius, der auf dem Rücken lag und in seltsamer Sprache mit den flüsternden Blättern über ihm sprach und seine nackten rosa Zehen im gesprenkelten Sonnenlicht kräuselte und entkräuselte. Seine Mutter saß neben ihm, mit dem Rücken an einen Baumstamm gelehnt, und flickte die Haushaltswäsche, während sie ihn länger als eine Minute aus den Augen lassen konnte. Die Hunde fielen auf Bertram Aurelius, der sie buchstäblich an seine Brust nahm und sie bekämpfte, wie ein kleiner Welpe kämpft , und seine Mutter lächelte zu ihnen mit ihren großen blauen Augen und dem törichten roten Mund mit den lockeren Lippen.

„Hast du jemals etwas vom Vater gehört?" sagte North, als sie außer Hörweite waren.

„In Bullecourt getötet", antwortete Ruth. „Ich konnte mich des Gefühls nicht erwehren, dass es vielleicht das Beste war. Er wird für sie jetzt immer ein Held sein."

Das untere Feld war von der Nachmittagssonne durchflutet und die Kinder zwitscherten wie viele Vögel. Zwei saßen am Bach und bliesen Löwenzahnuhren, die ein anderes kleines Kind mit vorsichtigen Schritten zu ihnen trug und die Zunge herausstreckte, in dem ängstlichen Bemühen, die zerbrechlichen Kugeln in Sicherheit zu bringen, bevor sie davonschwammen. Zwei größere Jungen waren eifrig damit beschäftigt, auf einer Lichtung im Wald zu pflanzen. Ein anderer schlief, scheinbar genau so, wie er gefallen war, mit der ganzen geschmeidigen Anmut der Kindheit, und am Ufer neben ihm sang ein kleines Mädchen zu etwas, das sie an ihrer flachen kleinen Brust drückte.

Roger North blickte erleichtert auf die friedliche Szene.

„Ich glaube, ich würde eine Art Schulfest erwarten", sagte er. „Wenn Sie nicht noch heftiger ausbrechen, bin ich auf Ihrer Seite. Was pflanzen die kleinen Bettler?"

„ Michaelis- Gänseblümchen. Das sollten sie dort tun, finden Sie nicht? Und wir versuchen es mit Lilien in der hinteren Ecke. Der Boden ist feucht und torfig. Für die Obstbäume waren wir dieses Jahr zu spät dran, aber ich habe tolle Pläne für die Herbstpflanzung."

Seltsamerweise, so schien es vielen, war der Norden bei Kindern beliebt. Er stellte ihnen nie endlose Fragen oder fragte sie, ob sie dies oder das tun wollten. Er mochte die kleinen Leute und hatte herausgefunden, dass sie im Grunde genommen den schüchternen wilden Wesen ähnelten . Lassen Sie sie in Ruhe und schweigen Sie, und zehn zu eins wird sich bald eine kleine Hand in Ihre einschleichen.

Schweigend ließ er sich neben dem singenden Kind am Ufer nieder. Sie war ein dünnes, weißes Ding mit sehr blondem Haar und zwei großen, durchsichtigen Augen. Es war eine alte Puppe, die sie pflegte, so alt, dass ihr Gesicht praktisch verschwunden war und ein leerer weißer Kreis unter einem ziemlich schicken Tam-o'-shanter zum Himmel blickte. Anscheinend erzählte sie eine Geschichte , aber nur ab und zu waren die Worte verständlich.

Plötzlich begann sie von der Seite nach Norden zu blicken, und ihre Stimme erhob sich von ihrem tiefen, monotonen Ton zu einer höheren Tonlage. Es war wie die plötzliche Bewegung eines Vogels, der sich etwas oder jemandem nähert , dessen *Treu und Glauben* er zunächst misstraut hat.

Die Worte, die sie sang, wurden verständlicher, und nach und nach erkannte North zu seinem Erstaunen, dass sie auf ihre eigene Weise die alte Sage von Brynhild, der Kriegerin, wiederholte, die Segurd in Helm und Helm gekleidet vorfand . Eine seltsame Mischung aus dem Ritt der Walküren und der schlafenden Brynhild, umgeben von den ewigen Feuern. Brünhild reitet auf ihrem Schlachtross zum Scheiterhaufen. Loki, der Feuergott. Wotan mit seinem Speer. Alles war zu einem wirklich wunderbaren Ganzen verschmolzen. Aber noch mehr zu seinem Erstaunen war es das Schwert, das dieses kleine weiße Mädchen offenbar vor allem anzog. Sie beschäftigte sich liebevoll mit dem Schwert und erzählte ihre Geschichte von dessen Macht. Und als sie ihren Vortrag in dem Moment, in dem Siegmund das Schwert vom Baum zog, mit triumphalem Schrillen zu Ende gebracht hatte, drehte sie sich um und sah ihm voll ins Gesicht, halb schüchtern, halb triumphierend, ganz und gar ansprechend. Es war, als würde sie sagen: „Was denkst du jetzt darüber?“

North nickte ihr zu. „Das ist erstklassig, wissen Sie“, sagte er.

„Was würdest du wählen, wenn du die Wahl hättest? Würdest du den Ring oder das Schwert wählen?“ Sie fragte.

„Nun, ich neige dazu, zu glauben, dass der Speer des alten Wotan eher zu mir passt“, sagte North in einem Ton angemessen nachdenklicher Überlegung. „Es hat das Schwert einmal zerbrochen, nicht wahr? Zumindest glaube ich, dass es so war. Aber es ist ziemlich lange her, seit ich darüber gelesen habe. Lernst du sie in der Schule?“

„Das sind keine Lektionen.“ Sie sah ihn mit einiger Verachtung an. „Es sind Geschichten.“

„Es ist so lange her, dass mir jemand Geschichten erzählt hat“, sagte North entschuldigend. „Ich fürchte, ich habe es vergessen.“

Sie sah ihn mitfühlend an und drückte die ramponierte Puppe näher an sich. Ihre Augen erinnerten ihn an einen regennassen Himmel.

„Ich erzähle Tommy viele Geschichten“, sagte sie.

Eine andere Kinderstimme rief ihr aus dem Wald zu: „Moira, Moira“, und sie floh. Es war wie der plötzliche Flug eines Vogels.

„Wer ist das Kind, das seinen Puppen die Geschichte des Rings erzählt?“ fragte er Ruth, als sie zu ihm zurückkehrte. „Sie ähnelt übrigens eher einer von Rackhams Rheintöchtern.“

„ Moria Kent? Ist sie nicht ein hübsches kleines Ding? Ihre Mutter ist die Schulleiterin des Dorfes.“

„Ah, das erklärt es wohl“, sagte North.

Ruth öffnete den Mund, um zu sprechen, und schloss ihn wieder. Anstelle dessen, was sie eigentlich sagen wollte, sagte sie: „Komm, es ist Zeit für Tee." Und ich habe Erdbeeren und Sahne bestellt."

KAPITEL VIII

Roger North ließ sich mit einem Seufzer der Erleichterung in den Liegestuhl aus Korbgeflecht neben seinem Arbeitszimmerfenster sinken. Das wunderbare Wetter hielt immer noch an. Es war ein heißer Morgen gewesen, es waren Leute im Haus – Leute, die North langweilten – und das Mittagessen war für ihn eine ermüdende Mahlzeit gewesen. Alle hatten viel Essen und Wein zu sich genommen, unglaublich viel Unsinn geredet und viel Lärm gemacht, und die Hitze war unerträglich geworden.

Obwohl die Wärme hier großartig war, war die Stille perfekt. Der Rest der Welt hatte sich auf ihre Zimmer zurückgezogen, um sich für die Tennisparty am Nachmittag umzuziehen. North hatte das Gefühl, er könne sich auf mindestens eine Stunde Ruhe verlassen. Über die Rosenbeete und glatten Rasenflächen hinweg konnte er sein Vieh im hohen Gras unter den Bäumen liegen sehen. Er beobachtete, wie andere langsam von Schatten zu Schatten gingen – Daisy und Bettina und Fancy – und plötzlich schwebte Patricia, die große weiße Mutter vieler Schweine, in Sichtweite auf dem Weg in den Wald. Denn North war auch ein Bauer und liebte seine Tiere mehr, das muss man sich zu eigen machen, als seine eigenen Artgenossen.

Er schnitt ein Loch in die Orange, die er vom Mittagstisch mitgebracht hatte, und begann, großen Inhalt einzusaugen. Wie die Damen von Cranford war er der Meinung, dass es keine andere Möglichkeit gab, eine Orange zu essen. Er stimmte ihnen auch darin zu, dass es ein Vergnügen sei, das man privat genießen sollte.

Er gab sich der beruhigenden Ruhe und Ruhe seines kühlen, schattigen Zimmers hin. Die freundlichen Gesichter seiner geliebten Bücher blickten auf ihn herab, der Duft seiner Rosen wehte herein, heiß und süß, ein wahrer Inbegriff des Sommers. Patricia hatte jetzt den Wald erreicht; Er sah zu, wie ihr würdevoller Schritt in den grünen Tiefen verschwand. Was für eine angenehme und schöne Welt das alles war, bis auf die Menschen.

Er verdrängte die klirrenden Reste der irritierenden Mittagspause aus seinem Bewusstsein und seine Gedanken wanderten zurück zu seiner Morgenarbeit, dem Abschluss einer Woche voller Beobachtungen, Messungen, Mengenschätzungen und Abwägungen von Beziehungen. Eine Woche lang beschäftigte sich der Wissenschaftler mit der alles verzehrenden Suche nach Wissen, die ihn, wie seine Frau sich beklagte, taub und stumm und blind für alles andere gemacht hatte. Eine beunruhigende Tatsache in seiner Arbeit begann sich ihm aufzudrängen. Ihm wurde immer klarer, dass die Beobachtung trotz der außerordentlichen Feinheit der wissenschaftlichen Apparate immer schwieriger wurde. Er konnte das Atom nicht länger zum

Gegenstand der Beobachtung machen; es entging ihm. Er begann, seine Argumente auf mathematische Formeln zu stützen. Sogar mit dem chemischen Atom, vier Grad unter dem ultimativen physikalischen Atom, begann er zu argumentieren, ohne seine Argumente auf Beobachtung zu stützen, weil er nicht beobachten konnte; es war zu klein, zu fein, zu zart – es entging ihm. Er hatte kein Instrument, das empfindlich genug war, um es zu beobachten. Er war in eine Sackgasse geraten. Die Tatsache drängte sich ihm mit immer größerer Beharrlichkeit auf; er konnte es nicht länger leugnen. Ohne die Hilfe feinerer, subtilerer Instrumente könnte er einige seiner Untersuchungen nicht weiter vorantreiben. Seine Methoden versagten ihm. Auch seine besondere Geisteshaltung konnte die neue Psychologie nicht akzeptieren. Er konnte die seltsamen neuen psychologischen Tatsachen, die alle alten Vorstellungen des menschlichen Bewusstseins revolutionierten, nicht mit Hilfe von Hypnose oder Autoskopie untersuchen oder akzeptieren, weil er sich der grundlegenden Tatsache nicht entziehen konnte, dass die Wissenschaft keine Theorie hatte, mit der diese seltsamen neuen Tatsachen in Einklang gebracht werden konnten Die Dinge würden passen, keine Erklärung, wie er Ruth Seer gesagt hatte, die sie in eine rationale Reihenfolge bringen könnte. Und als er in der Wärme des Nachmittags träumte, während der Duft und die Schönheit des wunderbaren Universums in sein Bewusstsein eindrangen, drang die Idee mit immer größerer Beharrlichkeit durch: Hatten die Götter durch einen wunderbaren Zufall, durch ein erstaunliches Glück einen Platz gefunden? seine Hände, seine, Roger Norths, ein Instrument, feiner, subtiler, zarter, als alles, wovon er jemals geträumt hatte, das Bewusstsein, das sich als Ruth Seer materialisierte? Er schien mit sich selbst zu kämpfen, oder vielmehr mit einem anderen Selbst – einem Selbst, das danach strebte, ihn in neblige, unwirkliche Dinge hineinzuziehen, und er schrumpfte in seine Welt zurück, die ihm als solide, greifbare Dinge erschien, Dinge, die er berühren und handhaben konnte durch Messen, Berechnen und Beobachten beweisen. Und dann packte ihn erneut die größere Vision. Gab es tatsächlich eine feinere, subtilere, wundervollere Materie, die darauf wartete, mit anderen, feineren, subtileren Methoden erforscht zu werden? Was erkannten Dick Carey und Ruth Seer, womit hatten sie einen Vertrag außerhalb seines Wirkungsbereichs? Konnte er sicher sein, dass es nicht existierte? "Gott! es würde dir einen Horizont jenseits der Ewigkeit eröffnen", hatte er zu Ruth Seer gesagt; das war wahr genug – wenn die Vision wahr war. Bis jetzt hatte er jede Vision darüber immer als eine Fabel betrachtet, die von weisen Männern erfunden worden war, um geringeren Männern durch etwas zu helfen, das im Grunde genommen alles andere als traurig war. Und jetzt packte es ihn zum ersten Mal wirklich – was es bedeuten würde, wenn es keine Fabel wäre, keine nützliche Täuschung für schwächere Männer, die das Leben nicht so sehen könnten, wie es wirklich war. Gott! es würde Ihnen einen Horizont jenseits der Ewigkeit eröffnen! Die Vision war bisher nur ein undeutliches Durcheinander unendlicher Möglichkeiten, und Roger Norths Verstand hasste Durcheinander. Er war wie der Blinde von Bethsaida, der, als Christus seine Augen berührte, aufblickte und Menschen wie Bäume gehen sah.

Plötzlich stand er auf und schob ein Foto von Dick Carey, das auf seinem Schreibtisch stand, an eine unauffällige Stelle auf dem Kaminsims neben anderen Fotos. Dann zögerte er einen Moment, bevor er einen der anderen nahm und ihn auf den Schreibtisch legte.

Und diese einfache Aktion bedeutete, dass Roger North seine Scheu vor dem Immateriellen und Unsichtbaren beiseite legte und neue Untersuchungen mit neuen Beobachtungsinstrumenten begann.

Dann ging er zurück zu seinem Stuhl und begann mit einer zweiten Orange. Mansfield hatte gerade die Krocketschläger und -bälle getragen und bereitete die Nachmittagsspiele in seiner gewohnt bewundernswerten Art vor. North beobachtete ihn träge, während er an der Orange lutschte, wohlig bewusst, dass ein neues Interesse sein Leben erfasst hatte, sein Geist war bereits damit beschäftigt, die verschiedenen subtileren Materien, mit denen er arbeiten wollte, zu tabellieren und zu ordnen.

Hier öffnete sich die Tür, und mit dem leisen Geklapper und der Hektik, die ihre Annäherung immer ankündigte, trat seine Frau ein, lockig, gepudert und geschmückt, sehr hübsch und sehr elegant, zu ihrer Nachmittagsparty.

Ihr Besuch kam in diesem Moment völlig unerwartet. Es war auch unglücklich.

Es ist zweifelhaft, ob Mrs. North, wenn viel davon abhing, hätte helfen können, ihren Einwand gegen das Orangenlutschen zum Ausdruck zu bringen, als ihr Mann sich dem Orangenlutschen hingab. Sie blieb abrupt im Türrahmen stehen und sah aus, als hätte sie einen üblen Geruch in der Nase.

Es entstand eine unangenehme Pause. North, innerlich wütend, saugte weiter an seiner Orange. Es ist zu befürchten, dass er die Meinung seiner Frau zu allen Themen völlig verachtete, und es irritierte ihn, das Gefühl zu haben, dass sie dennoch zuweilen über eine Macht verfügte, die sie, das muss man zugeben, in der Geschichte unbarmherzig eingesetzt hatte Anfang ihres Ehelebens, damit er sich unwohl fühlt.

Schließlich warf er die Orange auf den Papierkorb, verfehlte sein Ziel und sie landete mit dem klaffenden Loch nach oben in der Mitte des Kamins.

„Wenn du mit mir sprechen willst", sagte er gereizt, „so solltest du besser kommen und dich setzen. Wenn es dir andererseits nicht gefällt, dass ich eine Orange lutsche, bist du vielleicht weggegangen, bis ich fertig war."

„Ich habe nichts gesagt", sagte Frau North.

Sie streichelte vorsichtig die störende orangefarbene Haut und ordnete die flauschigen Locken in ihrem Nacken vor dem Glas. Dann setzte sie sich und ordnete die Spitze vor ihrem Kleid.

„Ich kann mir nicht vorstellen, warum du jetzt immer so unangenehm bist", beschwerte sie sich schließlich. „Früher hast du mich so gern gehabt."

Zu diesem Zeitpunkt war die Atmosphäre vor Gereiztheit elektrisiert. Ein ungünstigerer Zeitpunkt für einen solchen Appell hätte kaum gewählt werden können.

„Ich nehme nicht an, dass Sie sich früh angezogen haben, um herunterzukommen und mir das zu sagen", sagte North. Es war nicht nett von ihm, und er wusste, dass es nicht nett war, aber er konnte beim besten Willen nichts dagegen tun. Tatsächlich war es nur einer übermenschlichen Anstrengung zu verdanken, dass seine Antwort nicht an Brutalität grenzte.

„Ich bin gekommen, um mit dir über Violet zu reden, aber es ist so unmöglich, mit dir über irgendetwas zu reden."

"Warum versuchen?" Norden dazwischengelegt.

„Ich nehme an, dass Sie Interesse an Ihrem eigenen Kind haben?" erwiderte Frau North. „Ich vermute, Sie haben es nicht bemerkt, aber sie sieht furchtbar krank aus."

North verfiel wieder in Schweigen und beobachtete weiterhin Mansfields Vorbereitung auf dem Rasen.

„ *Hast* du es bemerkt?" fragte seine Frau, ihre Stimme schrillte jetzt vor Verzweiflung.

„Ja", sagte North.

„Na gut, warum kannst du dich dann nicht für etwas interessieren? Warum kannst du nicht jemals mit mir über Dinge reden, wie es andere Ehemänner mit ihren Frauen tun? Und sie sieht nicht nur krank aus; Sie hat sich verändert – sie ist nicht mehr dasselbe Mädchen wie vor einem Jahr. Und die Leute kommentieren es. Sie ist nicht mehr so beliebt wie früher. Die Leute scheinen Angst vor ihr zu haben."

Sie hatte jetzt Norths Aufmerksamkeit erregt. Die gezeichneten Linien in seinem Gesicht wurden tiefer. In seinen Blicken lag sowohl Besorgnis als auch Gereiztheit.

„Hast du mit ihr gesprochen? Versucht herauszufinden, was los ist?"

„Nein", sagte Frau North. „Zumindest habe ich es *versucht* , aber es ist unmöglich, etwas aus ihr herauszubekommen. Es ist, als würde man mit einem Fremden reden. Wirklich, manchmal habe ich Angst vor ihr. Es klingt natürlich lächerlich, aber da ist es. Und wir waren früher so gute Freunde und haben uns alles erzählt."

„Ich fürchte, sie hat Dicks Tod nie wirklich verwunden", sagte North, seine Art war merklich sanfter. „Und möglicherweise war ihre Heirat so bald darauf nicht die klügste Sache."

„Du hast es genauso gut geheißen wie ich."

"Sicherlich. Ich gebe Ihnen in keiner Weise die Schuld. Außerdem hat Violet weder unseren Rat noch unsere Zustimmung eingeholt. Ich meine vielmehr, dass sie möglicherweise jetzt für das bezahlt, was ich besitze, das schien mir damals ein ganz erstaunlicher Mut."

„Sie hat sich Ihnen in dieser schrecklichen Zeit viel mehr anvertraut als mir", sagte Mrs. North verärgert und mit ihrer bedauernswerten Unfähigkeit, ihren Mann kennenzulernen, als seine natürliche Herzensgüte oder sein Pflichtgefühl ihn dazu bewegten, zu versuchen, die Dinge zu besprechen von gegenseitigem Interesse mit ihr in einem freundschaftlichen Geist. „Wenn du sie mir damals nicht weggenommen hättest, wäre es vielleicht anders gekommen."

North zuckte mit den Schultern und widmete sich wieder dem Krocket-Rasen und Mansfields Vorbereitungen. Violet war seit ihrer Kindheit nie etwas anderes als ein Zankapfel gewesen, es sei denn, er hatte sich damit zufrieden gegeben , sich niemals einzumischen oder Meinungen zu äußern, die im Widerspruch zu denen seiner Frau standen.

"Was soll ich tun?" er hat gefragt.

„Zeigen Sie nur ein gewisses natürliches Interesse an Ihrem eigenen Kind", erwiderte sie. „Aber man kann nie über etwas reden, ohne gereizt zu sein. Und was ihre Ehe mit Fred angeht, waren wir uns alle einig, dass es eine ausgezeichnete Sache war. Wenn Ihnen nicht aufgefallen ist, wie verändert sie ist, ist es natürlich sinnlos, es Ihnen zu sagen."

„Ich habe es bemerkt", sagte North knapp.

„Nun, was sollten wir Ihrer Meinung nach besser tun?"

„Du willst wirklich meine Meinung?"

North hatte dies bereits in anderen Angelegenheiten gesagt. Er kämpfte mit der Sinnlosigkeit, es darüber auszusprechen. Aber er wusste, dass seine Frau eine hingebungsvolle, wenn auch manchmal unkluge Mutter war, und er war

ihr gegenüber im Großen und Ganzen sehr großzügig gewesen, was ihr
einziges Kind anging. Er hatte jetzt Mitleid mit ihr in ihrer Angst.

„Natürlich tue ich das", antwortete sie. „Ist es nicht das, was ich die ganze
Zeit gesagt habe?"

„Dann sehe ich ehrlich gesagt nicht, was Sie oder ich tun können, als
danebenzustehen. Sie weiß genau, dass wir beide da sind. Auch auf Fred kann
sie sich verlassen, das weiß sie. Aber es scheint mir, dass wir sie in Ruhe
lassen müssen, bis sie zu uns kommt, damit sie die Probleme, die ihr im Weg
stehen, bekämpfen kann. Ich denke, Sie haben Recht – es *gibt* Ärger. Aber
wir können ihr Vertrauen nicht erzwingen, und wenn wir es täten, würden
wir auch nichts Gutes tun. Ich fürchte, das wird Ihnen nicht viel helfen." Er
sah sie mit einer gewissen Freundlichkeit an. „Aber ich glaube, das ist ein
ganz guter Rat."

„Es ist schrecklich, sich mit dem eigenen Kind wie eine Fremde zu fühlen",
beklagte sich Frau North. „Es macht mich vollkommen elend. Natürlich
glaube ich nicht, dass ein Vater das Gleiche empfindet wie eine Mutter."

Ein Schatten fiel auf den Streifen Sonnenlicht, der durch das Fenster fiel.
Eine fröhliche Stimme unterbrach die Reihenfolge ihrer Beschwerde.

„Oh, *hier* bist du!" es sagte.

Beide blickten hastig, fast schuldbewusst, auf. Violet Riversley stand draußen
auf dem Kiesweg. Eine fröhliche und galante Figur, schlank und gerade in
ihrem Lieblingsweiß . Die Sonne schien auf den glatten, gelockten Satin ihres
dunklen Haares, auf das Weiß ihrer wundervollen Haut. Ihre goldenen
Augen tanzten, als sie die Stufe des französischen Fensters überquerte.

„Ich hatte in meinen Knochen das Gefühl, dass du heute Nachmittag eine
Party veranstalten würdest", sagte sie. „ Also habe ich Fred und mich ins
Auto gesetzt, und hier sind wir!"

Sie schaute von einem zum anderen und sie sahen sie an, für einen Moment
sprachlos. Denn hier war die alte Violette, fröhlich vor überschäumendem
Leben und Fröhlichkeit, die schöne, unwiderstehliche Hoyden aus der Zeit
vor dem Krieg, bevor Dick Carey gestorben war, sozusagen plötzlich wieder
zurück. Und jetzt, und nur jetzt, erkannte einer von ihnen den Unterschied
zwischen ihr und der Violetten, über die sie gerade gesprochen hatten, voll
und ganz.

„Was ist mit euch beiden los?" Sie weinte. „Du siehst aus, als würdest du
dunkle und verzweifelte Taten planen! Und Mansfield weint fast unter der
Buche, weil er ohne Sie die Stühle nicht zu seiner Zufriedenheit arrangieren
kann." Sie sah ihre Mutter an. „Er sagt" – sie sah ihren Vater an und sprudelte
vor Freude – „ die Schützengräben haben seinen Sinn für das Künstlerische

verdorben!" Und er sagt, dass er jetzt selbst ein Krocket-Champion ist. Er gewann alle Wettbewerbe im VAD-Krankenhaus. Meinen Sie, wir sollten ihn bitten, heute Nachmittag zu spielen?"

„Meine liebe Violet –", begann Mrs. North, erschüttert von dem Schrecken dieses Vorschlags.

„Schau her, Vi", sagte North. Einem plötzlichen Impuls folgend, hob er seine langen Beine von seinem Liegestuhl, setzte sich aufrecht hin und fegte ihre fröhliche Schimpftirade beiseite. „Wir haben über dich gesprochen."

"Mich!"

Sie neigte ihre geraden schwarzen Brauen zu ihm, ein Schatten glitt über ihre Brillanz, sie zitterte ein wenig.

„Ich nehme an, ich war in letzter Zeit ziemlich giftig für dich." Sie meditierte einen Moment. Dann erstrahlte ihr altes, unwiderstehliches, schelmisches Lächeln. „Aber es ist nichts im Vergleich zu dem, was ich dem armen Fred angetan habe."

Sie fuhr mit ihren geschmeidigen Fingern durch Norths ergrautes Haar und wurde wieder ernst.

„Papa und Mama, ihr Lieben, ich weiß nicht, was mit mir los ist – aber ich war in der Hölle. Ich bin heute Morgen aufgewacht und fühlte mich wie Shuna – die Tochter von irgendetwas, als der Teufel aus ihr vertrieben wurde. Und ich stand auf und tanzte in meinem Nachthemd durch den Raum, denn die alte Welt war wieder schön und ich hasste nicht alles und jeden. Und erzähl mir nicht, wie ich war, Lieblinge – ich möchte nicht daran denken. Ich weiß nur, dass es weg ist, und wenn es jemals zurückkommt …"

Sie hielt inne und wiederholte langsam:

„Wenn es jemals zurückkommt –"

Ihre schlanke, aufrechte Gestalt zitterte wie ein Stab aus Stahl, angetrieben von elektrischer Kraft.

Dann hob sie trotzig die Hand und lachte. Das fröhliche, leichte Lachen der alten Violet. „Aber ich werde es nicht zulassen! Nie wieder! Nie nie nie! Mütter, kommt raus und kämpft mit Mansfields verlorenem künstlerischen Sinn."

Sie hob Mrs. North, schrill protestierend, körperlich aus ihrem Stuhl.

„Meine liebe Violet! Nicht! Oh, mein Hut!" schrie sie und zog sich wie ein zerzauster Vogel zum Spiegel über dem Kaminsims zurück, um ihr Gefieder neu zu ordnen.

Violet packte ihren Vater mit beiden Händen und zog ihn ebenfalls aus seinem Stuhl.

„Kommen Sie und spielen Sie mit mir eine Partie Krocket, bevor die Gäste kommen, Herr Professor“, sagte sie.

Für ihn war es ihr alter Name aus der Zeit, als Karl von Schäde viele deutsche Ausdrücke und Titel in ihre Mitte gebracht hatte. Es traf North mit einem merkwürdigen kleinen unangenehmen Schock.

„Warum hast du das Foto des armen Dick hier oben gepostet?“ fragte seine Frau.

„Oh, lass meine Sachen doch in Ruhe!“ rief North aus.

Die Fähigkeit seiner Frau, jede Kleinigkeit zu entdecken und zu hinterfragen, die er nicht erklären wollte, war phänomenal. Es ärgerte ihn, zu sehen, wie sie den Rahmen aufhob. Es irritierte ihn, dass sie seinen toten Freund immer als „armen Dick“ bezeichnete.

Die Atmosphäre, die durch Violets plötzlichen strahlenden Auftritt gestört wurde, wurde erneut von elektrischer Irritation aufgeladen.

Mit einem kleinen Klick stellte Mrs. North den Rahmen ab.

„Ich dachte, es wäre ein Fehler des Dieners“, sagte sie steif.

Violet zog ihren Vater aus der Fenstertür. „Kommen Sie, wir haben jetzt nur noch ein halbes Spiel“, sagte sie.

Frau North folgte ihr.

„Ihre Miss Seer kommt heute Nachmittag, Roger“, sagte sie. „Ich hoffe, dass Sie mit niemand anderem reden, wenn Sie überhaupt die Absicht haben, zu erscheinen. Es sieht so schlimm aus und bringt nur alle zum Reden!“

Mit diesem Abschiedsschuss zog sie sich in Richtung Mansfield und die Stühle zurück.

Violet legte ihren Arm unter den ihres Vaters, als sie den Rasen überquerten. „Sie kann nicht anders, Papa“, sagte sie beruhigend.

North lachte, ein kurzes, freudloses Lachen.

"Ich vermute nicht. Mach weiter, Vi. Ich nehme Blau.“

Sie vertieften sich in das Spiel, ganz nach der vollständigen und konzentrierten Art eines echten Krocketspielers. Beide lagen über dem Durchschnitt und es war für North eine unendliche Erleichterung, dass Violet ihr altes Interesse an seiner Niederlage wieder aufnahm.

Plötzlich ging Fred Riversley hinaus und beobachtete sie, gleichgültig und schwerfällig wie immer, aber sein Nicken zu North hatte eine Bedeutung und war sehr zufrieden. North fing an, diesen eher langweiligen jungen Mann auf eine Weise zu mögen, die er früher für unmöglich gehalten hätte. Er war das schlichteste, am wenigsten attraktive und am wenigsten interessante der Gruppe brillanter Kinder gewesen, die auf so verwirrende Weise plötzlich aufgewachsen waren, fast, wie es schien, nach der Kriegserklärung, und von denen so wenige übrig waren. Norths Gedanken wanderten zurück zu jenen Tagen, die so lange her schienen, zu einem anderen Leben, zu den fröhlichen, fröhlichen Kindern, die sich um seinen Freund gekümmert hatten und so Teil seines eigenen Lebens waren. Und dann überkam ihn eine plötzliche Nostalgie, ein krankes Gefühl des sinnlosen Schreckens des Lebens. Und es kümmerte Sie – wirklich kümmerte es –, ob Sie beim Krocket eine schlechte Leistung erbrachten oder ob Ihre Frau Einwände dagegen hatte, dass Sie Orangen lutschten. Mansfield, der dort draußen Minute für Minute dem Tod durch Folter ausgesetzt war, machte sich Sorgen, weil er die Stühle auf einer Tennisparty nicht organisieren konnte. Und diese Jungen und das Mädchen, die kleine Sybil Rawson, waren alle zerbrochen, ausgelöscht, erledigt. Sie hatten nicht einmal andere Jungen und Mädchen zurückgelassen; Sie gehörten zum Abfall der Natur.

Er verfehlte seinen Schuss und Violet stieß einen Triumphschrei aus. Es gab das Spiel in ihre Hände. Sie ging mit ein paar hübschen Abschlussschüssen raus.

„Das entspricht nicht Ihrer üblichen Note, Sir!" sagte Riversley .

„Nein", sagte North. „Es war ein schlechter Schuss!" Und es *kümmerte ihn* . Er ärgerte sich über sich selbst. "Verfault!" sagte er und spielte den Schlag noch einmal.

„Absolut unwürdig!" lachte seine Tochter.

Mit geschickter Präzision schlug sie erst einen, dann den anderen ihrer Bälle aus und winkte mit dem Hammer einem herannahenden Auto zu.

„Hier sind die Kondore", sagte sie. „Und Condie selbst! Ich habe ihn schon seit Ewigkeiten nicht gesehen, der alte Schatz!"

Sie flog wie ein Vogel über den Rasen in Richtung Haustür.

Mansfield half einem enorm beleibten Herrn zärtlich dabei, rückwärts aus dem Auto auszusteigen.

„Ausgezeichnet, Bombardier!" sagte der beleibte Herr. "Exzellent. Du hast mich ohne einen einzigen Stich im Stich gelassen. Jetzt haben sie meinen Mann in den Kraftverkehr gesteckt. Für mich höchst bedauerlich. Das

Wissen, wie man mit einer scharfen Bombe umgeht, wäre von unschätzbarem Wert gewesen."

Er drehte sich langsam um, rechtzeitig um Violet Riversleys enthusiastischen Empfang zu empfangen. Sein Gesicht war sehr rund und voll, die an sich guten Gesichtszüge waren teilweise in vielen Fleischwülsten vergraben, der ganze Aspekt war von gütiger Gutmütigkeit. Nur ein gelegentlicher, durchdringender Blick unter seinen schweren Augenlidern offenbarte die scharfe Intelligenz, die ihm in der politischen Welt einen nicht geringen Ruf eingebracht hatte.

„Ah, kleiner Vi! Es ist schön, Sie wiederzusehen", sagte er. „Wie geht es dir, North?" Seine Stimme war sanft und dick, hatte aber die Schönheit perfekter Aussprache.

Es war das einzige jemals bekannte Geräusch, das den erstaunlichen Gesprächsfluss seiner Frau unterbrach. Sie gab zu, dass es schwierig gewesen sei, aber sie hatte die Notwendigkeit schon früh in ihrer Ehe erkannt.

„Sehen Sie, niemand wollte mich reden hören, wenn sie ihn hören könnten", erklärte sie. „Mittlerweile ist es zur Gewohnheit geworden. Condor muss nur „Ah!" sagen. und ich bleibe stehen wie ein Automat."

In diesem Moment folgte sie ihm aus dem Auto, inmitten des üblichen Regens verschiedener Habseligkeiten. Violet und ihr Mann halfen ihr, während North und Mansfield die Trümmer einsammelten .

„Ja, meine Lieben, wir waren wie immer bei einem Treffen. Natürlich – ich meine Volkswirtschaft. Condor hielt eine wirklich bewundernswerte Rede, in der er unmögliche Dinge empfahl; natürlich ausgezeichnet – nur unmöglich! Meine Brille? Danke, Roger. Ja, ist das Auto nicht schäbig? Ich bin so dankbar. Ein neuer Rolls-Royce hat doch ein so schmerzlich üppiges Aussehen, nicht wahr? Und die alten laufen genauso gut, wenn nicht sogar besser. Dieser Schal? Ähm – ja – vielleicht werde ich es wollen. Stecken wir es in die Tasche von Condor. Ein bisschen mehr Polsterung macht für ihn keinen Unterschied."

„Als ich jünger war, war es mein Privileg und Vergnügen, diese kleinen Kleinigkeiten für meine Frau aufzusammeln", sagte Lord Condor und lächelte gutmütig, während seine Frau den Schal in seine Tasche steckte. „Aber leider! meine Figur lässt es nicht mehr zu."

„Ich erinnere mich, dass meine Verlobung eine äußerst anstrengende Zeit war", sagte Lady Condor. „Meine liebe Mutter hat mir eingetrichtert, dass er es abbrechen würde, wenn Condor einmal erkennen würde, welche Verärgerung meine Unordnung und die Angewohnheit, meine Sachen herumzuwerfen, bei ihm in unserem Eheleben auslösen würde. Was, Vi? Oh, verdammt das Ding!"

Violet Riversley , die einen Goldbeutel in der Hand hielt, der auf mysteriöse Weise von irgendwoher gefallen war, brach in einen hilflosen Lachanfall aus.

„Lache nicht, mein Lieber. Es ist nichts, worüber man lachen kann. Ich hoffe, Mansfield hat es nicht gehört! Man fängt sich diese schlechten Angewohnheiten an, aber ich bin nicht dazu übergegangen, zu fluchen. Ich bin nicht dafür, es für Frauen zu verwenden – oder das Rauchen – nicht wahr, Condor? Aber diese elende Tasche hat mir den ganzen Nachmittag verdorben; das ist das fünfte Mal, dass es mir ausgehändigt wurde. Ich konnte Condors Rede nicht wirklich genießen. Ziemlich bewundernswert – nur konnte unmöglich die Dinge tun, die er empfahl. Aber wo war ich? Oh ja – die Tasche – sehen Sie, ich habe sie bei Asprey gekauft! Wissen Sie, in der Bond Street – ja. Da war ein ganzes Fenster voll davon. Wie sollte es einem auffallen, dass es sich um Luxusgüter handelte und dass der Goldmangel so groß war? Mittlerweile hat man sich ziemlich an das Papiergeld gewöhnt. Und irgendwie wirkt es nie so wertvoll wie echte Souveräne. Ich bin sicher, dass unsere Extravaganz darauf zurückzuführen ist. Es ist fast so schlimm wie die Zahlung per Scheck. Aber wo war ich? Oh, meine Tasche! Sehen Sie, wir sind alle zu diesem Treffen gegangen, um die Volkswirtschaft zu unterstützen. Das Notwendigste, sagt Condor, und wir alle müssen unser Bestes geben. Aber ich denke, es wäre wirklich besser gewesen, wenn wir nicht alle in unseren Autos gefahren wären und unsere Goldsäcke mitgenommen hätten. Jeder schien einen Goldbeutel zu haben – und Aigrettes auf dem Kopf. Ich selbst trage sie nie. Die armen Vögel – ich konnte nicht. Aber ich weiß, dass sie Pfund und Pfund kosten und niemand sie als Notwendigkeit bezeichnen kann. Oder natürlich die Goldsäcke, wenn Gold so knapp ist. Sollen wir sie zum Einschmelzen schicken? Gerne schicke ich meine auch in die unteren Regionen. Gerade als wir eintraten, fiel es auf die Stufe, und Sie können sich den Lärm vorstellen, den es machte, und ein ziemlich ärmlich aussehender Mann hob es auf und gab es mir zurück. Er trug einen der schrecklich aussehenden Anzüge, die sie unseren armen lieben Männern gaben, als sie demobilisiert wurden. Er war äußerst angenehm, aber was muss er gedacht haben? Und ich konnte ihm das volle Schaufenster nicht erklären, weil Condor auf mich wartete. Und dann, auf dem Bahnsteig, gerade als Condor einen seiner aussagekräftigsten Punkte vorbrachte, *fiel es* klirrend von meinem Schoß und fiel natürlich genau dort hin, wo kein Teppich war. Ich habe versucht, es unter den Stuhl zu treten, aber der kleine Mr. Peckham – du kennst ihn, mein Lieber – sprang auf, machte eine ziemliche Show daraus und gab es mir zurück. Nein, gib es mir nicht noch einmal. Steck es in Condors Tasche. Aber er ist weg! Mit Roger die Schweine sehen? Ist es nicht wunderbar, welche Anziehungskraft Schweine auf Männer ab einem bestimmten Alter haben? Meinem lieben Vater ging es genauso, und er rief seine Schweine nach uns – oder waren es wir nach den Schweinen? – ich weiß nicht mehr genau, welches. Und wo ist deine Mutter? Oh, ich verstehe – ich spiele Krocket mit Mrs. Ingram. Meine Liebe, hast du jemals so einen Hut gesehen? Wie ein Teller mit versteinertem Brei, nicht wahr? Nein, sag deiner Mutter, sie soll nicht kommen. Ich winke einfach mit der Hand. Geh und sag ihr, sie soll ihr Spiel nicht aufgeben, liebe Violet. Und hier ist Arthur! Er hat mir etwas Wichtiges zu sagen – das weiß ich an seinem Gang. Jetzt wollen wir es uns erst einmal gemütlich machen und dort, wo wir nicht gestört werden. Ja. Die beiden Stühle da drüben."

„Ich möchte, wenn möglich, ein wenig plaudern , Marion", sagte Mr. Fothersley . Mit der aus langer Übung erwachsenden Geschicklichkeit holte er einen Schal zurück, der ihm plötzlich über den Weg geschwebt war. „Ja, ich behalte es für den Fall, dass dir kalt wird."

Er faltete es zu einem ordentlichen Quadrat zusammen, sodass es in seine Tasche passte, ohne dass sein Schal oder seine Tasche beschädigt wurde, und hielt die Rückenlehne ihres Stuhls fest, während sie sich hineinpasste.

„Ein Fußschemel? Danke, Arthur. Ich kann nur sagen, dass Nita die Kunst versteht, es ihren Gästen bequem zu machen. Gestern hatte ich bei den Howles einen Stuhl, auf den ich fast nicht hineinkam und aus dem ich kaum herauskam! Aber wo waren wir? Oh ja – du hast etwas, das du mir sagen möchtest. Ich weiß es immer an deinem Gang."

Mr. Fothersley war ein wenig verärgert. „Ich kann mir nicht vorstellen, wie sich das auf meinen Gang auswirken könnte, Marion."

„Es ist seltsam, nicht wahr?" sagte Ihre Ladyschaft energisch. „Es ist genau wie mein lieber Vater. Eine Neuigkeit wurde über ihn geschrieben, bis er sie loswurde. Ich erinnere mich, wie der arme George Somerville sich erschoss – meine liebe Mutter und ich saßen auf der Terrasse, und wir sahen meinen Vater aus ziemlich weiter Ferne aus dem Dorf kommen – man konnte kein einziges Merkmal erkennen – aber wir erkannten ihn sofort brachte Neuigkeiten – wichtige Neuigkeiten. Aber wo waren wir?"

Sie blieb plötzlich stehen und sah ihn mit dem Lächeln an, das vor fünfzig Jahren der Hälfte der goldenen Jugend den Kopf verdreht hatte.

„Ich bin eine geschwätzige alte Frau, mein lieber Arthur. Du machst dir wegen etwas Sorgen, und hier beunruhige ich dich mit meinen albernen Erinnerungen – ja – was ist es nun? Erzählen Sie mir alles darüber und wir werden sehen, was getan werden kann."

„Ich bin auf jeden Fall beunruhigt", sagte Herr Fothersley . Er strich seine zarte graue Weste glatt und lehnte sich in seinem Stuhl zurück. „Ich fürchte, es besteht kein Zweifel daran, dass Nita eifersüchtig auf Miss Seer wird."

"Du lieber Himmel! Ich würde diese blaue Iris am liebsten vermuten!"

„Ganz richtig! Ganz richtig! Aber Sie wissen, was Nita über diese Dinge denkt. Und leider scheint Roger in letzter Zeit ein- oder zweimal allein in Thorpe gewesen zu sein."

„Völlig natürlich", sagte Ihre Ladyschaft richterlich. „Um Dicks willen würde er sich für die Farm interessieren. Ich selbst gehe gerne dorthin. Sie hat den Ort nicht verdorben."

„Nita hat sie gerade ‚diese Frau' genannt", sagte Mr. Fothersley feierlich.

Lady Condor hob ihre Hand. „Damit ist es natürlich geklärt! Und nun, lieber Arthur, was ist zu tun? Wir können wirklich keine dieser schrecklichen Auftritte erleben, die es in der Vergangenheit leider gegeben hat!"

„Ich weiß es wirklich nicht", sagte Mr. Fothersley . Er war zwischen Aufregung und Verzweiflung gespalten. „Es ist völlig sinnlos, mit einem von beiden zu reden. Nita konsultiert mich im Allgemeinen, aber sie hört weder auf Vernunft noch auf Ratschläge. Und Roger lacht nur oder verliert die Beherrschung."

„Ja", stimmte Lady Condor zu. „Ich denke, es hängt vom Zustand seiner Leber ab. Und was die arme Nita betrifft, die zu diesem Thema auf die Vernunft hört – nun ja, wie Sie sagen!"

„Wenn sie es nur nicht jedem erzählen würde, wäre es nicht so schrecklich."

„Ah, das ist nur ein kleiner Hauch von Bourgeoisie", sagte Lady Condor. „Es war Wein, nicht wahr? Oder war es etwas Getrocknetes? Und der arme, liebe Roger ist wirklich so sicher – ja –, dass er sich bei einer echten *Affäre de cœur* furchtbar langweilen würde . Er würde jede Frau wochenlang vergessen, wenn er eine Kombination von Elementen arrangieren würde, um zu sehen, ob sie sich gegenseitig in die Luft sprengen würden. Und wenn die arme Frau eine Szene machen oder auch nur ein Wort des Vorwurfs äußern würde, wäre er für immer verschwunden – pouf – einfach so. Und was nützt das einer Frau? Ich habe es Nita gesagt, aber es ist nicht gut – nein! Wenn sie nun mit Condor verheiratet gewesen wäre! Armer Schatz, er ist völlig hilflos gegenüber allem, was Unterröcke trägt! Es ist nicht seine Schuld. Es ist Temperament, wissen Sie. Alle Hawkhursts haben ein sehr hitziges Wesen. Und als er jünger war, waren die Frauen so albern ihm gegenüber! Ich habe immer so getan, als wüsste ich es nicht, und war immer charmant zu ihnen allen. Es hat bewundernswert funktioniert."

„Ich habe Ihre Würde immer bewundert, liebe Marion“, sagte Mr. Fothersley.

„_Wir_ haben unsere Männer immer beschützt“, sagte Lady Condor, und sie sah wirklich wie eine sehr großartige Dame aus.

„Unser Tag vergeht“, sagte Mr. Fothersley traurig. „Ich bedaure es sehr. Wirklich sehr viel."

„Zum Glück“ – Lady Condor ging ihren Erinnerungen nach – „ Condor hat einen Sinn für Humor , der ihn immer davon abgehalten hat, sich richtig lächerlich zu machen: Das hätte mich beunruhigt.“ Ein Mann rennt um eine Frau herum und sieht aus wie ein verliebtes Schaf! Wo ist meine Brille, Arthur? Und wer ist das Mädchen da drüben, nur Beine und Hals? Natürlich hat der aktuelle Kleidungsstil seine Vorteile – man hat nichts zu verlieren. Aber wo war ich? Irgendwas mit Schafen? Oh ja, lieber Condor. Ich war immer so dankbar, dass er, als er seine Figur verlor – er hatte als junger Mann eine sehr schöne Figur, wie Sie sich erinnern –, auf all diese Dinge verzichtete. _Das müssen_ Sie natürlich tun, wenn Sie einen Sinn für das Lächerliche haben. Aber über Roger und Miss Seer. Sie ist eine Frau mit Würde. Woher kann sie es nun haben? Sie scheint zwischen einer Waisenschule für Geistliche und einem Laden aufgewachsen zu sein – waren es alte Möbel? – etwas Altes, ich weiß. Keine Kleidung – nein – sondern etwas Altes. Und jemand sagte, sie sei Köchin gewesen. Aber heutzutage kann man alles sein.“

„Sie ist von sanfter Geburt“, sagte Mr. Fothersley . „Ihre Mutter war, soweit ich weiß, eine Hofdame , und die Seher scheinen ganz gute Leute zu sein – Iren, glaube ich –, aber von gutem Blut. Es verrät es immer.“

„Man weiß nie, in welche Richtung“, sagte Ihre Ladyschaft weise. „Schau dir jetzt meinen Onkel Marcus an. Oh, da _ist_ Miss Seer. Ja – ich glaube wirklich nicht, dass wir uns Sorgen machen müssen. Es würde schwierig sein, unhöflich zu ihr zu sein. Sehen Sie, die liebe Nita ist ganz nett! Und Roger ist bei Condor und den Schweinen ziemlich sicher.“

Es war tatsächlich spät am Nachmittag, als North Ruth traf, die sich gerade eine Partie Tennis ansah.

„Du spielst nicht?“ er hat gefragt.

„Ich hatte nie die Gelegenheit, die üblichen Dinge zu lernen“, sagte sie lächelnd. „Ich fürchte, ich bin heute nur mit einem Hintergedanken gekommen. Ich möchte, dass Sie mir ein Foto von Dick Carey zeigen.“

„Das ging mir seltsamerweise auch durch den Kopf“, sagte er und lächelte ebenfalls. „Kommen Sie in mein Arbeitszimmer und finden Sie es selbst.“

Unterwegs verspürte er eine angenehme Aufregung, aber auch eine merkwürdige Ungewissheit darüber, ob er wollte, dass das Experiment gelingen würde oder nicht.

Ruth ging vor ihm durch die Fenstertür und blieb eine Weile stehen und blickte sich um. Sie war keine langsame Frau, aber nichts, was sie tat, schien jemals gehetzt zu sein.

„Was für ein köstliches Zimmer!" Sie sagte. „Und was für eine Pracht der Bücher! Und mir gefällt die Art und Weise, wie Sie Ihren Schreibtisch haben. Wie viel besser als durch das Fenster, und trotzdem bekommt man das ganze Licht. Darf ich herumstöbern?"

"Natürlich."

Sie rückte den Schreibtisch um und nahm interessiert einen urigen Briefbeschwerer in die Hand. Das Foto ignorierte sie.

„Ich liebe deinen Schreibtischstuhl", sagte sie.

„Es gehörte meinem Großvater. Der einzige Teil, den ich von ihm habe. Meine Eltern haben das ganze Haus ausgeräumt, als sie geheiratet haben – zu schrecklich, nicht wahr?"

„Aber deine Bücher sind wunderbar! Sicherlich haben Sie hier viele Erstausgaben. Der alte Raphael hätte sie geliebt."

„Die besten meiner Erstausgaben liegen rechts vom Kamin."

Sie drehte sich um, und plötzlich hellte sich ihr Gesicht auf. Leuchtet neugierig auf, als wäre dahinter ein Licht.

"Oh!" sagte sie ganz leise, ging dann zum Kamin und betrachtete das Foto, das er an diesem Nachmittag vom Schreibtisch genommen hatte.

Sie hob es nicht auf und berührte es nicht; Ich habe es lange Zeit nur mit großen Augen angeschaut.

Dann drehte sie sich zu ihm um.

„Das ist der Mann, den ich gesehen habe", sagte sie. „Wirst du jetzt glauben?"

Und in diesem Moment näherte sich der Horizont jenseits der Ewigkeit tatsächlich näher, näherte sich dem Bereich des Möglichen.

Er gab nichts zu und sie drängte nicht darauf. Sie setzte sich in den großen Sessel in der kleinen Ecke, die Larry hinterlassen hatte, der darin zusammengerollt schlief. Er bewegte sich ein wenig, um mehr Platz für sie zu schaffen, und legte sanft eine gefiederte Pfote auf ihr Knie.

„Das ist seltsam“, sagte North. „Er lässt niemanden in die Nähe meines Stuhls, wenn er darin sitzt.“

„Er weiß, dass ich ein Bindeglied bin“, sagte Ruth lächelnd. „Ich wünschte, du könntest mich auch so sehen.“

„Das tue ich – aber nur zu Forschungszwecken. Du darfst mich nicht zu schnell fahren.“

„Das werde ich nicht. Das werde ich tatsächlich nicht tun.“ Sie sprach mit der Ernsthaftigkeit eines Kindes, das um einen Gefallen gebeten hat . „Ich möchte nur, dass du nicht alles ausschließt.“

„Ich bin interessiert und soweit kann ich derzeit nicht gehen. Ich habe mich gefragt, ob Sie Lust hätten, einen Teil von Dicks Tagebuch zu lesen, das ich hier habe. Es kam mit anderen Papieren zu mir, und hier sind einige Briefe.“

"Oh!" Der Ausruf war voller Interesse und Freude.

Lächelnd reichte er ihr das kleine Päckchen, und sie hielt es einen Moment lang zwischen beiden Händen und betrachtete es.

„Sie werden mir sehr heilig sein“, sagte sie.

Er nickte. „Man fühlt sich so. Es ist nur ein kleiner Teil eines Tagebuchs. Ich vermute, dass er nur sehr zeitweise einen behalten hat. Dick war nie ein Schriftsteller. Aber der Brief über von Schäde wird Sie interessieren.“

Ruth stand da, den Blick auf das kleine Päckchen gerichtet. „Könnten Sie mir erzählen – würde es Ihnen etwas ausmachen –, wie es passiert ist?“ Sie sagte.

„Eine Granate schlug ein und begrub einige seiner Männer. Er ging, um beim Ausgraben zu helfen. Eine weitere Granate schlug an derselben Stelle ein. Das war das Ende.“

Sie schaute hoch. Ihre Augen leuchteten.

„Er hat Leben gerettet, nicht genommen. Oh, ich bin froh.“

Sie steckte das Päckchen in die Tasche ihres Leinenrocks, schenkte ihm ein kleines Lächeln und schlüpfte davon, fast wie ein Gespenst. Sie wollte plötzlich und überwältigend nach Thorpe zurückkehren ...

Lady Condor genoss, wie es ihre Gewohnheit war, einen zweiten Tee und sagte ganz plötzlich, mitten in ihrer Klage über die Schwierigkeit, zuverlässige Kosmetika zu bekommen: „Das ist eine kluge Frau!“

Mr. Fothersley , der sich ehrlich für Kosmetika interessierte, riss seine Gedanken von ihnen los und sah sich um.

"WHO?" er hat gefragt.

„Fräulein Seher. Ich habe zugeschaut, nach dem, was du mir erzählt hast. Sie haben es nicht bemerkt? Sie war nur etwa zehn Minuten mit ihm in Rogers Arbeitszimmer – ja –, aber sie hat es getan, ohne dass Nita es wusste. Schau, sie verabschiedet sich jetzt. Und die liebe Nita lächelt alle und ist sehr angenehm. Nita spielte natürlich Krocket, aber selbst dann – vielleicht war es nur Glück – aber ganz erstaunlich."

Herr Fothersley stimmte zu. „Ein großes Glück", fügte er hinzu.

„Weißt du, Arthur, sie ist nicht unattraktiv", fuhr Lady Condor fort. „Auf keinen Fall in ihrer *ersten Jeunesse* und kann auch nie eine Schönheit gewesen sein. Aber sie hat etwas Cooles und Erholsames an sich, das manchen Männern gefallen könnte. Man weiß nie, oder? Ich erinnere mich, dass Condor einmal ein paar Wochen lang ziemlich verliebt war, in eine Frau, die eher im gleichen Stil war."

„Aber ich dachte, Sie hätten nicht gedacht –", begann Mr. Fothersley .

„ Natürlich glaube ich nicht – nicht wirklich." Lady Condor beobachtete Ruths Abschiedsgrüße durch ihre Brille. „Das ist das Dumme an all diesen angeblichen Affären von Roger. Da ist nie etwas drin. So dumm –" Sie hielt plötzlich inne und sah ihn von der Seite an, eher wie ein Kind, das mit einem verbotenen Spielzeug gefunden wurde.

„Aber –" begann Mr. Fothersley und hielt ebenfalls inne.

Die beiden alten Freunde sahen sich an.

„Arthur", sagte Lady Condor. „Ich glaube, du bist genauso schlecht wie ich. Ja – leugnen Sie es nicht. Ich habe die Schuld in deinen Augen gesehen. So lustig – gerade als ich mein eigenes entdeckte. Aber so schön – wir können ganz ehrlich zueinander sein."

„Meine liebe Marion – das tue ich nicht –", begann Mr. Fothersley zu protestieren.

„Lieber Arthur, ja – das tust du. Wir genießen es beide – ja – wo ist meine Brille? Was für eine Gnade, dass du ihnen nicht getreten bist. Aber wo war ich? Ja. Wir beide genießen diese kleinen Aufregungen. Positiv" – ihr schlaues altes Gesicht strahlte vor Schalk – „ Positiv glaube ich, dass wir es vermissen, wenn Roger nicht mit jemandem zusammen sein soll." Ich habe es in diesem Moment blitzschnell entdeckt! Ich hoffe, dass wir nicht ständig darauf hoffen, dass etwas drin ist. Es wäre so schrecklich von uns."

„ Ganz bestimmt nicht", sagte Mr. Fothersley , zutiefst gequält, verband sich aber aus langer Gewohnheit mit ihr. „Mit Sicherheit nicht! Ich kann Ihnen versichern, dass mein Gewissen völlig rein ist. Wirklich, Sie lassen Ihrer

Fantasie freien Lauf. Wir haben immer unser Bestes getan, um zu verhindern, dass Nita diese unangenehmsten Situationen schafft."

„Ja, natürlich haben wir das", sagte Lady Condor beruhigend. "Ich habe es nicht so gemeint. Aber wo ist Condor jetzt? Oh, er ist über die Felder nach Hause gegangen. So gut für seine Figur! Ich wünschte, ich könnte das Gleiche für mich tun. Ja, Nita war sehr nett zu Miss Seer und jetzt verabschiedet sich Violet von ihr."

„Ich fahre heute Abend mit dem Auto zurück in die Stadt", sagte Violet Riversley , als sie die Tür von Ruth Seers kleinem Zweisitzer schloss, „oder ich würde gerne nach Thorpe kommen. Wie ist das?"

„Einfach herrlich", sagte Ruth lächelnd. „Seien Sie sicher und kommen Sie, wann immer Sie können."

Sie hatte die Bremsen gelöst, die Kupplung betätigt und den Gang eingelegt, bevor Violet antwortete. Dann legte sie wie aus einem plötzlichen Impuls heraus ihre Hand auf die Seite des Autos.

„Wenn ich Ihnen eines Tages – ganz plötzlich – telegrafieren und Sie bitten würde, dass ich bleibe – würden Sie das tun?" Sie fragte.

„Warum ja, natürlich", sagte Ruth.

„Vielleicht haben Sie noch andere Besucher – oder Sie sind weg."

„Nein, ich werde keine anderen Besucher haben und ich werde nicht weg sein."

Die Transporte anderer Gäste drängten sich auf der Auffahrt zusammen, und Ruth musste ihre ganze Aufmerksamkeit darauf richten, ihr Auto aus einem Tor herauszuholen, das vor der Zeit der Autos gebaut worden war. Erst als sie den langen Abhang von Fairbridge hinunterlief , erinnerte sie sich an die seltsame und absolute Sicherheit, mit der sie Violet Riversleys Frage beantwortet hatte.

KAPITEL IX

Die Wolken eines Gewitters zogen langsam auf, als Ruth nach Hause fuhr, und kurz nach ihrer Rückkehr fegte eine plötzliche Sintflut über Thorpe hinweg. Innerhalb von zehn Minuten waren die Gartenwege überflutet und das Wasser konnte nicht mehr in den von der Sonne ausgetrockneten Boden eindringen, und alle Hände auf dem Bauernhof waren damit beschäftigt, junge Tiere in Schutz zu bringen.

„Ich sagte, es würde bald regnen", verkündete Miss McCox nach der triumphalen Art der Wetterpropheten, als sie Bertram Aurelius hereinbrachte, der damit beschäftigt war, die fallende silberne Flut mit beiden Händen aufzufangen.

„Er hat noch nie zuvor Regen gesehen. Denk daran!" sagte Ruth. „Und er hat kein bisschen Angst. Wo sind die anderen Kinder?"

„Ein bisschen nass, mehr oder weniger, wird *ihnen* nicht schaden", antwortete Miss McCox . „Sie sind eher im Fluss als außerhalb, denke ich, und bringen Unordnung mit sich und was nicht." Sie reichte Bertram Aurelius, diesmal heftig protestierend, durch das Küchenfenster zu seiner Mutter. „Ich bin auf der Suche nach dem jungen Huhn im Spitzenfeld", fügte sie hinzu.

Ruth lachte, als sie Selinas zitternden kleinen Körper aufhob, der um ihre Füße kauerte, und zum Fluss rannte. Sie mochte das Rauschen des Regens auf ihrem Gesicht, den eifrigen Durst der Erde, die nach der langen Dürre trank, den Duft des nassen Grases. Es war alles sehr gut. Und wenn es nur lange genug anhalten würde, würde es für die Heuernte den entscheidenden Unterschied machen. Der Donner grollte über die Hügelkuppen, während sie die Kinder aus dem Schutz eines großen Baumes rettete, Miss McCox mit dem jungen Huhn half und eilig ein paar Nelken pflügte, was schon vor Tagen hätte geschehen sollen; Dann floh sie zum Haus, gerade noch rechtzeitig, um der ganzen Heftigkeit des Sturms zu entkommen.

„Die Nelken hätten übrig bleiben können", sagte Miss McCox , als sie sie an der Haustür traf. „Es hat keinen Sinn, sich in seinem Alter die Füße nass zu machen. Ich habe ein heißes Bad für dich angemacht und wenn du nicht sofort gehst, wird es kalt."

Gebadet, angezogen und strahlend vor geistiger und körperlicher Zufriedenheit beobachtete Ruth vom Wohnzimmerfenster aus das Ende des Sturms . Die großen Wolken trieben schwer und murmelnd nach Osten, der Regen fiel immer noch, aber jetzt sanft, jeder silberne Streifen leuchtete einzeln im gleißenden Sonnenlicht aus dem Westen und plötzlich, während Ruth zusah, ein großer Regenbogen, perfekt und vollständig, gewölbt in juwelenbesetzter Pracht die düstere Schwärze des sich zurückziehenden Sturms.

Nach dem Abendessen nahm sie das Päckchen, das Roger North ihr gegeben hatte, und setzte sich mit den Händen in den großen Sessel am Fenster. Der schöne, anmutige alte Raum füllte sich mit den Abendschatten, aber hier war das Licht immer noch klar und voll. Der Sonnenuntergang hielt noch an, obwohl bereits der Abendstern hell schien. Ruth saß da, wie Dick Carey oft nach getaner Arbeit gesessen haben muss, blickte über seine schönen Felder, träumte Träume, dachte lange nach und liebte die Schönheit des Ganzen.

Hier muss er an das Wohl und Wohlergehen der Farm gedacht und geplant haben. Die Feldfrüchte und Blumen und Früchte, die Vögel und Tiere. Und in diesen letzten Tagen der Kinder, die kommen würden und ihn Vater nennen würden, um eines Tages die Farm zu besitzen und sie so zu lieben, wie er sie geliebt hatte.

Masefields wunderschöne Zeilen gingen Ruth durch den Kopf:

„Wenn es ein Leben jenseits des Grabes gibt,

Es muss in der Nähe der Männer und Dinge sein, die wir lieben,

Einige schnelle Vorschläge zum Sparen,

Die lebendige Seele berühren wie von oben.“

Sie saß ganz still; Die Lampe, Symbol des ewigen Lebens, leuchtete heller, je dunkler die Schatten wurden. Das Leuchten im Westen erstarb, und die großen Sterne leuchteten mit freundlichen Augen, so wie es auf Dick Carey gestrahlt haben muss, der ebenfalls träumend da saß und die Schönheit des Ganzen liebte.

Und plötzlich wurden sich Ruth anderer Dinge bewusst. Neugierig und ergreifend wuchs um sie herum, aus dem Innersten der Stille, das Gefühl einer großen Bewegung von Menschen und Dingen, des Zusammenpralls kriegerischer Instinkte, einer Atmosphäre wilder Leidenschaften, von Hass und Schrecken, von angespannter Angst eine überstrapazierte Rute, die unbedingt brechen muss und doch hält. Eine schreckliche Anspannung beim Warten auf etwas – etwas, das kommen würde – kommen – etwas, das fallen würde. Sie wusste, wo sie jetzt war; Denn durch all die durchnässte Süße der Felder und Gärten drang widerwärtig, erstickend und tödlich der Geruch der großen Schlachtfelder der Welt. Alles war da – der Schweiß der Männer, die saure Atmosphäre von Biwak und Unterstand, morsche Säcke und Holz, die Dämpfe von Sprengstoff, der anhaftende Schrecken von Gas, der Geruch des unbeaufsichtigten Todes. Es war alles da, in einem abscheulichen Ganzen. Schaudernd, die Briefe fest umklammernd, mit geballten Händen im Schoß, war Ruth wieder da; Wieder war sie ein Atom in einem schrecklichen Plan, wieder wusste sie, wie schrecklich das war. Das Warten... Große dröhnende Echos rollten heran und erfüllten den ganzen Raum. Geräusche krachten und zersplitterten, zerrissen und zerstört.

Und dann, durch all das hindurch, spürte Ruth etwas, das so wunderbar war, dass es ihr den Atem raubte – hielt es sozusagen zwischen den Händen ihres Herzens – und sie erkannte, was es war, trotz all des Tumults, des Schreckens und all dem das Böse, der starke, entschlossene Vorsatz eines Menschen für ein bestimmtes Ziel. Es wuchs und wuchs, in Staunen und Herrlichkeit, bis ihr Herz es nicht länger halten konnte, es nicht länger ertragen konnte, denn es wurde zum starken, entschlossenen Ziel vieler Menschen mit einem bestimmten Ziel. Es vereinte sich und vereinte sich zu einem Strom aus lebendigem Licht und Feuer und sang, während es floss, sang, so dass die Geräusche des Grauens vergingen und verflogen und die Melodie seines Fließens den ganzen Raum erfüllte, der Klang des großen Liedes der Rückkehr.

Sie war nicht länger ein einsames Atom in einem Plan, den sie nicht verstehen konnte, nicht länger eine Fremde und Pilgerin in einem müden Land, sondern Teil eines erstaunlichen und gewaltigen Ganzen, das im Einklang arbeitete und für ein Ende sorgte, das unvorstellbar glorreich war. Die Grenzen von Zeit und Raum waren aufgehoben, aber als das seltsame und wunderbare Ereignis vorüber war, hatte sie weder damals noch zu einem späteren Zeitpunkt Zweifel an der Realität der Erfahrung. Sie wusste und verstand, dass sie mit dem Apostel von einst hätte sagen können: „Ob im Körper oder außerhalb des Körpers, kann ich nicht sagen."

Aber plötzlich beanspruchte der Körper sie erneut, und Ruth Seer tat etwas sehr Ungewöhnliches mit ihr: Sie legte ihr Gesicht zwischen ihre Hände und weinte und weinte, bis sie tränennass waren, und ihr ganzes Wesen war erschüttert, als hätte sie den Tod eines Großen erlitten Wind.

Als sie einige Zeit später das Päckchen öffnete, fand sie die wenigen Seiten des Tagebuchs vor, die genau dem entsprachen, was sie irgendwie erwartet hatte. Nur die kurzen Notizen eines Mannes, der auf jede Minute seiner Zeit drängte, weil jede Minute, die er nicht einer bestimmten Aufgabe widmete, mit oder für seine Männer verbrachte. Seine Liebe und Fürsorge für sie spiegelten sich in jeder Zeile dieser hastigen Schreibfetzen wider und wurden, so schien es Ruth, hauptsächlich aufbewahrt, damit nichts von jedem einzelnen vergessen würde. Es war diese persönliche Note, die sie am stärksten beeindruckte. Keiner seiner Männer hatte ein privates Problem, aber er wusste es und ergriff Schritte, um zu helfen. Keiner von ihnen wurde vermisst, aber er leitete den Suchtrupp, wenn frühere Pflichten dies nicht verhinderten. Keiner starb ohne ihn, sofern es ihm irgendwie möglich war da zu sein. Diese schlanke braune Hand, von der sie wusste – gesehen hatte – wie sicher es gewesen war, sie zu halten. Aus den kleinen, hastig hingekritzelten Fetzen konnte man es zusammensetzen. Dieses wundervolle Leben, das er und viele andere mitten in der Hölle geführt hatten. Das Licht verblasste bereits, als sie den Brief aus dem dünnen, ungefrankten Umschlag nahm, aber Dick Careys Schrift war sehr deutlich, jedes Wort war etwas ungewöhnlich weit auseinander.

„ LIEBER ALTER ROGER (es lief),—

„Wir wurden schwer getroffen und sind hier, um uns umzurüsten. Sieben unserer Offiziere wurden getötet und vier verwundet; 348 von 726 Männern wurden getötet und verwundet – einige davon waren schrecklich verstümmelt – meine armen Leute. Das ist Schlachterei, kein Krieg. Der Oberst wurde früh am Tag verwundet und ich hatte das Kommando. Kelsey ist weg, und Marriott und der kleine Kennedy von denen, die Sie kannten. An Mütter und Ehefrauen zu schreiben ist harte Arbeit. Vielleicht gehen Sie zu Mrs. Kelsey. Es würde ihr gefallen. Ich habe keinen Kratzer und es geht mir gut, aber der schreckliche Horror dieses Krieges ist unvorstellbar. Ich habe Vi so wenig wie möglich erzählt und nichts von dem Folgenden. Der arme von Schäde wurde seltsamerweise gestern Abend schrecklich verstümmelt in unsere Reihen gebracht. An der Räumungsstation mussten ihnen beide Beine und der rechte Arm amputiert werden. Es gelang mir, nach unten zu kommen, um ihn zu sehen. Aber er war immer noch bewusstlos. Wir befinden uns in einer Schlossruine auf der rechten Seite des Waldes. Es gibt einen See, in dem wir baden können – ein Geschenk des Himmels.

„Gerade Mitternacht; und während ich schreibe, singt eine Nachtigall. Es geht weiter, obwohl das Dröhnen der Kanonen wie ein großer Seufzer durch den Wald hallt und nicht einmal der gelegentliche Krach einer Granate es stört. Ich schätze, ich bin damit geboren und aufgewachsen. Mein Gott, was würde ich nicht darum geben, aufzuwachen und die Nachtigallen zum Fluss bei Thorpe singen zu hören und festzustellen, dass dies nur ein böser Traum war!

„ 20. Von Schäde ist weg. Am Ende war ich bei ihm, aber es war schrecklich. Ich konnte ihn nicht verlassen und doch wäre es vielleicht besser gewesen. Er schien wütend vor Hass. Armer Kerl, da kann man sich kaum wundern. Es war nicht nur er selbst, der so verstümmelt war, sondern er schien auch überzeugt und sicher zu sein, dass sie geschlagen wurden. Er verfluchte England und die Engländer. Ich und meins und Thorpe. Sogar Vi. Es war unbeschreiblich schrecklich. Das Übel dieses Krieges war sozusagen die Verkörperung …“

Der Brief brach ab und endete mit den hingekritzelten Initialen

„Jahre, RC"

und ein nicht entzifferbares Nachwort:

„Sag es Vi nicht."

War er von der herabstürzenden Granate, die seine Männer begraben hatte, eilig weggerufen worden? Der Umschlag war in einem anderen Brief adressiert. Sie hatte das Gefühl, dass es so gewesen sein musste. Sehr schnell war er dem Mann gefolgt, der gestorben war und ihn und die Seinen verflucht hatte, hinaus in die Welt, wo Gedanken und Gefühle, frei von der Blockade dieser physischen Materie, umso mächtiger und unkontrollierbarer sind. Hatten sie sich getroffen, diese beiden starken Geister, die sich auf unterschiedlichen Kraftlinien bewegten und für unterschiedliche Ziele arbeiteten? Was war losgelassen worden, als Karl von Schäde in dieser britischen Clearingstation starb und „England und die Engländer, mich und meine und Thorpe" verfluchte. Sogar Vi." Die großen emotionalen Kräfte, die so viel größer sind als der physische Körper, der sie gefangen hält, welche Kraft war da, als sie befreit wurden; Dieser Hass in einem Mann mit großem und kultiviertem Intellekt, dessen Ziel nichts Niedriges oder Verächtliches gewesen war, dessen Ziel Macht gewesen war, was war das für eine Kraft auf der anderen Seite des Todes? Wie viel könnte es erreichen, wenn es mit zusätzlichem Wissen dies wollte?

Ruth zitterte in der warmen Juninacht. Ein Gefühl der Gefahr für die Farm überkam sie. Eine Warnung vor etwas Unheimlichem, Drohendem, Grübelndem, denn die große Gewitterwolke hatte sich bereits aufgetürmt, bevor sie platzte. Sie trat über das niedrige Fensterbrett auf die Terrasse und blickte auf die schlafende Schönheit vor sich. Noch immer hielt sie die Papiere in der Hand. Hinter den Bäumen ging ein schimmernder Mond auf, ein leiser Wind flüsterte zwischen den Blättern. Sie zeichneten schwarze Muster auf das silberne Gras, während es sie ganz sanft bewegte. Der Wind ließ nach und mit ihm herrschte große Stille. Und aus der Stille kam ein Wort zu Ruth Seer.

Sie ging zurück ins Wohnzimmer, in dem es bis auf das Licht der kleinen Lampe dunkel war, kniete davor nieder und betete.

Und ihr Gebet war einfach die ganze Liebe und das Mitleid, das sie in ihrem Herzen sammeln konnte für den starken Geist, der schwarz, verbittert, gequält und voller Hass geworden war. Der Geist, der Karl von Schäde gewesen war .

KAPITEL X

Thorpe war mit der Herbsternte reich, bevor Violet Riversley Ruths Versprechen in Anspruch nahm. Der Juli war im Großen und Ganzen ein regnerischer Monat gewesen, der für den dringend benötigten Regen gesorgt hatte, aber der August und der September des Friedensjahres waren so herrlich wie der Spätfrühling, und in Thorpe wurde eine reiche Maisernte in großen Stapeln duftenden Heus gelagert. Die Apfel- und Birnbäume trugen schwere Früchte. Blenheim Orange und Ribston Pippin mit roten, von viel Sonne polierten Wangen; Lange, üppige Jargonelles- und Doyenne du Comice- Birnen glänzten gelb und rotbraun. Die Zwetschgenbäume zeigten violettes Schwarz inmitten goldener und purpurroter Pflaumen. Maulbeere, Quitte und Haselnuss, jede Frucht gab diesen wundervollen Herbst großzügig und in voller Perfektion hervor; und alle waren da. Dafür hatte Dick Carey gesorgt. Die Blackwall-Kinder kamen und gingen, machten Heu, pflückten Obst und ernteten Mais, wie es sich für Kinder gehörte. Sie sammelten Brombeeren, Pilze und Haselnüsse und halfen Ruth beim Einlagern von Äpfeln und Birnen und Miss McCox beim Zubereiten von viel Marmelade. Bertram Aurelius stand auf und begann zu laufen, zur großen Freude von Sarah und Selina. Die Welt war ein angenehmer Ort. Ruth bewegte sich zwischen ihren Kindern und Tieren und Früchten und Blumen, und lauschte ihren Nachtigallen, inmitten keines fremden Mais, und sang das Lied, das der alte Raphael Goltz ihr vor langer Zeit beigebracht hatte, in einem Inhalt, der so großartig und vollkommen war, dass sie manchmal fast Angst davor hatte Sie wachte eines Morgens auf und alles war ein Traum.

„Es ist wie ein Märchen, dass mir das alles widerfährt", sagte sie zu Roger North.

Die Cottages waren fertig und vermietet, ihre Gärten waren mit Gemüse und Obstbäumen bestückt und voller Herbstblumen aus dem Thorpe-Garten . Sogar Mr. Fothersley hatte sich mit ihrer Existenz abgefunden.

Ruth war auf keiner Party mehr gewesen; Die Tage zu Hause waren zu schön. Sie sammelte jedes Exemplar als wertvolles Geschenk in ihrem Laden ein. Aber auch die Nachbarn kamen gern vorbei, tüftelten herum oder setzten sich auf die Terrasse. Der Ort war zweifellos unglaublich schön und auf seine Weise perfekt. Die Freundlichkeit und das Vertrauen aller Menschen, die in Thorpe lebten und sich bewegten, gefielen selbst den Unempfänglichen. Hier waren weiße Tauben, die um deinen Kopf und um deine Füße flatterten. Unerschrocken kamen die kleinen, wunderschönen Vögel mit ihren leuchtenden Augen nah heran, so dass man echte Bekanntschaft mit den Geschöpfen des blauen Himmels, des Blattes und des Sonnenlichts machte. Sie waren im Laufe der Jahrhunderte immer fürchtet vor ihrem Erbfeind, doch hier würden sich die mutigeren Geister fast aus Ihrer Hand ernähren. Ihr Charme der schnellen Bewegung, der plötzlichen Flügel , so nah gesehen, überrascht und erfreut. Ihre strahlenden, eifrigen Augen sahen dich als Freunde an. Die Kälber, die mit ihren Müttern über die Felder liefen, rieben ihre raue, seidene Stirn an dir; und sanfte, samtnasige Kutschpferde kamen über die Tore zu dir und baten um Äpfel. Die Kinder zeigten Ihnen ihre urigen Schätze, ihre kleinen Spielhäuser in den Bäumen und am Fluss. In ihrem Wald machten die Michaelis- Gänseblümchen, malvenfarben, weiß und violett, einen mutigen Auftritt, und scharlachrote Mohnblumen, schlechte Bauern, aber gute Schönheiten, säumten die blassgoldenen Stoppelfelder. Überall war der wohlriechende, durchdringende Duft des Herbstes und die Herrlichkeit der fruchtbaren alten Mutter Erde, die ihren wunderbaren Vorrat an diejenigen weitergibt, die sie lieben und für sie arbeiten.

Mr. Pithey kam gern und machte Ruth, immer noch unerschrocken, neue Angebote, Thorpe zu kaufen.

„Hier haben Sie die Wahl des Bodens", beschwerte er sich. „Jetzt habe ich an meiner Stelle keine Rose mehr, die deinen Rayon d'Or berühren könnte. Auch die zweite Ernte! Und das nicht aus Mangel an der besten Gülle oder der Wahl des richtigen Aspekts. Mein Mann weiß auch, worum es geht. Besser als Ihres, denke ich. Er war der Oberbefehlshaber des Herzogs von Richborough , also sollte er es auch sein."

Ruths Augen funkelten.

„Versuchen Sie, sie wegzugeben", schlug sie vor.

„ Gib sie weg !" Mr. Pithey starrte sie böse an.

„Ich gebe sie weg", wiederholte Ruth bestimmt. „Jetzt setz dich hier hin, während ich dir alles erzähle."

Ruth selbst saß auf einem Stoppelhaufen neben dem Maisfeld, die kleine Moira Kent dicht an ihrer Seite.

Herr Pithey hatte eines seiner kleinen Mädchen bei sich und beide trugen wie üblich neue und teure Kleidung. Sie betrachteten Ruths Stoppelhaufen mit offensichtlichem Misstrauen, dann trat das Kind einen Schritt auf sie zu.

„Wirst du uns eine Geschichte erzählen?"

Ruth lächelte. „Wenn du möchtest, werde ich es tun", sagte sie.

Das eher alltägliche, kecke kleine Gesicht des Kindes verzog sich zu einem antwortenden Lächeln. Sie holte ein sehr feines Taschentuch mit Spitzenborte hervor und breitete es vorsichtig auf dem Boden aus. Dann setzte sie sich mit ausgestreckten Beinen darauf.

Mr. Pithey ergab sich mit dem Unvermeidlichen und ließ seinen gepflegten, schweren Körper ebenfalls vorsichtig sinken. Während des nassen Wetters im Juli hatte sich die kleine blaugesichtige Dame eine Lungenentzündung zugezogen und wäre beinahe gestorben. Von Ängsten geplagt, denn familiäre Bindungen lagen ihm am Herzen, hatten Mr. Pitheys Inflation und Selbstgefälligkeit ihn im Stich gelassen, und zwischen ihm und Ruth war eine seltsame Freundschaft entstanden.

„Sie kümmerte sich – sie kümmerte sich wirklich“, erklärte er anschließend seiner Frau.

Also zeigte sich Mr. Pithey Ruth von seiner besten Seite, und auch wenn es vielleicht keine besonders schöne Erscheinung war, war das direkte Ergebnis eine Reihe von Cottages als Dankeschön.

„Es war einmal“, begann Ruth, „es war ein kleines Erdelementar, das die schönste Blume auf der ganzen Welt geschaffen hatte, oder zumindest dachte es, es sei die schönste, also war es natürlich … . “ ”

„Was ist ein Erdelementar?“ fragte Elaine Pithey .

„Die Erdelementare sind die Feen, die bei der Entstehung der Pflanzen und Blumen helfen.“

„Wir glauben nicht an Feen“, sagte Elaine primitiv.

„Sie ist ein bisschen über so etwas hinaus“, fügte Mr. Pithey hinzu und betrachtete stolz das kleine Abbild seiner selbst.

„Manche Leute tun das nicht“, antwortete Ruth höflich und beobachtete mit trägen Augen die kleinen blauen Schmetterlinge zwischen den blassgoldenen Stoppeln. Fast hätte sie das Echo von Elfenlachen gehört, hoch und süß.

„Ich habe sie gesehen“, brach Moira ganz plötzlich und zu Ruths Erstaunen aus. Sie hatte kaum Zweifel daran, dass Moira Dinge „sah“, aber selbst ihr gegenüber war die kleine Dame zurückhaltend. Etwas in der puritanischen Selbstgefälligkeit hatte sie offenbar dazu gebracht, ihre innere Welt zu verteidigen .

„Wie sind sie dann?“ fragte Elaine, immer noch überheblich, aber mit einem deutlich sichtbaren Unterton der Aufregung.

„Sie sind anders“, sagte Moira. „Manche sind wie Kolibris, nur haben sie Farben , keine Federn, und manche sind wie Zuckererbsen aus Sternenlicht. Aber einige von ihnen sind nur grün und braun – sehr weich.“

„Wir haben bei der Blumenschau den ersten Preis für unsere Zuckererbsen gewonnen“, verkündete Elaine plötzlich und aggressiv.

„Sie waren wieder so groß wie jedes andere Ausstellungsstück", sagte Herr Pithey und staubte stolz die Vorderseite seiner weißen Weste ab. „Du magst uns in Rosen schlagen, aber unsere Zuckererbsen sind größer, ich lege eine halbe Krone hin."

„Warum sehe ich überhaupt keine Feen, wenn du sie siehst?" fragte Elaine und kehrte zum Angriff zurück, nachdem sie ihre Überlegenheit behauptet hatte. Aber Moira hatte sich in sich selbst zurückgezogen und bereute ihre Offenbarung bitterlich.

„Haben Sie schon einmal durch ein Mikroskop geschaut?" „fragte Ruth und legte schützend einen Arm um die kleine Gestalt neben ihr.

Elaine sah sie misstrauisch an.

„Du meinst, es gibt eine Menge, die ich nicht sehen kann", sagte sie schlau. „Aber warum sehe ich keine Feen, wenn sie es tut?"

Ruth lächelte. „Ich fürchte, sie meiden uns in der Regel so weit wie möglich. Sie sehen, wir Menschen töten, foltern und zerstören meistens all die Dinge, die sie am meisten lieben."

"Ich tu nicht!"

Ruth zeigte auf den fest umklammerten Strauß sterbender Blumen in der Hand des Kindes.

„Das sind nur gewöhnliche Mohnblumen!" sagte Elaine verächtlich.

Ruth nahm sie ihr ab, drehte die Hülle einer der sterbenden Knospen zurück und betrachtete deren perfekte seidene Auskleidung.

„ Da hat sich jemand große Mühe gegeben", sagte sie. „Aber nehmen wir an, Sie hören sich meine Geschichte an." Moiras kleine heiße Hand kroch in ihre und sie begann von vorne.

„Es war einmal ein kleiner Erdelementar, der die schönste Blume der Welt geschaffen hatte. Ich glaube, es war eine purpurrote Rose, und ihr Duft verströmte den ganzen Sommer. Und der kleine Elementar fragte sich, ob es schön genug für den höchsten Preis von allen sei."

„Auf der Battersea Flower Show?" fragte Elaine.

"NEIN. Der höchste Preis in der Welt der Elementare ist der Dienst. Und eines Tages kam ein Kind und schnitt die Rose sehr sorgfältig mit einer Schere ab, und das Elementarwesen war traurig, denn es hatte die Blume zu seinem Zuhause gemacht und liebte sie sehr. Aber das Kind flüsterte der Rose zu, dass es an einen der dunklen Orte gehen würde, die die Menschen auf der Welt geschaffen hatten, ohne Sonnenschein, ohne Sommer, ohne Freude oder Schönheit, um ihnen die Botschaft zu überbringen, dass Gottes

Welt still sei wunderschön, und die Sonne und die Sterne schienen immer noch, und der Morgen war immer noch voller Freude und der Abend voller Frieden. Dann bereute es das Elementarwesen nicht mehr, denn seine Rose hatte den höchsten Preis gewonnen.“

Elaines Pithian Die Rüstung war von ihr gefallen; Aus dem kleinen, kecken Gesicht blickte die Seele eines Kindes. Sie hatte für den Moment ihr Selbstbewusstsein verloren.

„Und was ist aus dem Elementar geworden?“ Sie fragte.

„Der Elementar verließ damals seine Heimat nicht. Es ging damit. Und als die Rose ihr Werk getan hatte und in die Quelle aller Schönheit entschlüpfte, entschlüpfte auch das Elementarwesen.“

„Wo ist die Quelle aller Schönheit?“

„Im Herzen Gottes.“

Elaine sah enttäuscht aus. „Dann ist das alles alles nur blutig, nehme ich an .“

„Nein, es ist ganz wahr, oder zumindest glaube ich, dass es so ist. Mr. Pithey “ – Ruth drehte sich zu ihm um und ihre ernsten Augen tanzten – „ nehmen Sie einen großen Strauß Ihrer besten Rosen, wohlgemerkt einen großen Strauß, hinunter zum Fairbridge Common Lodging House for Women in der Darley Street, und sagen Sie den Elementals, wo.“ Du nimmst sie. Es wird sie endlos aufstacheln, euch bessere Rosen zu schenken.“

„Die gemeinsame Herberge!“ Herr Pithey war offensichtlich entsetzt. „Sie würden mich für verrückt halten, und auf mein Wort und meine Ehre glaube ich, dass Sie es sind – wenn es Ihnen nichts ausmacht, wenn ich das sage.“

"Kein Bisschen. Das wird mir fast täglich gesagt.“

„Ich werde es den Elementaren sagen, Daddy, und du kannst die Rosen nehmen, und dann werden wir sehen“, verkündete Elaine, die über die Angelegenheit nachgedacht hatte.

Mr. Pithey betrachtete sie mit Stolz. „Das ist praktisch, was?“ er sagte. „Nun, wir werden darüber nachdenken. Aber du musst jetzt mitkommen, sonst kommen wir zu spät zum Tee mit Mutter. Und was die Rosen betrifft, werde ich dich noch schlagen. Elementare, alles Unsinn! Mist – guter, reichhaltiger Mist – das ist es, was sie wollen. Du wartest bis zum nächsten Jahr.“

Er schüttelte ihm herzlich die Hand und nahm seine große Präsenz weg.

Ruth schickte Moira zum Tee nach Hause und schlenderte die Hecke hinauf, während sie vor sich hin sang , während Sarah und Selina eifrig auf die Jagd gingen. Auf der Terrasse fand sie Roger North. Er sah erschöpft, krank und schlecht gelaunt aus. Es war schon einige Zeit her, seit er sie besucht hatte. Die Eifersucht seiner Frau auf Ruth hatte in einer Szene ihren Höhepunkt erreicht und er hatte Angst, den Frieden auf der Farm zu stören. Aber die Albernheit der ganzen Sache hatte ihn genervt, und er machte sich Sorgen um Violet, auf die die seltsame schwarze Wolke erneut deutlicher denn je herabgestiegen war. Riversley war nach Schottland gereist und hatte ihm eine lakonische Nachricht geschrieben: „Ich bin besser weg – das ist meine Adresse, wenn Sie mich wollen."

Er trank seinen Tee größtenteils schweigend, und als sie ihren Tee ausgetrunken hatte , verließ Ruth ihn und ging ihrer Arbeit nach. North zündete sich seine Pfeife an und rauchte weiter, während die beiden kleinen Hunde wie üblich um einen Platz auf seinem Stuhl kämpften und sich gegenseitig verdrängten. Und plötzlich kam Bertram Aurelius taumelnd aus der Vordertür und ließ sich vor ihm auf den Boden fallen. Sein rotes Haar glänzte wie eine Aureole um seinen Kopf und er machte seltsame und angenehme Geräusche, während er North mit freundlichem und offensichtlichem Erkennen ansah. Larry trottete leise von seinen Lieblingsplätzen am Fluss herauf und beobachtete sie mit seinen wehmütigen bernsteinfarbenen Augen.

„Gott sei Dank für die gesegneten Dinge, die nicht reden", sagte North.

Die tiefen Falten in seinem Gesicht hatten sich geglättet, seine Verärgerung ließ nach, er fühlte sich nicht mehr schlecht gelaunt.

Als Ruth zurückkam, lächelte er sie an. „Danke, mir geht es besser", sagte er. „Als ich ankam, war ich nicht in der Lage, einem Bären den Mut zu zeigen. Sie kennen natürlich Marryats entzückende Geschichte? Und wie ist der Hof?"

„Kannst du nicht fühlen?"

Sie stand da wie jemand, der zuhört. Und seltsamerweise kam etwas in Norths Bewusstsein, das alle seine Sinne gleichzeitig wahrzunehmen und zu erfassen schienen. Es war kein Ton, es war keine Vision, es war keine Sensation, obwohl es alle drei vereinte. Strahlend und süß und subtil und weiß vor Herrlichkeit, es kam und ging wie ein Blitz. War es nur eine Minute oder eine Ewigkeit?

"Was war es?" Seine eigene Stimme klang seltsam in seinen Ohren.

Ruth lächelte. „Du hast es gespürt?"

„Ich habe etwas gespürt. Ich glaube, du hast mich fasziniert, du Hexenfrau."

Sie schüttelte den Kopf. „Ich könnte niemandem das Gefühl geben, wenn ich alle Künste der Welt kennen würde. Nur du selbst kannst das für dich finden."

„Was war denn überhaupt?"

„Ich denke" – sie hielt einen Moment inne – „ Ich denke, es geht um die Einheit von allem."

„Wohin geht das Schlechte?"

Es herrschte einen Moment Stille zwischen ihnen. Aber die Welt der Farm war voller Geräusche. Das Gurren der Tauben, der Ruf des Kuhhirten an seine Herde, das Kichern des Babys, begleitet vom vollen Abendchor der Vögel.

„Da ist nichts Schlimmes drin", sagte Ruth.

„Ihre Farm ist verhext", sagte North. „Vielleicht bin ich nicht älter als Bertram Aurelius, der solchen Unsinn redet. Komm auf die Erde, du dumme Frau. Da kommt ein Telegraphenjunge die Auffahrt herauf."

Ruths Gesicht verfinsterte sich ein wenig. „Ich habe die Angst vor Telegrammen nicht überwunden", sagte sie. „Es versetzt einen zurück in diese schrecklichen Tage –"

Sie zitterte, als sie darauf warteten, dass der Junge sie erreichte. Er pfiff, als er kam, ungestört durch das große Geschrei von Sarah und Selina; Sie waren alte Freunde und er kannte ihre Art.

Ruth riss den Umschlag auf, las das Telegramm und reichte es North. "Darf ich kommen?" waren die drei kurzen Worte und die Unterschrift lautete „Violet Riversley ".

„Du willst sie haben?" sagte North.

"Ja natürlich." Ruth schrieb ihre Antwort auf das vorausbezahlte Formular und reichte es dem Jungen.

North atmete erleichtert auf. „Das ist gut von dir. Du weißt, dass es ihr nicht gut geht."

Ruth setzte sich und zeigte auf den anderen Stuhl.

„ Erzähl mir alles, was du weißt. Es könnte helfen."

North erzählte es ihr, so gut er konnte. „Es ist alles so unbestimmt und ungreifbar", endete er. „Manchmal frage ich mich, ob ihr Geist in irgendeiner Weise beeinträchtigt ist. Wie Sie wissen, war Dicks Tod ein Schock für sie. Dass jeder Angst vor Vi haben sollte! Es kommt mir lächerlich vor, wenn ich daran denke, was sie war. Sie *ist nicht sie selbst* . Nur so kann ich es Dir beschreiben. Auf mein Wort habe ich in letzter Zeit manchmal fast geglaubt, sie sei von einem Teufel besessen . Aber wenn sie hierher kommt – nun, ich weiß nicht warum –, aber ich denke, es wird ihr gut gehen."

Ruth antwortete zunächst nicht. Sie saß nachdenklich da, die Ellenbogen auf den Knien, das Gesicht zwischen den Händen verborgen.

Das Gefühl der Gefahr für die Farm hatte sie erneut erfasst. Eine Warnung vor etwas bevorstehendem, Grübelndem; wie eine große Wolke am Rande ihres blauen, wunderschönen Himmels aufragte. Etwas Seltsames und Schreckliches kam in ihr Leben und das Leben auf der Farm. Und sie konnte es nicht abwenden oder sich weigern, ihm entgegenzutreten. Was auch immer es war, es musste bewältigt und bekämpft werden. Würde es erobert werden? Denn es war stark, furchtbar stark, und viele halfen ihm. Und während dieser Moment anhielt, fühlte sich Ruth klein und verängstigt und seltsam allein.

"Was ist los?" fragte Roger North. Seine Stimme war besorgt, und als sie aufsah, sah sie seine Augen voller reiner und ehrlicher Freundschaft, die zwischen Mann und Frau so gut und so selten ist. Genauso hätte er Dick Carey oft ansehen können.

Sie streckte ihre Hand aus, um seine zu treffen, wie es ein Mann tun würde, der einen Handel abschließt. „Wir werden unser Bestes geben", sagte sie.

Und sie wusste, dass WIR war stark.

KAPITEL XI

„Ja, im Großen und Ganzen bin ich mit der Sache recht zufrieden", sagte Lady Condor. „Lieber Roger, du brauchst nicht zu schnauben. Natürlich *Du* bist ein Pessimist, so schön! Einer der glücklichen Menschen, die nie etwas erwarten und daher nie enttäuscht werden. Oder Sie erwarten immer alles Schlechte, oder? und du wirst nie enttäuscht, weil du denkst, alles sei schlecht! Es hört sich irgendwie nicht richtig an, aber du weißt, was ich meine."

"Sicherlich! Es ist ganz klar", sagte North mit lobenswertem Ernst.

An einem kalten Nachmittag Anfang Oktober besuchten sie beide Thorpe. Ruth hatte ein großes Kaminfeuer im Kamin, in dem Raum, der offenbar immer noch Dick Carey gehörte. Seine Wärme vermischte sich mit dem Duft großer Schalen voller Spätherbstrosen und vermittelte eine angenehme Illusion von Sommer. Lady Condor, wunderbar anzusehen in den allerneuesten Frühherbsthüten, auf denen alle erdenklichen Dahlienarten versammelt zu sein schienen, saß am Feuer und redete über viele Dinge.

„Es ist so schön, dass du das verstehst!" rief sie und nickte North freundlich zu. „Das ist der Reiz daran, mit jemandem zu reden , der Köpfchen hat. Aber wo war ich? Oh ja! Ich bin mit der Sache ganz zufrieden, denn ich sehe das Ende dieser schrecklichen Verehrung des Geldes. Die Pithianer haben meine kühnsten Hoffnungen bei weitem übertroffen. Es ist geradezu in Misskredit geraten, sehr reich zu sein. Endlich wird allen klar , wie vulgär ihre Idee war. Ich habe es immer übel genommen, dass ich vor dem Geld kapituliere . Es bringt überall die falschen Leute rein, und kein Wunder, dass das Land vor die Hunde geht, wie mein armer lieber Vater immer sagte. Warum haben wir nun Dunlop Rancid als unser Mitglied? Weil er den Verstand hat, um beim Regieren zu helfen? Sicherlich nicht! Er ist unser Mitglied, weil sein Vater ein großes Vermögen mit Knöpfen gemacht hat – oder waren es Knochen? – vielleicht waren es Knochenknöpfe. Aber so etwas in der Art. Und er hat einen großen Teil der Parteifonds gespendet, also vertritt er uns, und als er mich letzte Woche zum Abendessen einlud, wusste er nicht, wo die König-Salomon-Inseln waren. Weder habe ich! Aber das war natürlich anders. Meine Liebe" – sie sah plötzlich Violet Riversley an – „ warum um alles in der Welt lässt du Fred nicht für das Parlament kandidieren?" Er verfügt über einen gesunden Menschenverstand, der für das Land von unschätzbarem Wert wäre, und er muss nur einen großen Scheck für die Parteigelder ausstellen, und schon ist er da."

Violet Riversley lag zusammengerollt – fast zusammengekauert – im Sessel gegenüber ihrer Ladyschaft. Als sie direkt gefragt wurde, hob sie den Kopf und lachte ein wenig. Es war kein schönes Lachen. Es fiel durch den warmen, süß duftenden Raum wie eine Note von einer Schnur.

„Warum sollte man sich die Mühe machen?" Sie sagte. „Das Land kann sich meiner Meinung nach gern vor die Hunde nehmen." Die Hunde tun mir leid, das ist alles."

Es herrschte ein wenig Stille, ein Gefühl des Unbehagens. Die Bitterkeit, die den Worten zugrunde lag, machte sie eindringlich – von Bedeutung. Lady Condor hatte das Gefühl, dass sie geschmacklos waren, und North stand auf, runzelte gereizt die Stirn und ging zum Fenster. Violet schenkte jedoch keinem von ihnen Beachtung. Sie blickte Ruth an, mit ihren goldenen Augen voller etwas, das an Bosheit grenzte.

„Du spielst weiter mit deinen kleinen Aufmerksamkeiten und deinen Spielsachen und denkst, dass alles im Garten schön ist!" Sie lachte erneut, dieses kleine hasserfüllte Lachen. „Und was glaubst du, ist wirklich die ganze Zeit los? Ihr Menschen seid der größte Betrüger der Welt!"

Ruth begann ein wenig mit dem Pronomen. Ihre Gelassenheit war gestört; sie sah besorgt aus.

„Sie reden von Rechtschaffenheit, Gerechtigkeit, Brüderlichkeit und all dem anderen faulen Schwindel", fuhr Violet Riversley fort, „und heben entsetzt die Hände, wenn andere Menschen gegen Ihre Papierideale verstoßen." Aber jede Nation ist auf der Suche nach dem, was sie erreichen kann, jedes Volk wird durch Ozeane aus Blut, Folter und Schande waten, wenn es glaubt, daraus einen Nutzen ziehen zu können. Und warum nicht? „Überleben des Stärkeren", das ist das Naturgesetz. Aber warum kannst du das nicht sagen? Statt all dieser Heuchelei und dem Anspruch hoher Moral. Du machst mich krank! Welches Recht haben Sie möglicherweise, die Deutschen anzuheulen? Ihr seid alle gleich – England, Frankreich und Amerika – ihr alle. Sie haben alle mit Gewalt oder Betrug entführt. Ihr habt alle mit Waffen und Intrigen Völker vertrieben, die schwächer waren als ihr selbst. Ich mache Ihnen das nicht übel – schwächere Menschen sollten gehen – es ist ein Naturgesetz. Aber jammern Sie nicht darüber, wie gut Sie zu ihnen sind. Sie sind zu ihnen genauso gut wie zu Ihren Tieren oder zu allem anderen, das schwächer ist als Sie selbst. Warum kannst du nicht den Mut deiner Brutalität, deiner Lust und deiner Stärke haben? Dann wäre es vielleicht etwas wert. Du könntest großartig sein. So wie es ist, seid ihr nur verächtlich – der größte Betrug in der Geschichte der Schöpfung."

Sie geriet plötzlich ins Stocken und blieb stehen. Ruths Augen hatten sich die ganze Zeit, während sie sprach, ständig mit den ihren getroffen; und nun sprach ihre Wirtin langsam und leise, wie man mit einem kleinen Kind spricht, wenn man ihm etwas einprägen möchte.

„Warum redest du so, Violet Riversley ?" Sie fragte. „Du weißt, dass du selbst nicht so denkst."

North stand am Fenster und sah zu, während ihn eine schreckliche Angst in den Fingern packte. Das Gesicht seiner Tochter wirkte im flackernden Feuerschein wie eine verdrehte, verzerrte Maske. Lady Condor blickte mit offenem Mund und komischer Verwirrung von einem zum anderen, diesmal sprachlos.

"Es ist die Wahrheit." Violet Riversley sprach die Worte langsam aus, es schien ihr schwer zu fallen.

„ Das glauben *Sie* nicht", antwortete Ruth, immer noch wie jemand, der einem Kind eine Tatsache aufzwingen würde. Dann erhob sie sich von ihrem Stuhl. "Kommen!" Sie sagte mit einem seltsam befehlenden Unterton in ihrer Stimme: „Ich weiß, dass Sie alle gerne vor dem Tee durch das Lokal gehen würden."

Violet fuhr sich mit der Hand über die Augen, so wie man es tun würde, wenn man nach den sprichwörtlichen vierzig Augenzwinkern aufwacht. Sie stand auf und zitterte ein wenig.

Ruth redete auf eine für sie ungewöhnliche Weise und zwang das Gespräch beinahe in bestimmte Kanäle. „Ja, natürlich haben Sie völlig recht, Lady Condor", sagte sie. „Kein Mensch kann wirklich geschätzt werden, bis man sieht, was er allein mit seinem Gehirn, seinem Charakter und seinen eigenen beiden Händen erreichen kann. Jetzt kann ich Violet einen wirklich guten Charakter für die Arbeit geben. Tatsächlich bin ich voller Eifersucht . Sie kann schneller melken als ich. Ich denke, weil sie es gelernt hat, als sie noch recht jung war. Mr. Carey hat es ihr beigebracht."

„Armer lieber Dick! Er hat den Kindern so seltsame Dinge beigebracht", sagte Lady Condor und ließ sich ohne Protest aus ihrem bequemen Sessel am Feuer aufstehen. „Aber wer hat das Melken gelernt? Jemand hat ziemlich gefeiert. War es Marie Antoinette? Oder war es Königin Elizabeth? Es muss gerade Melkzeit sein; Lass uns gehen, liebe Violet, und wir sehen uns beim Melken. Es wird uns sehr interessieren", fügte sie mit diesem erstaunlichen Taktgefühl hinzu, das niemand außer denen, die sie am besten kannten, jemals erkannte.

Violet folgte ihnen schweigend in den Garten. Ihre Augen hatten einen seltsam leeren Ausdruck; sie bewegte sich wie eine schlafende Person.

Lady Condor nahm Ruths Arm und ließ sich auf dem Weg zum Hof hinter die anderen fallen. „Meine Liebe", sagte sie, „ich weiß nicht, was los ist, aber ich sehe, dass du Ablenkung schaffen willst. Arme liebe Violet, ich habe sie noch nie so einen Unsinn reden hören. Ziemlich unangenehmer Unsinn, oder? Kann es sein, dass sie sich in eines dieser schrecklichen sozialistischen Geschöpfe verliebt hat? Ich glaube, dass sie manchmal sehr attraktiv sein können, und die jungen Frauen von heute sind so *exzentrisch* , dass man nie weiß, mit wem oder was sie sich einlassen werden. Außerdem glaube ich, dass sie sich heutzutage waschen. Ich meine natürlich die Sozialisten. Zu meiner Zeit dachten sie, es zeige Unabhängigkeit, schmutzig und ohne Manieren zu wirken. So lustig, nicht wahr? Aber ich habe neulich eine getroffen, die charmant war. Ziemlich gut aussehend und gut gekleidet, sogar seine Stiefel. Oder war er, mal sehen, ein Theosoph? Mittlerweile gibt es so viele „ Ists ", dass es schwierig ist, sie nicht durcheinander zu bringen. Aber wo war ich? Oh ja – liebe Violet! Woher hat sie diese queeren Ideen? Ich hoffe, dass sie sich nicht von irgendeinem „ Ist " angezogen fühlt. Mir fällt so oft auf, dass, wenn eine Frau queere Meinungen äußert, dahinter entweder ein Mann oder der Mangel an einem Mann steckt. Und Letzteres kann es bei der lieben Violet nicht sein. Ah, jetzt sind wir hier. Sehen die lieben Sachen nicht hübsch aus? Und Sie haben so einen schönen Melkstall für sie. Violet, du musst mir unbedingt zeigen, wie du melkst. Ich möchte selbst anfangen. Aber muss man seinen Kopf nicht an die Kuh lehnen? – und das würde meine Dahlien ruinieren."

„Kommen Sie und sehen Sie sich stattdessen die echten Dahlien an", sagte Violet lachend. „Ihre sind die wunderbarste Nachahmung, die ich je gesehen habe. Ich glaube nicht, dass man sie von den echten unterscheiden kann. Woher hast du die? Madame Elsa?"

Ihre Stimme und ihr Auftreten waren wieder ganz natürlich. North sah sichtlich erleichtert aus, aber als seine Tochter mit Lady Condor in Richtung Blumengarten verschwunden war, wandte er sich besorgt an Ruth.

„Redet sie oft so?" er hat gefragt. „Es ist ihr so unähnlich – so absolut unähnlich …" Er hielt inne, sein Blick suchte den von Ruth, und für einen Moment herrschte Stille. "Was ist es?" er hat gefragt.

Sie wanderten nun ziellos zurück zum Haus.

„Wenn ich dir sagen würde, was ich denke", sagte Ruth langsam, „würdest du mich für verrückt halten."

„Das macht dir nichts aus." Er sprach ungeduldig. "Sag mir."

„Noch nicht – warte. Ist Ihnen etwas aufgefallen, als sie gerade so ausgebrochen ist?"

North antwortete nicht. Er war darüber geritten und hielt immer noch seine Peitsche in der rechten Hand. Er schlug damit beim Gehen hin und her auf die heruntergefallenen, raschelnden Blätter, mit dem scharfen Schlag, der Ärger und Verärgerung ausdrückte.

„Ihr Frauen reicht aus, um einen Mann in den Wahnsinn zu treiben“, sagte er.

Da dies offensichtlich keine Antwort auf ihre Frage war, wartete Ruth einfach ab.

„Wie oft hat sie in dieser Art geredet?“ fragte North ausführlich.

„Nur zweimal, vor heute.“

„Und du – rufst sie zu sich zurück – wie du es gerade getan hast?“

"Ja."

Sie hatten die Terrasse erreicht und er stand ihr gegenüber. Er suchte mit seinen Augen ihren Blick, wie er es schon zuvor getan hatte.

„Das ist nicht möglich“, sagte er, aber den Worten mangelte es an Überzeugung.

Ruth sagte nichts. Ihr Blick war beunruhigt, aber sie begegnete seinem stetig.

Dann erzählte North es ihr endlich. „Vielleicht hat Karl von Schäde gesprochen“, sagte er.

„Komm rein“, sagte sie sanft.

Er folgte ihr in den warmen, nach Rosen duftenden Raum und setzte sich zitternd ans Feuer. Sie warf weitere Holzscheite darauf, und die Flammen schossen in vielen Farben auf, rosa und bernsteinfarben, meergrün und heliotrop.

„Sag mir, was du denkst, was du weißt“, sagte North.

Ruth blickte in die aufflammende Flammenmasse , ihr Gesicht war sehr ernst. Ihre Stimme war sehr leise, kaum mehr als ein Flüstern.

„Ich denke, der Hass, mit dem Karl von Schäde ins Jenseits ging, hat ein physisches Instrument gefunden, durch das er sich hier manifestieren kann“, sagte sie.

„Und dieses Instrument ist – guter Gott!“ Norths Stimme war scharf vor Entsetzen. „Das ist nicht möglich – die ganze Sache ist lächerlich. Aber mach weiter. Ich habe es heute gehört. Das ist schon zweimal passiert, bevor Sie es sagen. Da hast du es natürlich vermutet. Gibt es noch etwas?"

Und noch während er sprach, kamen ihm Dinge, kleine Dinge, die Violet gesagt und getan hatte, wieder in den Sinn. Das Schrumpfen der Hunde, seine eigenen Worte – „ Sie ist nicht sie selbst“ – bekamen eine neue Bedeutung.

„Seit ihrer Ankunft herrscht auf der Farm ein Verfall“, sagte Ruth. „Die Freude und der Frieden sind nicht mehr so, wie sie waren. Vielleicht würden Sie es nicht spüren, wenn Sie so selten kommen.“

„Ja, das ist mir aufgefallen. Aber Violet hat in letzter Zeit nicht für Frieden gesorgt. Ich dachte, es lag nur daran, dass sie hier war.“

„Die Kinder wollten nicht so kommen, wie sie es taten, und es gab Streit. Die Kreaturen sind nicht so zahm. Nichts läuft so gut. Das sind kleine Dinge, aber in der Summe ergeben sie ein großes Ganzes.“

„ Jedenfalls ist es dir gegenüber nicht fair“, sagte North knapp. „Der Ort ist zu schön, um ihn zu verderben, und du –“

In diesem Moment wurde ihm der höchste Egoismus bewusst, mit dem er und die Seinen sie zu ihrem eigenen Vorteil ausgenutzt hatten, als ein unpersönliches Geschöpf, das nicht müde, besorgt oder überfordert sein konnte. Er schämte sich plötzlich.

Ruth lächelte ihn an. „Nein“, sagte sie. „Die Farm, ich, ihr, ihr seid alle auch nur Instrumente, so wie sie es geworden ist, armes Kind. Nur wir sind Instrumente auf der anderen Seite.“ Ihre Stimme wurde leiser und er beugte sich vor, um die Worte zu verstehen. „Dick Careys Instrumente; wir können ihn nicht im Stich lassen.“

„Dann denkst du –“

"Sehen!" Sie hielt sich zusammen, auf ihre seltsame Art, wie ein Kind es tut, wenn es angestrengt nachdenkt . „Sie erinnern sich an den Brief über von Schäde , als Herr Carey schrieb: ‚Er starb und verfluchte England, die Engländer, mich und meine und Thorpe.‘ Es war wie das leibhaftige Böse dieses Krieges.“ Glauben Sie, dass die Kraft der Emotion mit dem Physischen unterging, oder glauben Sie, dass die Zersplitterung des Physischen sie freigelassen hat? Und denken Sie auch daran, dass Karl von Schäde diese Kräfte studiert und möglicherweise etwas darüber gelernt hatte, wie man mit ihnen umgeht. Dann Violet, Violet, die er auf seine eigene Weise geliebt hatte und zu der er sich deshalb hingezogen fühlen würde –“

„Aber wenn es hier oder da Gerechtigkeit gibt“, unterbrach North, „warum sollte sie dann zum Werkzeug des Rohlings werden?“

„Weil auch sie voller Hass war. Nur so hätte es möglich sein können. Denken Sie eine Minute nach und Sie werden sehen.“

In seiner Jugend litt North unter Stotteranfällen. Einer hat ihn jetzt gepackt. Es schien ein Teil des Schreckens zu sein, der die Rüstung , auf die er vertraut hatte, durchdrang und sein klares Gehirn mit seltsamen Bildern verzerrte, so dass es schien, als ob ihn jeder klare Gedankengang verlassen hätte. Er kämpfte einige Augenblicke lang schmerzhaft, bevor er wieder zum Sprechen kam.

„Verdammt, verdammt. Verdammt, verdammt. „Verdammt", sagte er.

Ruth sprang auf und legte ihre Hand auf seinen Mund. Angst war in ihren Augen. Er hätte nie gedacht, sie so bewegt zu sehen, sie, die immer so ruhig und sicher war.

„Um Himmels willen, hör auf", sagte sie; „Wenn du so fühlst, musst du gehen. Du darfst nicht noch einmal hierher kommen. Du musst dich von ihr fernhalten. Oh, siehst du nicht, dass du ihm hilfst? Ich hätte es dir nicht sagen sollen; Ich wusste nicht, dass es dich auch mit Hass erfüllen könnte."

„Es tut mir leid", sagte North barsch. „Ich fürchte, alles andere übersteigt meinen Horizont."

Er hatte jeden Versuch aufgegeben, darauf zu bestehen, dass es unmöglich sei. Der unheimliche Horror hatte ihn im Griff. Er hatte das Gefühl, dem gesunden Menschenverstand Lebewohl gesagt zu haben.

Ruth wurde gebieterisch. „Um Gottes willen, versuchen Sie es!" Sie sagte. „Hasse nicht. Verfluche ihn nicht so. Siehst du nicht, dass man Hass nicht mit Hass überwinden kann; man kann es nur ergänzen. Es fällt mir selbst so schwer, nicht so zu empfinden wie du. Aber verstehen Sie nicht, Dick Carey muss sein ganzes Leben lang geliebt haben, natürlich auf eine kleine, entfernte Art und Weise, wie Gott liebt. Und alles, was lebte, sich bewegte und atmete, fiel in den Bereich seiner Zärtlichkeit und seines Mitleids. Und das, was er selbst war, ging auch nicht mit dem Physischen unter. Auch das ist frei – frei und kämpfend. Hass kann man nur mit Liebe überwinden. Aber auf der physischen Ebene kann sogar Gott selbst nur durch physische Instrumente wirken."

Sie blieb stehen und sah North flehentlich an.

„Ich verstehe, was du meinst", sagte er sanfter. Ihre plötzliche Schwäche bewegte ihn unbeschreiblich.

„Und das Schlimmste daran ist", fuhr sie fort, „ich habe in letzter Zeit das Gefühl verloren, mit ihm in Kontakt zu sein." Du erinnerst dich, wie ich dir davon erzählt habe. Es kam, dachte ich, daher, dass wir beide die Farm liebten, aber tatsächlich wusste ich auf seltsame Weise, was er tun wollte und wann er zufrieden war. Du wirst dich erinnern, dass ich es dir gesagt habe. Wenn ich noch fühlen könnte, was das Beste ist, aber es ist, als würde ich ganz allein im Dunkeln kämpfen! Ich weiß nur eines: Ich halte daran fest. Man kann Hass nicht mit Hass überwinden. Hass kann man nur mit Liebe überwinden. Aber die Liebe verlässt den Bauernhof. Es war so voll davon – so voll – dass ich es immer in meinem Herzen singen hören konnte. Aber jetzt ist hier etwas Schreckliches. Ich kann es in der Nacht spüren, ich kann es auf alle möglichen Arten spüren. Der Frieden, der so schön war, ist verschwunden, das Strahlen und die Freude. Und stattdessen habe ich jetzt immer das Gefühl eines großen Kampfes und einer drohenden bösen Sache.“

„Es ist weder Ihnen noch der Farm gegenüber fair“, sagte North jetzt sehr sanft. „Violet sollte gehen.“

"Ich weiß nicht. Manchmal habe ich das gedacht – und doch weiß ich es nicht. Ich arbeite im Dunkeln. Ich weiß wirklich so wenig über diese Dinge – wir alle wissen so wenig.“

„Ihre Anwesenheit schadet der Farm, zumindest scheint es so. Tatsächlich muss es so sein. Ein Mensch voller Hass und Elend ist für kein Zuhause geeignet. Außerdem haben wir kein Recht –“

Ruth sah ihn an und wieder schämte er sich. „Ich bitte um Verzeihung“, sagte er.

„Wir haben das Recht, das Sie anerkennen, das weiß ich, aber ich denke nicht, dass wir es beanspruchen sollten.“

„Sie kam zu mir, oder besser gesagt, glaube ich, auf die Farm, so nah wie möglich an ihn heranzukommen. Oder es könnte auch die andere Kraft sein, die sie antreibt. Ich weiß nicht. Aber ich kann sie nicht wegschicken. Ich denke manchmal daran, aber ich weiß, dass ich es nicht kann.“

„Wie ist sie im Großen und Ganzen?“

„Manchmal ist er langweilig und launisch, er wandert durch den Ort und spricht kaum. Ein- oder zweimal blieb sie den ganzen Tag in ihrem Zimmer und verweigerte jegliches Essen. Aber manchmal folgt sie mir, wohin ich auch gehe, klammert sich an mich wie ein Kind und ist bereit zu helfen. Manchmal begeht sie eine schreckliche kleine Grausamkeit, schämt sich danach und versucht, sie zu verbergen. Wenn sie überhaupt darüber sprechen und sich jemandem anvertrauen könnte, wäre es meiner Meinung nach besser . Aber sie scheint dazu nicht in der Lage zu sein.“

North saß da und starrte mit verstörten Augen in das Feuer, die tiefen Falten seines Gesichts waren deutlich sichtbar, als die Flammen aufstiegen und niedergingen.

„Wenn das so weitergeht, wird sie den Verstand verlieren“, sagte er schließlich.

Ruth antwortete nicht. Ihr Schweigen brachte ihre eigene große Angst zum Ausdruck; North kam es schrecklich vor . Sollte sie scheitern, wusste er, dass es eines der schlimmsten Dinge sein würde, die ihm jemals passiert waren.

In diesem Moment wusste er, wie sehr sie für ihn in Erinnerung geblieben war. Er behielt das Feuer im Auge und blickte sie nicht an. Er fürchtete sich davor, diese Angst wieder in ihren Augen zu sehen, fürchtete sich davor, sie schwach zu sehen. Es war, als ob das Böse der Welt das einzig Mächtige wäre. Und er wusste jetzt, dass er begonnen hatte zu hoffen, dass Dinge tief in seinem Bewusstsein begonnen hatten, sich zu regen und zum Leben zu erwachen.

Doch plötzlich sprach Ruth wieder, und als er aufsah, begegnete ihm die alte, beruhigende Freundlichkeit ihres Lächelns. Ihre Gelassenheit war zurückgekehrt. Ihr Gesicht sah weiß und sehr abgenutzt aus, aber es war nicht mehr von Angst gezeichnet.

„Es tut mir leid", sagte sie, „und ich schäme mich, so dumm gewesen zu sein und mir erlaubt zu haben, einen Moment lang zu denken, wir würden scheitern." Hass ist sehr stark und sehr schrecklich; aber die Liebe ist stärker und sehr schön. Machen wir uns nur zu geeigneten Instrumenten seiner Macht. Wir *müssen* . Wenn Karl von Schäde darüber hinaus überdauert, gilt dies mit noch größerer Sicherheit auch für Dick Carey. Warum sollten wir Angst haben? Wirst du Karl von Schäde die Instrumente seiner Macht geben und sie dem Freund verweigern, den du geliebt hast? Und ist es überhaupt so schwierig? Denken Sie daran, was er erlitten haben muss, sein armer Körper war in Stücke gerissen, sein Geist war voller Angst darüber, dass sein Land ruiniert, geschlagen und voller Schrecken war, die er gesehen hatte und die er uns zuschrieb. Denken Sie an seine letzten schrecklichen Stunden, und haben Sie zumindest kein Mitleid? Versuchen Sie es, greifen Sie danach, versetzen Sie sich in den Geist, den Sie als Dick Carey kannten. Denken Sie auch an Karl van Schäde ."

Sie blieb stehen, ihre Stimme war gebrochen, aber das Licht, das in ihrem Gesicht schien, war wie ein Stern.

„Ich werde es versuchen", sagte Roger North.

In der Pause, die darauf folgte, war das herannahende Klappern von Lady Condors Wiedereintritt fast eine Erleichterung. Sie brachte sie zurück in die Bereiche des gewöhnlichen Alltags. Auch Violet lachte und wurde immer mehr sie selbst. Die Spannung ließ nach.

„Miss Seer, wenn ich meine Dahlien zwischen Ihren gepflanzt hätte, hätten Sie es wirklich nie herausgefunden. Sie sind eine erstaunliche Nachahmung – ganz erstaunlich. Condor findet meinen Hutgeschmack zu laut. Aber wenn es nach Männern ginge, sollten wir uns alle schwarz kleiden. So deprimierend! Tee? Ich sollte es lieben. Aber nein, ich kann nicht bleiben. Ich habe zu Hause eine Dienstparty. So langweilig, aber Condor ist entschlossen, dass Hawkhurst für die Division kandidieren soll, nachdem er selbst sicher im anderen Haus versteckt ist. Der ganze alte Parteibetrieb fängt wieder von vorne an, als ob es keinen Krieg gegeben hätte, als wir alle schrien: „Keine Parteipolitik mehr." „Keine versteckten Richtlinien mehr." So wie wir, nicht wahr? Ich werde Caroline Holmes bei allen Frauentreffen den Vorsitz übernehmen . Sie liebt es wirklich – und Reden zu halten. Ja. Sie soll diesen Herbst ihren Major heiraten, aber sie versichert mir, dass dies „ihre Aktivitäten nicht einschränken" wird. Beschneiden! so nett! Aber wo war ich? Oh ja, meine Teeparty, und ich würde so viel lieber hier bleiben. Ich erinnere mich, dass ich einfach schlau sein wollte, und was ist passiert? Oh, wir gingen raus, um Violette Milch zu sehen, und sahen stattdessen die Dahlien. Auf Wiedersehen. Auf Wiedersehen. Und kommen Sie bald, um mich zu sehen."

Also begab sich Lady Condor mit ruhiger Unterhaltung aus dem Wohnzimmer, begleitet von Roger North, der ihre verschiedenen Habseligkeiten trug. Doch als sie durch die Halle ging und in ihr wartendes Auto einstieg, herrschte eine höchst ungewöhnliche Stille. Erst als sie sich gut eingelebt hatte, sprach sie wieder.

„Mir gefällt Violets Aussehen nicht, Roger", sagte sie dann, ihre klugen alten Augen waren sehr freundlich. „Warum gibt es keine Babys? In den ersten zehn Jahren des Ehelebens einer Frau sollte es immer ein Kinderzimmer voller Babys geben. Und wo ist Fred? Du solltest mit ihm darüber reden."

Sie winkte ihm freundlich zu, dabei fielen verschiedene Gegenstände von ihrem Schoß und das Auto rollte davon.

North stieß ein leises, bitteres Lachen aus, als er zurück ins Haus ging. Fred? Fred fraß sich die Seele aus dem Leib und fing in Schottland Lachse; und Violet war in Thorpe, besessen vom Hass eines Toten. Ihn verspürte der ganze Wunsch eines Mannes, die ganze erbärmliche Angelegenheit schlagartig zu beenden, aber die Sache hatte ihn in ihre teuflischen Maschen geraten, und es gab kein Entrinnen. Er blieb beim Tee, weil er spürte, dass er Ruth helfen musste, und doch mit dem unbehaglichen Bewusstsein, dass er eher das Gegenteil tat. Violet war in ein launisches Schweigen verfallen, das für sie mittlerweile so üblich war, und nachdem sie ihren Tee getrunken hatte, ging sie zurück zu ihrem Stuhl am Feuer und zu einem Buch. Ruth und Roger unterhielten sich zwischendurch und mit einem Gefühl der Zurückhaltung über die Farm, und bald darauf warf Violet ihr Buch auf den Stuhl gegenüber und verließ den Raum.

"Was liest sie?" fragte Roger.

Er ging zum Feuer und hob das Buch auf. Es war *„Der Weg zur Selbsterkenntnis "* von Rudolph Steiner, und auf dem Vorsatzblatt war in steifer, kleiner Schrift fein säuberlich geschrieben: „K. von Schäde ." Dann sah

Roger plötzlich rot. Die Holzscheite brannten immer noch hell im Kamin, und mit konzentriertem Ekel, so heftig, dass man ihn spüren konnte, ließ er das Buch mitten in die Flammen fallen und rammte es mit dem Absatz seines Reitstiefels dorthin. Der Geruch von verbranntem Leder erfüllte den Raum, bevor er es hochhob und mit grimmiger Befriedigung zusah, wie sich die bedruckten Blätter in der Hitze zusammenrollten.

Er entschuldigte sich nicht für die Tat, obwohl das Buch vermutlich jetzt Ruths Eigentum war.

„Das wird Ihnen zeigen, wie viel Hilfe ich wahrscheinlich sein werde", sagte er. „Immer davon ausgehen, dass du Recht hast. Und jetzt gehe ich besser."

Ruth lächelte ihn an. Das Kind im Mann wird einer Frau immer gefallen. „Ja, geh", sagte sie. „Ich gebe Ihnen Bescheid, wenn es etwas zu sagen gibt."

North ritt mit all den kleinen Dämonen des intellektuellen Stolzes und der Vorurteile, der menschenähnlichen Verachtung für das Immaterielle nach Hause und flüsterte ihm zu: „Du Narr."

Seine Frau machte nach dem Abendessen eine Szene über seinen Besuch auf der Farm. Sie ärgerte sich darüber, dass Violet dorthin gegangen war. Es hatte ihre Eifersucht geweckt, und ihre Tochter geriet ebenso wie ihr Mann unter die Peitsche ihrer Zunge. Dann verlor North bitter und völlig die Beherrschung; Sie sagten einander schreckliche Dinge, Dinge, die einbrennen und danach korrodieren und eitern, wie es Menschen tun, wenn sie völlig die Kontrolle über sich selbst verlieren. Es endete, wie immer, in Strömen von Tränen auf Mrs. Norths Seite, die North beschämt, angewidert und wütend auf sie und sich selbst in sein eigenes Zimmer trieben.

Er öffnete die Fenster und ließ die Oktobernachtluft herein. Es war scharf, mit einem Hauch von Frost. Die ausgedünnten Blätter zeigten das zarte Muster der Zweige, schwarz vor dem blassen, mondbeschienenen Himmel. Die Sterne schienen sehr weit weg zu sein. Völlig krank im Herzen, erfüllt von Selbstverachtung wegen seines Wutausbruchs, kämpfend in einem Hauch von Abscheu vor dem Leben und allen Dingen darin, lehnte er sich an das Fensterbrett; Der scharfe, kühle Wind schien zu reinigen und zu regenerieren.

Ein wenig bekanntes Jammern weckte ihn, als er bemerkte, dass Vic sich am Knie kratzte. Er hob sie hoch und spürte, wie sich ihr kleiner, warmer Körper an seinen kuschelte. Sie sah ihn an, wie nur ein Hund aussehen kann, und er trug sie und wandte sich der erlöschenden Glut des Feuers und seinem Sessel zu. Dann hielt er inne, erinnerte sich und bemerkte zum ersten Mal, dass Larry nicht mit ihm zurückgekommen war.

KAPITEL XII

North besuchte die Farm nicht noch einmal. Er schickte Ruth eine kurze Nachricht: „Mir geht es besser." Dass er sich weder entschuldigte noch sich bedankte, zeigte ihr, wie sehr er ihr und ihrer Freundschaft vertraute.

Sie antwortete auf seine kurze Mitteilung mit einer ebenso kurzen Antwort: „Versuchen Sie, überhaupt nicht daran zu denken, wenn Sie nicht richtig denken können."

Also vertiefte sich North in seine Arbeit, zwang und trieb sich dazu, an nichts anderes zu denken. Schlief nachts vor lauter Müdigkeit und wurde von Tag zu Tag hagerer und stiller. Zumindest würde er den Teufeln nicht helfen, wenn er nicht auf der Seite der Engel stehen könnte.

Der Monat war größtenteils wild und nass, mit einigen Tagen von höchster Schönheit. An einem dieser Tage, dem letzten Tag im Oktober, machten Ruth und Violet, wie sie es oft taten, einen langen Spaziergang durch die feuchten Wälder und über die windgepeitschten Hügel Richtung Meer. Die Atmosphäre war jene exquisite Klarheit, die oft auf viel Regen folgt. Die wenigen Blätter, die noch an den Bäumen verblieben waren und von brüniertem Goldbraun waren, fielen bei jeder Böe des frischen, starken Windes in sanften, raschelnden Schauern herab. Sie waren weit gelaufen, so weit, dass sie über Hügel und Täler in der Luftlinie bis zu einer Stelle gekommen waren, an der der Boden so abrupt abfiel, dass er die Mittelstrecke und den Rand des Hügellandes, durchbrochen von seinem niedrigen dunklen Wacholder, verdeckte. Büsche standen vor ihnen, klar umrissen, vor der weiten Küste weit unten. Blasses Gold und Rotbraun, das flache Land erstreckte sich, durchzogen vom düsteren Silber der vom Meer umgebenen Flüsse und Bäche, bis zu dem Punkt, an dem wie eine harte stahlblaue Linie am Horizont das Meer selbst lag. Und hinter dieser geraden Linie rollte, schwarz und bedrohlich und mit einer fahlen, zackigen Kante versehen, das Herannahen eines großen Sturms.

Es war ein edles Bild, und Ruth beobachtete es einige Augenblicke lang, ihr Gesicht reagierte auf seine Schönheit. Sie liebte diese Landschaften Englands, liebte sie nicht nur mit ihrem gegenwärtigen Selbst, sondern auch mit einer weit entfernten Tiefe vergessener Erfahrung. Und es schien ihr, dass sie mit ihnen auch jene „unbekannten Generationen toter Männer" liebte, denen sie gleichermaßen lieb gewesen waren. Für diese wenigen Augenblicke, als sie über den Rand des Abhangs blickte, vergaß sie das eindringliche Böse, das all ihre Tage verdunkelte, vergaß alles außer der Schönheit des weiten Raums, des wild rauschenden Windes, der Freiheit – der Flucht.

Wie immer in diesen Momenten kamen ihr seltsame Zitate in den Sinn; einer, eindringlicher als die anderen, sang, vertonte sich, klar, glockenartig, geheimnisvoll:

„Wenn ich das Ende meiner Reise erreicht habe,

Und ich bin tot und frei."

Und in diesem Moment kam ihr das Gefühl zurück, mit Dick Carey in Kontakt zu sein. Es kam wie eine große Flut an Hilfe, Ermutigung und Kraft herein.

„Und ich bin tot und frei."

Und doch hatten die Menschen Angst vor dem Tod!

Die starken Winde wehten vom Meer über die nach Erde duftenden Hügel und schrien, als sie kamen. Sie liebte sie und die großen dunklen Wolkenmassen. Sie hätte auch schreien können, vor Freude über dieses große Gefühl der Freiheit, der Macht, der Kontrolle, weil sie eins mit diesen großartigen Kräften der Natur war. Auch in ihr steckte jene Stärke und Freiheit, die sich nur dem Einen beugte, der alles ist.

Das Blut kribbelte in ihren Adern; im vollen Wind war ihr warm – warm vor Leben. Sie vergaß, dass Violet Riversley neben ihr kauerte. Sie vergaß die hockenden kleinen Hunde, schmiegte sich an ihre Füße und schwebte für einen wilden Moment hinaus in die Unermesslichkeit einer großen Freiheit. Dann plötzlich brach die stahlblaue Linie des Meeres in Weiß über, die Sturmwolken trafen aufeinander und krachten, und Blitze schlugen wie der scharfe Stoß eines lebenden Schwertes über die Abhänge, schlugen und schlugen noch einmal ein. Himmel und Erde und die Wasser unter der Erde bebten und schwankten im Griff des Sturms, und Violet Riversley fiel vor Angst schreiend neben Ruth auf die Knie, umarmte sie und rief:

„Halten Sie es von mir fern! Halten Sie es fern! Gott! Ich kann es nicht länger ertragen! Halte es fern!"

Und bei ihrem Schrei sprang die ganze Mutterschaft in Ruths Natur, die sich nie nur auf die Wenigen konzentrierte, in volles Leben und Glanz und breitete ihre weißen Flügel des Schutzes aus. Und jenseits ihrer eigenen Liebe und ihres Mitleids empfand sie die eines anderen. Abseits und über ihrem eigenen Kampf hinaus war ein größerer Kampf, unendlich größer. Sie hob das Mädchen in den Schutz ihrer Arme und ihr ganzes Herz schrie vor leidenschaftlichem Mitleid auf. Sie sagte seltsame kleine, törichte zärtliche Worte, wie es Mütter tun würden, denn ihre Gestalt war so leicht wie die eines kleinen Kindes; es fühlte sich nur wie eine Hülle an, mehr nicht.

Und dann, plötzlich, fiel der Regen in einer blendend strömenden Flut, durchnässte die kleine Gruppe bis auf die Haut und löschte mit seinem strömenden Strom alles aus.

„Ah, schau!" sagte Ruth fast unwillkürlich. Ein großer Lichtblitz war von Westen her durchgebrochen, und vor dem violettschwarzen Himmel wirkte der Regen wie eine silberne Wand. Es war unglaublich, ja schrecklich schön.

„Wir werden uns richtig ducken", sagte sie und versuchte, zur Normalität zurückzukehren. „Schon nass bis auf die Haut, alle von uns. Und Sarah und Selina erschreckten sich zu Tode, die kleinen Feiglinge! Du solltest besser in Bewegung bleiben, Liebes. Mitkommen."

Es schien ein anstrengender Heimweg zu sein. Noch nie war Ruth dankbarer für die Anwesenheit von Miss McCox in ihrem Haushalt gewesen. Feuer, heiße Bäder, heißer Kaffee, alles war bereit; und sie trocknete sogar Selina, wenn auch heimlich, hinter der Küchentür mit ihrer eigenen Hand, damit niemand ihre Schwäche sehen konnte. Sie brachte Violet nach ihrem heißen Bad ins Bett und befahl ihr, dort zu bleiben. Nichts als ihre gewaltsame Durchsetzung bewahrte Ruth vor einem ähnlichen Schicksal.

„Mit denen, die dumm sein werden, gibt es keine Vernunft", sagte Miss McCox würdevoll und zog sich murmelnd wie der Sturm in die Küche zurück.

Nach einer Pause war es mit neuer Kraft wieder zurückgekehrt. Das alte Haus schaukelte, als der starke Wind darauf prallte und gegen die zitternden Fenster kreischte, als wollte er Einlass verlangen. Ströme von heftigem Regen prasselten auf die Scheiben, und hin und wieder krachte der Donner, brach und riss. Nach dem Abendessen ging Ruth nach oben und setzte sich an das Kaminfeuer in Violets Zimmer. Das Kissen, auf dem sie lag, war kaum weißer als das Gesicht des Mädchens. Ihre großen goldenen Augen starrten ausdruckslos in die Schatten. Sie sah sehr klein, jung und hilflos aus, und Ruths Herz schmerzte mit ihr. Sie plauderte fröhlich weiter, während sie mit ihren fleißigen Fingern ein Wollkleid für ein kleines Kind aus Frankreich webte; plauderte über die kleinen Dinge auf dem Bauernhof; erzählte kleine urige Geschichten über die Tiere und Blumen. Hätte sie es gewusst, hätte Dick Carey an Winterabenden oft am Feuer mit den zuhörenden Kindern gesprochen. Aber Violet Riversley lag einfach still da, blickte in die Schatten und schenkte ihr kaum Beachtung. Sie machte keine Anspielung auf ihren heftigen Schreckensanfall draußen im Sturm, und Ruth wurde auf unheimliche und schreckliche Weise bewusst, dass das Mädchen, das sich an sie geklammert hatte und um Hilfe rief, ihr wieder entwischt war, irgendwo draußen in der Dunkelheit und Stille , von allen bekannten Ankerplätzen gerissen.

Die kleinen Hunde waren unten in ihren Körben geblieben ; nur Larry war ihr nach oben gefolgt und lag auf der anderen Seite der Tür, die Nase auf die Pfoten gestützt, und seine Augen leuchteten wachsam aus dem Schatten. Hin und wieder, wenn der tosende Wind mit zunehmender Heftigkeit immer wieder gegen das Haus schlug und wie ein verwirrter Geist heulte, knurrte er in seiner Kehle wie vor einem sichtbaren Eindringling.

Es war spät, als Ruth ihre Arbeit zusammennahm und gute Nacht sagte. Sie war ehrlich gesagt körperlich und geistig müde, aber ein unerklärlicher Widerwille, Violet zu verlassen, hielt sie fest. Und doch war das Mädchen offenbar weniger unruhig, normaler als sonst. Müde wie sie selbst würde sie bestimmt schlafen. Ihre Angst draußen im Sturm schien völlig verschwunden zu sein.

Das dachte Ruth bei sich, als sie die Treppe hinunterging.

Im Wohnzimmer schliefen die kleinen Hunde tief und fest in ihren Körben. Das Feuer brannte noch immer, eine Handvoll warmer roter Asche. Der ganze Ort schien voller Frieden und Behaglichkeit zu sein, in deutlichem Kontrast zum Rauschen und Heulen des Sturms draußen. Ruth ging zur Lampe, um sich zu vergewissern, dass sie in Ordnung war, und machte kleine Aufräumarbeiten im Zimmer, so wie Frauen das Letzte tun, bevor sie nach oben ins Bett gehen. Sie war sich völlig darüber im Klaren, dass die drei Wochen von Violets Besuch eine schwere Belastung für sie gewesen waren, geistig und körperlich. Es wäre ganz einfach, sich Dinge vorzustellen, sich von dem Wissen, dass sie stetig, fast erbittert gegen eine schreckliche, unsichtbare Macht kämpfte, überwältigen zu lassen und sie über die Grenzen des vernünftigen und vernünftigerweise Möglichen hinauszutreiben. Mit ihrem erneuten Bewusstsein für Dick Careys Anwesenheit war eine undefinierbare, sehnsüchtige Zärtlichkeit für Violet Riversley entstanden , die ihr zuvor in ihrem freundlichen Interesse und ihrer Freundschaft gefehlt hatte. Der Angst oder dem Schrecken nachzugeben, war in beiden Fällen der sicherste Weg, zu scheitern.

Sie blickte in die Nacht hinaus. Durch das Licht, das durch das Fenster fiel, konnte sie einen Streifen regennassen Rasens sehen, und dahinter, undeutlich, die gequälten Äste der Bäume, die sich unter der Peitsche des Windes beugten und anspannten. Sie zog alle Kräfte ihres Geistes in die Mitte ihres Wesens.

„Herr der Höhen und Tiefen, der in allen Formen wohnt, die Du geschaffen hast.“

Sie ließ die Jalousie einrasten und ging zurück ins Zimmer. Larry hatte es sich in dem großen Sessel bequem gemacht, der Dick Carey gehört hatte. Sie bückte sich, um seinen Kopf zu streicheln, und er sah sie mit Augen an, die sicherlich verständnisvoll waren.

„Herr der Höhen und Tiefen, der in allen Formen wohnt, die Du geschaffen hast."

Sie behielt die Worte und den Gedanken ganz fest im Kopf. Kaum hatte sie sich hingelegt , schlief sie ein und träumte – träumte, dass sie mit Dick Carey über das Butterblumenfeld spazierte, und es war früher Morgen mitten im Frühling. Und er erzählte ihr viele Dinge, viele und wunderbare und schöne Dinge, an die sie sich später zu erinnern versuchte, es aber nicht konnte. Und dann, plötzlich, rief er ihr aus der Ferne zu, und sie saß hellwach im Bett, und Larry im Zimmer darunter bellte heftig und schwieg dann.

Im nächsten Augenblick hatte sie ihren Morgenmantel über die Schultern geworfen und rannte barfuß über den Treppenabsatz und die Treppe hinunter. Auf halbem Weg durch die große alte Halle blieb sie wie angewurzelt stehen, denn schnell und schrecklich war sie von dem alten Schrecken ihrer kleinen Kindheit überwältigt worden, einem Gefühl alldurchdringender Schwärze. Es packte sie genauso stark wie in jenen fernen Tagen. Wieder war sie ein kleines, völlig hilfloses Ding in seinem schrecklichen Griff. Das Licht, das unter der Wohnzimmertür hervorströmte, verstärkte die Schwärze, glänzte böse und bekam eine unheimliche und schreckliche Bedeutung.

Beinahe drehte sie sich um und floh – floh aus der Tür hinter ihr in die sturmgepeitschte Nacht, weg in die reine Luft, in die Dunkelheit, die voller Schönheit und Heilung war. Nicht das – das, was erstickt, beschmutzt und begräbt. Weg – irgendwo – jedenfalls – von dem, was sich hinter diesem flackernden bösen Licht verbarg, das die abscheuliche Schwärze sowohl sichtbar als auch greifbar machte.

Fast, aber nicht ganz. Das, was die langen Jahre der Geduld und Ausdauer in ihr aufgebaut hatten, hielt. Dick Carey hatte sie angerufen. Was wäre, wenn er da drin wäre und kämpfen würde, gegen alle Widrigkeiten kämpfen würde? Denn die Welt war voll von diesem losgelassenen Bösen, die Vibrationen wurden spürbar, verschlang sie, schlugen sie nieder. Für einen Moment, der endlos schien, kämpfte sie um mehr als nur das physische Leben.

Dann bewegte sie sich wieder vorwärts, und es war wie in Träumen, wenn Füße mit Bleigewichten belastet sind und wir sie mit einer Anstrengung bewegen, die unsere Kräfte zu übersteigen scheint. Aber sie zögerte nicht noch einmal. Stetig öffnete sie die Tür. Mit ihren bleiernen Füßen ging sie hinein und schloss die Tür hinter sich.

Ein Schwall heißer Luft traf sie, unerträglich heiß. Jemand hatte das Feuer wieder angefacht. Hochgestapelt mit Holzscheiten brannte es heftig. Im

Raum herrschte Unordnung. In der hinteren Ecke am Südfenster lagen die kleinen Hunde, zitternd und vor Angst zitternd, während Larry vor ihnen hockte, die weißen Fangzähne entblößt, die Lippen bis zum Zahnfleisch angehoben, seine leuchtenden Augen auf die Gestalt in der Mitte des Raumes gerichtet – die Figur von Violet Riversley .

Vor ihr stapelten sich auf dem Boden verschiedene Gegenstände, Bücher und Papiere, die zusammengestapelt und in Form eines Lagerfeuers aufgetürmt waren. Zu ihren Füßen lag die Bronzelampe. In ihrer rechten Hand hielt sie den Docht, immer noch brennend. Seltsamerweise spielte das Licht der brennenden Holzscheite auf den langen Falten ihres weißen Kleides. Fast schien es, als wäre sie in Flammen gehüllt.

Ruth nahm diese Einzelheiten unbewusster auf als auf jede andere Art und Weise, denn alle ihre Sinne – und alle waren äußerst lebendig geworden – konzentrierten sich auf die furchtbare und abscheuliche Tatsache, dass ein Mensch, der Violet umhüllte und sie sozusagen umhüllte, ein … war große herausragende Figur oder Präsenz. Die Angst packte sie wie Eis in der Seele. Sie hätte vor lauter Angst schreien können, aber sie konnte ihren Körper nicht mehr gebrauchen, es schien, als wäre ihr jede Hilfe möglich. Denn das Wesen, das nicht Violet Riversley war , ganz sicher nicht Violet Riversley , sondern ein unendlich stärkeres und mächtigeres Wesen, blickte sie mit den Augen einer selbstgequälten, selbstversehrten Seele an, und sie sah in all ihrer schrecklichen Abscheulichkeit Hass und die fleischgewordene Rache.

Und als sie aussah, erfasste sie ein noch schlimmeres Grauen. Das Ding versuchte, sie zu beherrschen, sie zu seinem Instrument zu machen, so wie es Violet Riversley gemacht hatte . Die Haare auf ihrem Kopf sträubten sich darauf, als sie spürte, wie sich ihr Griff um sich selbst lockerte und schwächer wurde. Ihre Individualität schien sie zu verlassen, sich aufzulösen, zu verschwinden.

Es könnte ein Moment gewesen sein; es könnte eine Ewigkeit gewesen sein.

Dann hörte sie Larry wie aus weiter Ferne einen seltsamen Schrei ausstoßen. Etwas zwischen einem Heulen und einem Bellen, dessen Vibration die Luft kilometerweit bewegte. Der Hilferuf des Wolfes an das Rudel. Der alte Hund war aufgestanden, sein Kinn nach vorn gestreckt, sein Körper angespannt, bereit für den Frühling.

Mit einer letzten verzweifelten Anstrengung, die ihre Seele aus ihrem Körper zu reißen schien, weinte auch Ruth – weinte zu allem, was sie jemals an das Gute gedacht oder geträumt oder daran festgehalten hatte; und in diesem Moment wurde ihr Bewusstsein für Dick Carey plötzlich deutlich. Danach war es Ruth in ihrem normalen Bewusstsein immer unmöglich, die Empfindungen des nächsten überwältigenden Augenblicks wieder einzufangen oder sich irgendwie angemessen daran zu erinnern. Sie waren nicht nur jenseits der Sprache, sie schienen auch außerhalb des Griffs des gewöhnlichen Denkens zu liegen.

Nach diesem Moment des höchsten Schreckens, des unglaublichen Kampfes, mit der akuten Rückkehr ihres Bewusstseins für Dick Carey, mit einem Aufprall kriegerischer Elemente und Kräfte, die sich als Teil des tobenden Sturms vermischten und sich dennoch von ihm unterschieden, fand sie sich wieder. War sozusagen draußen, im grenzenlosen Raum, kämpfte Schulter an Schulter, Hand in Hand, eins mit Dick Carey. Einer auch, mit einer mächtigen Kraft, der glorreich, triumphierend, sicher kämpfte; Kämpfen durch alle Zeitalter, durch die ganze Vergangenheit, durch die ganze Zukunft, jenseits des Raums und jenseits der Zeit.

Dann wurde sie plötzlich – anders konnte sie es hinterher nicht beschreiben – aus dem Stress und dem Kampf auf einer Welle sehr reinen und vollkommenen Mitgefühls in das Herz eines Strahlens getragen, vor dem sogar das Strahlen des vollsten Sonnenlichts lag wäre wie eine Rush-Kerze. Und in diesen unendlichen Glanz kamen auch der tödliche Hass, die unaussprechliche Bosheit, das Verlangen nach Rache, die Bitterkeit, die Rebellion – und wurde verschlungen, gereinigt, umgewandelt. In einem großartigen und glorreichen Moment wusste sie, dass die Kraft ein und dieselbe ist und dass es die treibende Kraft dahinter ist, die sie zu Gut oder Böse macht.

Dann konzentrierte sich der äußere Sturm und stürzte mit einem überwältigenden Krachen nieder. Das Haus rockte und rockte erneut. Ruth, die mechanisch vortrat, fing einen Körper in ihren Armen auf, der fast wie eine Papierhülle gegen sie fiel. Sehr schnell trug sie es hinaus in die Halle. Ihre normalen Sinne waren plötzlich wieder scharf; sie haben schnell gearbeitet. Und auf der Treppe erschien zu ihrer unendlichen Erleichterung das glänzende, polierte Gesicht von Miss McCox . Ihre Kleidung ließ sich kaum beschreiben, und in ihren Händen hielt sie, je einen am Tragegriff, den sprichwörtlichen Schürhaken und die Zange. Hinter ihr kam Gladys, mit offenem Mund, zerzaust , ebenfalls voll bewaffnet, und gab einen seltsamen Laut von sich, der eine Kombination aus Weinen und Kichern zu sein schien.

Ruth kämpfte mit entzückendem und unauslöschlichem Lachen, das ihrer Meinung nach sehr leicht in Hysterie ausarten könnte, denn sie zitterte an allen Gliedern.

„Nein, nein; Es sind keine Einbrecher!" Sie sagte. „Stellen Sie die Dinger ab und nehmen Sie Mrs. Riversley mit . Sie ist im Schlaf herumgelaufen und ich fürchte, sie ist ohnmächtig geworden. Du weißt was zu tun ist. Ich muss den Arzt anrufen."

In ihrem Kopf war die unmittelbare Notwendigkeit, sich mit diesem unheilvollen Freudenfeuer auseinanderzusetzen, bevor es Schaden anrichten konnte, auch vor anderen Augen als ihren eigenen, die es sehen sollten.

Der brennende Docht war auf mit Öl bestreute Papiere gefallen, und als sie ins Wohnzimmer zurückkehrte, brannten bereits kleine Flammenzungen, und eine dünne Rauchsäule krönte seine Spitze. Zum Glück hatte sie die schweren Teppiche schnell in der Hand, und als das schleichende Feuer erstickt und erstickt war , legte sie die verletzten Reste wertvoller Bücher und Schmuckstücke eilig in die Schubladen des großen Bücherregals. Die Beschädigung des Teppichs ließ sich nicht verbergen, und nach kurzem Nachdenken nahm sie einen der verkohlten, schwarzen und ausgebrannten Baumstämme und verstreute ihn dort, wo der Stapel gewesen war. Dann nahm sie den Docht, in dem noch das Licht brannte, das wahre Symbol des ewigen Lebens, und stellte ihn und die Lampe an ihren Platz zurück, zog die Vorhänge zurück und öffnete das große Fenster mit Blick nach Süden.

Es war früher Morgen. Der Sturm zog in zerbrochenen, schweren Wolkenmassen davon. Durchnässt und düster und von einem aufsteigenden silbernen Nebel bedeckt, ruhte die geplagte Welt in einer plötzlichen Ruhe. Aber der Sturm hatte seine Spuren in den abgebrochenen Ästen hinterlassen, die Rasen, Garten und Feld verstreuten, und auf der anderen Seite des Weges lag eine große Ulme, die auf halber Höhe des Hauptstamms geknickt war, mit stolz ausgestrecktem Kopf und versperrte den Haupteingang.

Die Kühle der Morgendämmerung berührte wie ein Segen Ruths müdes Gesicht und ihre schwarzen, verletzten Hände. Ein paar Augenblicke lang stand sie da und blickte in den verwaschenen Himmel und die verblassenden Sterne, während die Hunde sich an sie schmiegten und sich nach Aufmerksamkeit sehnten. Ein großes Gefühl von Leben und Glück strömte in sie hinein, wie eine mächtige Flut mit dem Wind im Rücken, und sie wusste, dass alles in Ordnung war.

Sie hätte viel dafür gegeben, sich hinzusetzen und zu weinen, aber es gab noch viel zu tun. Dieser Morgen verging wie ein eiliger Albtraum, das ganze Haus erfüllt von der schmerzlichen Aufregung, die der plötzlich kommende Schatten des Todes mit sich bringt, denn Violet Riversley war verzweifelt und gefährlich krank. Sie hatte hohes Fieber, war völlig im Delirium und Ruth konnte sie nicht verlassen. Miss McCox übernahm in ihrer Abwesenheit das Kommando und bewegte sich in Notsituationen voller Kraft durch Haus und Hof, während Gladys ihre Schritte verfolgte und bei jedem Wort weinte, wie es bei ihresgleichen in solchen Momenten üblich ist. Im Wohnzimmer warteten Roger North und seine Frau, die per Telefon herbeigerufen wurden, während der Arzt seine Untersuchung durchführte. Der Raum war durch die flinken, geschickten Hände von Miss McCox sorgfältig in Ordnung gebracht worden. Über dem verbrannten und geschwärzten Fleck auf dem Teppich, auf dem sie einen Tisch gedeckt hatte, war nichts als ein allgemeiner Hauch von Kahlheit und Brandgeruch übrig, der auf etwas Ungewöhnliches hindeutete. Beide Fenster waren weit geöffnet und ließen die kühle Morgenluft herein, und Mrs. North kauerte zitternd am Feuer.

Sie war völlig entnervt und überwältigt. Die Nachricht war gerade angekommen, als sie sich anzog. Sie hatte ein eiliges Frühstück geschluckt, wobei es seltsamerweise keine Rolle spielte, dass der Kaffee nicht so gut war wie sonst, und das halbe Dutzend Notizen und Briefe von verschiedenen Freunden überhaupt kein Problem darstellten. Sie war zum Mittagessen im Condors verlobt. Am Nachmittag hatte sie versprochen, die Preise bei einer Village Work Show zu vergeben. Und in all diesen angenehmen Alltag kam die plötzliche lähmende Tatsache, dass Violet in der Nacht gefährlich krank geworden war und alles in kleine Stücke zersplitterte.

Sie und ihr Mann waren mit dem kleinen Auto hergefahren und hatten den Arzt immer noch im Krankenzimmer vorgefunden. Ruth war auch da, und die Befragung von Miss McCox war fast so, als würde man der Sphinx Informationen entlocken.

„Ich mochte diese Frau immer nicht; Sie hat nicht mehr Herz als ein Stein", beklagte sich Frau North unter Tränen. „Und ich denke, sie sollte Miss Seer sagen, dass wir angekommen sind. Es ist schrecklich, so vom eigenen Kind ferngehalten zu werden und nicht zu wissen, was passiert."

„Ich gehe davon aus, dass Eliot bald unten sein wird", sagte North. Er wanderte ziellos und ruhelos im Zimmer umher, denn mit zunehmender Zeit wurden auch seine Nerven durch das Warten angespannt. Was passiert ist? Alle möglichen schrecklichen Möglichkeiten drängten sich auf ihn. Wenn Ruth nur käme und er sie für einen Moment allein sehen könnte!

Er blieb in seinem ruhelosen Gehen stehen und blickte freundlich auf die zitternde Gestalt seiner Frau herab. „Soll ich die Fenster schließen?" er hat gefragt.

„Nein", antwortete sie; "Macht nichts. Oh, Roger, denkst du, dass sie sterben wird? Ich kann es nicht ertragen! Oh, warum kommt er nicht?"

Sie stand auf, umklammerte den Mantelärmel ihres Mannes und versteckte ihr Gesicht an seiner Schulter. „Roger, ich konnte ihren Tod nicht ertragen."

Nie zuvor war ihr die große Präsenz des Todes wirklich nahe gekommen, außer um die sehr alten Menschen herbeizurufen, deren Leben schon fast auf die andere Seite gegangen war. Und jetzt stand es plötzlich wie ein Blitz aus heiterem blauem Himmel neben ihr, unmittelbar bevorstehend, bedrohlich und für sie unbeschreiblich schrecklich.

Roger North legte unbeholfen einen Arm um sie. Er fühlte sich unangenehm steif und nutzlos und war sich lächerlich bewusst, dass sie in ihrer Eile und Not vergessen hatte, ihre Haare aus dem Lockenwickler in ihrem Nacken zu nehmen.

Er war ehrlich darauf bedacht, mitfühlend, freundlich und hilfsbereit zu sein. Seine eigene Angst quälte ihn, und doch, absurderweise, drängte sich dieser Lockenwickler in seine Aufmerksamkeit, bis er sagte: „Sie haben einen Ihrer Lockenwickler drin gelassen."

Er war sich vollkommen darüber im Klaren, dass dies so ziemlich das Letzte war, was er hätte sagen sollen, und dass es für den Augenblick völlig unpassend war, aber seine Frau vertrat glücklicherweise keine solche Meinung.

„Es zeigt einfach meinen Geisteszustand!" rief sie und versuchte mit zitternden Fingern, es zu entwirren. „So etwas habe ich noch nie in meinem Leben gemacht! Was für eine Gnade, dass du es bemerkt hast!"

Er half ihr, das kleine Instrument herauszuholen und steckte es in seine Tasche.

Von oben war das Geräusch einer sich schließenden Tür zu hören, die hastige Bewegung von Füßen, und Mrs. North umklammerte den Arm ihres Mannes. Beide schauten zur Tür. Aber es wurde wieder still und sie begann zu weinen.

„Glaubst du, sie stirbt, Roger?"

„Nein, nein! Eliot würde uns natürlich holen lassen." Er begann erneut seinen ruhelosen Spaziergang . „Ich wünschte, wir wären vor Eliot hier angekommen. Dann hättest du mit ihm reingehen können."

Und da hörten sie endlich Schritte die Treppe hinunter, quer durch den Flur, die Tür öffnete sich und der Arzt kam herein.

Er war ein ungewöhnlicher Mann, den man in einer Landpraxis begraben fand. Ein Mann von herausragendem Intellekt und einer sehr charmanten Ausstrahlung. Zwischen ihm und North bestand eine herzliche Freundschaft.

„Ah, du bist gekommen!" er rief aus.

Er nahm Mrs. Norths Hand und blickte mit überaus großer Freundlichkeit auf sie herab.

„Das Kind ist sehr krank und ich befürchte eine Hirnerkrankung", sagte er. „Ich gehe davon aus, dass sie gestern einen langen Spaziergang gemacht hat und dabei vom Sturm durchnässt wurde, sodass es möglicherweise durch eine Erkältung noch schlimmer wird. Sind Ihnen besondere Sorgen oder Probleme bekannt?"

„Nichts, überhaupt nicht", sagte Mrs. North entschieden. „Außer natürlich der Tod des armen Dick. Das hat sie damals sehr gespürt, und Roger glaubt, dass sie nie darüber hinweggekommen ist, nicht wahr, Roger?"

Roger nickte. Einen Moment lang überlegte er, seinem Freund die ungewöhnliche Situation vorzustellen, an die Ruth Seer glaubte und die er selbst sowieso als im Bereich des Möglichen liegende erkannt hatte. Aber die Neigung verschwand fast schon nach der Geburt. Er hatte noch kein Gespräch mit Ruth geführt, und Violet gegenüber schien es auch nicht fair zu sein. Möglicherweise, vielleicht hielt ihn ein persönlicher Stolz fest.

Der Arzt sah ihn freundlich an. "Armes kleines Mädchen! Ich erinnere mich, dass sie einen mutigen Kampf geführt hat. Nun, Mrs. North, keine Sorge. Wie alt ist das Kind? Sechsundzwanzig? Mit sechsundzwanzig kannst du über alles hinwegkommen! Ich schicke eine Krankenschwester, und die Frau oben ist Gold wert. Sie könnten sie nicht in besseren Händen haben. Jetzt möchten Sie nach oben gehen und sie sich ansehen. Machen Sie sich keine Sorgen, denn sie wird Sie nicht kennen; das ist Teil der Krankheit."

Aber draußen sah er Roger mit besorgtem Gesicht an.

„Sie ist sehr krank, North", sagte er. „Es muss schon seit einiger Zeit so sein. Zweifellos der Sturm – ja –, der es zu aktivem Unheil erregt hat. Wir werden sie durchziehen, hoffe ich; Aber möchten Sie die Meinung eines Spezialisten? Diese Gehirnprobleme sind sehr unklar."

„Ich überlasse es dir", sagte North, sein ganzer Körper war krank und leer.

„Nun, wir werden sehen, wie es in den nächsten vierundzwanzig Stunden weitergeht."

Er raste davon, und Roger wanderte ziellos auf der Farm umher und blickte auf die Trümmer des Sturms, während Larry und die kleinen Hunde, die sich auf ihre dumme Art bewusst waren, dass ihre Geliebten in Schwierigkeiten waren, auf seiner Ferse blieben.

Aufgrund einer dieser Launen, die das englische Klima trotz seiner Ungerechtigkeiten so liebenswert machen, war es nach dem Tag und der Nacht voller Sturm und Regen etwas ganz Wunderbares, ein vollkommen schöner Morgen im November. Die Sonne schien mit erstaunlicher Wärme und verstreute große graue und silberne Wolkenmassen, vor denen sich das zarte schwarze Muster von Ästen und Zweigen, von jedem verbliebenen Blatt befreit, in exquisiter Perfektion abzeichnete.

Die Farm war hellwach und voller Aufregung vom Leben eines neuen Tages. Aber Vi , der kleine Vi, lag dort oben an der Tür des Todes. Er erinnerte sich wieder an sie als sanftmütiges Baby mit goldenen Augen. Als kleines Kind flatterte es wie ein weißer Schmetterling durch den Garten; als schnelle Vision von langen schwarzen Beinen und einer Wolke dunkler Haare, die wild mit den Jungen umherliefen; als der glorreiche Hoyden, der in den Tagen kurz vor dem Krieg ihre Welt im Sturm erobert hatte. Und nun lag sie da, ein zerbrochenes Ding, geworfen und in den Tod getrieben im ziellosen Spiel seelenloser und erbarmungsloser Kräfte. Er knirschte mit den Zähnen in ohnmächtiger Wut, überwältigt von einer großen Qual hilflosen Schmerzes und Zorns. Wenn Ruth nur käme und ihm erzählte, was passiert war!

Der Kuhhirte, der dem Gärtner half, die Überreste des Sturms wegzuräumen, kam von dem umgestürzten Baum herauf und sprach mit ihm. Es tat ihm leid zu hören, dass im Haus eine Krankheit herrschte. North dankte ihm mechanisch und flüchtete in den Blumengarten. Die wenigen verbliebenen Blumen wurden zu Boden geschlagen, ihre Köpfe schleiften in der nassen Erde. Er holte sein Messer heraus und begann, sie abzuschneiden und die Grenze aufzuräumen. Er konnte gleichzeitig das Haus beobachten . Die Minuten vergingen wie Stunden, und dann öffnete sich endlich die Tür zur Terrasse, und Ruth kam heraus.

Sie blickte sich um, und als sie ihn erblickte, eilte sie ihm auf dem kürzesten Weg über das nasse Gras entgegen. Sein schmerzverzerrtes Gesicht erfüllte sie mit großem Mitleid. Sie streckte beide Hände aus, um seine zu berühren.

„Ich konnte vorher nicht kommen", sagte sie. „Sie ist jetzt ruhiger. Oh, fühl dich nicht so! Sie wird gesund werden. Ich weiß, dass es ihr gut gehen wird."

„Wohin können wir gehen, um alleine zu sein?" er hat gefragt. „Ich muss hören, was passiert ist. Es ist das, was mich wahnsinnig gemacht hat."

„Lasst uns gehen und den Weg unter dem ‚Haus an der Mauer' entlanggehen", sagte sie. „Niemand wird dorthin kommen und es ist geschützt und warm in der Sonne."

Und dort erzählte sie ihm, auf und ab gehend, so gut sie konnte, die Ereignisse der vergangenen Nacht.

North knirschte mit den Zähnen. „Sie wäre besser tot", sagte er. „Und doch –" Er sah sie an, ein neues Entsetzen wuchs in seinen hageren Augen, eine Frage –?

„Sie wird nicht sterben", sagte Ruth. „Aber verstehst du nicht, glaubst du nicht, ob sie lebt oder stirbt, das Böse wird besiegt, umgewandelt und in das ewige Gute aufgenommen?"

„Nein, ich kann es nicht glauben", sagte North barsch. „Ich glaube, du spielst mit Worten. Es scheint mir, dass nur das Böse mächtig ist. Wenn etwas überlebt, dann ist es das."

Ruth sah ihn mit sehr sanften Augen an. „Warte", sagte sie. „Haben Sie nur ein wenig Geduld. Sie wird gesund werden, und dann wirst du glauben."

„Ich kann es nicht glauben", sagte Roger North. Die Worte fielen schwer wie Steine. Er lief unruhig auf und ab und knirschte heftig auf dem nassen Kies unter seinen Füßen.

„Das Haus könnte niedergebrannt sein. Du – ich nehme an, du denkst, das war das Ziel?"

„Ja, ich denke, es muss so gewesen sein. Auf jeden Fall einer von ihnen."

„Das ist der abscheuliche Horror von allem!" North brach wild hervor. „Ich glaube gerade so viel, dass ich den Tod für sie auf eine Weise fürchten muss, wie ich es sonst nie fürchtet hätte, denn anders kann ich mir nicht erklären, was passiert ist. Ich habe unsere persönliche Trauer immer als grundsätzlich egoistisch betrachtet."

Ruth schwieg. Er schien außer Reichweite zu sein, und sie hätte so viel gegeben, um ihm zu helfen. Dass er, zumindest im Moment, keinen Gedanken darüber verschwendete, was sie durchgemacht hatte, störte sie überhaupt nicht.

„Hör zu", sagte sie plötzlich. „Sie denken vielleicht, es sei alles Einbildung oder das, was die Leute Einbildung nennen, aber wenn Sie es nur gesehen hätten, wie ich es getan habe, würden Sie wissen, dass es sehr, sehr real ist. Es war, als ich mit ihr allein war und auf Doktor Eliot wartete. Ich ging zum Fenster, um die Jalousie ein wenig herunterzuziehen, und als ich mich wieder umdrehte, sah ich" – sie hielt inne und suchte nach passenden Worten – „ich sah etwas, das wie eine Wand aus weißem Licht aussah." Ich kann es nicht anders beschreiben, obwohl es nicht wie jedes Licht war, das wir hier kennen, wundervoller, auf seltsame Weise lebendig. Es war überall um sie herum. Kein böses Ding konnte durchkommen. Ich bin mir so sicher."

Sie sah ihn mit Herzschlag an, doch Roger North schüttelte den Kopf.

„Es lässt mich kalt", sagte er. „Bist du deshalb so sicher, dass sie gesund wird?"

"NEIN. Aber ich *bin* sicher; Das ist alles was ich weiß."

Daran hielt Ruth auch in den darauffolgenden Tagen voller Anspannung fest, beim Besuch des Spezialisten aus London, der wenig Hoffnung machte, und bei der Verzweiflung anderer. Sie bewegte sich unter ihnen wie jemand, der einen geheimen Kraftvorrat in sich trug. Mrs. North war bemitleidenswert gebrochen und klammerte sich an sie, um Hilfe und Trost zu finden, aber North hatte sich nach dem Gespräch im Garten in sich selbst zurückgezogen und hielt sich fern. Die Verwüstungen, die sich Tag für Tag auf seinem Gesicht abzeichneten, gingen Ruth zu Herzen, als er herüberkam, um sich zu erkundigen. Aber im Moment war er außerhalb ihrer Reichweite oder Hilfe. Welche Teufel auch immer in diesen dunklen Tagen aus dem Abgrund rissen und seine Seele zerrissen, er bekämpfte sie im Alleingang, denn letztendlich muss jeder Mann gegen sie kämpfen.

Mrs. North und Fred Riversley blieben in Thorpe.

„Ungewöhnlich anständig von Miss Seer", sagte Mr. Pithey zu seiner Frau. „Sie verwandelt ihr Haus sowohl in ein Hotel als auch in ein Krankenhaus! Auch diese hochnäsige kleine Mrs. North. Ich habe gehört, wie sie Dinge über Miss Seer sagte, die mich stutzig machten. Gib mir jedes Mal Lady Condor. Farbe hin oder her!"

Aber Mrs. Pithey hatte unten im dunklen Tal Dinge gelernt. Sie war nicht mehr so kritisch wie früher.

„Ich selbst unterstütze Mrs. North nicht", antwortete sie. „Sie ist eine Frau, die sich selbst überschätzt. Aber sie ist eine Mutter, und Miss Seer konnte nichts Geringeres tun, als sie bei sich aufzunehmen. Sie könnten nach dem Tee einige dieser besten Moschuskatzen-Trauben mitnehmen, „ Erb" . Vielleicht hat Mrs. Riversley Lust auf sie ."

Alle waren zwar sehr nett, aber mit Ausnahme von Lady Condor und Mr. Fothersley hielt Ruth Besucher von Mrs. North fern.

Fred Riversley hatte alle mit seiner wunderbaren Krankenschwester in Erstaunen versetzt, und die kleine Ruhe, die Violet hatte, lag in seinen starken Armen, die er wie ein Kind pflegte. Sie schien nichts weiter zu sein, und in ihrem Delirium war sie in die Tage ihrer Kindheit zurückgekehrt und hatte von kaum etwas anderem gesprochen, und mit der Zeit wurde sie immer glücklicher.

„Man könnte genauso gut versuchen, einen Schneekranz zu halten", sagte er eines Nachmittags zu Ruth, die ihm Tee gab, nachdem er wie üblich über die Felder geschlendert war, um frische Luft zu schnappen und sich zu bewegen.

Noch während er sprach, herrschte ein wenig Aufregung vor der Tür, und bevor sie sich öffnete, war Riversley auf den Beinen und ging darauf zu.

Mrs. North stand halb lachend, halb weinend da. „Oh, es geht ihr besser!" Sie weinte. „Sie ist richtig eingeschlafen. Die Krankenschwester sagt, wir dürfen hoffen. Sie wird gesund werden."

Sie ließ sich vor dem Feuer auf die Knie fallen und vergrub schluchzend und weinend ihr Gesicht in den Kissen des Sofas, während Riversley durch den Flur und zwei Stufen auf einmal die Treppe hinauf rannte.

Es war früh am nächsten Morgen, als Violet Riversley ihre Augen öffnete und ihren Mann mit Anerkennung ansah.

„Lieber alter Freddy", sagte sie schwach. "Was ist los?"

Er legte seine Arme um sie, während ihm die Tränen über die Wangen liefen, und sie schmiegte sich an ihn wie ein müdes Kind und schlief wieder ein.

Als sie das zweite Mal aufwachte, war der Raum erfüllt von der blassen Novembersonne. Sie sah sich einen Moment lang neugierig um, dann schien ihr Verstand die Anstrengung aufzugeben, sich daran zu erinnern, wo sie war, und sie sah ihn an.

„Ich liebe dich, Freddy", sagte sie.

Durch das offene Fenster drangen die Morgengeräusche der Farm herein und sie lächelte. „Natürlich bin ich in Thorpe. Ich habe geträumt, ich wäre bei Dick."

Draußen ging Ruth über die Terrasse zu ihrer Arbeit auf dem Bauernhof. Ihr Gesicht war das einer Person, die einen verborgenen Schatz an Glück hütet. Während sie ging, sang sie vor sich hin:

„Wenn ich das Ende meiner Reise erreicht habe,

Und ich bin tot und frei."

Die Worte schwebten klar und süß durch die stille Luft.

„Tot und frei." Violet wiederholte sie mit leiser, schwacher Stimme, und erneut packte Angst Riversley am Hals. Er sehnte sich danach, sie fester zu umarmen, wagte es aber nicht. Es schien keine wahrnehmbare Substanz zu geben, die man festhalten konnte. Sein Mund wurde trocken, während er mit seinen Sprachschwierigkeiten kämpfte.

„Auch die Reise lohnt sich, Vi", sagte er.

Die heisere, erstickte Stimme machte ihren Reiz. Sie blickte verständnisvoller in seine blutunterlaufenen Augen, sein ausgemergeltes, verwüstetes Gesicht, und ihr eigenes Gesicht wurde plötzlich sehr süß und von wunderbarer Helligkeit.

„Ja", sagte sie, „die Reise lohnt sich auch."

Weiter entfernt erklang Ruths Lied:

„Ich bete, dass Gott mich gehen lässt

Und wandere mit ihnen hin und her ,

Entlang der blühenden Felder weiß ich,

Dieser Blick zum Meer,

Dieser Blick Richtung Meer.“

Die weißen Tauben flogen um sie herum herab. Die Hunde, die so lange auf Trab gehalten worden waren, stürmten wild über den Rasen und hinunter zum Fluss und stießen scharfe Freudenschreie aus. Ein Rotkehlchen saß auf der Mauerkrone der alten Mauer und sang süß und schrill. Sie blickte auf ihre geliebten Felder, auf das lange Tal voller nebliger Sonne und war zufrieden. Die Farm war wieder sie selbst. Sie ging weiter über den Rasen und hinterließ Fußspuren auf dem silbernen, nassen Gras, bis sie am Tor stand und Roger North sah.

Er drehte sich um, als sie ihr Kommen hörte, und sie rief ihm zu:

„Sie hat geschlafen, seit ich dich angerufen habe. Sie wird gesund werden.“

"Gott sei Dank!" Er sagte, wie es Menschen in diesen Momenten tun werden, ob sie nun glauben oder nicht.

Sein Gesicht war merkwürdig lebendig, strahlend angesichts eines großen Geschehens; Er hatte eine Aura freudiger Erregung. Er ging auf sie zu und lächelte ein kleines, eher verschämtes Lächeln, und die seltsame Ähnlichkeit mit einem schüchternen Schuljungen war deutlich zu erkennen. Dann platzte er damit heraus.

„Ich habe ihn gesehen“, sagte er.

"Ah!" Der Ausruf war ein Ton purer Freude. „Oh, erzähl mir davon!“

„Er beugte sich über das Tor. Er suchte nach mir, wartete auf mich, genau wie früher. Und er sah mich mit seinem lieben alten Grinsen an. Es war so real.“

"Ja. Ja."

„Und er sprach. So wie du es mir gesagt hast. Es ist nicht dasselbe wie hier zu sprechen. Es ist so etwas wie ein Gedanke, der vorbeigeht –“

Er blieb stehen, sein Gesicht strahlte. Er sah um Jahre jünger aus. Die dicken Linien waren kaum sichtbar.

„Ich wünschte, ich hätte gesprochen. Irgendwie konnte ich es im Moment nicht.“

"Ich weiß. Das kann man nicht. Ich glaube, es liegt an den Vibrationen. Ich nehme an –“ Ruth zögerte. "Können Sie mir sagen?"

"Was er sagte? Es scheint so lächerlich. Man erwartete, dass es etwas Wichtiges sein würde, etwas – nun ja, anderes.“

Sie lachte und sah ihn liebevoll an, mit diesem wunderbaren Blick purer Freundlichkeit.

„Aber warum sollte es?“

Er lachte auch – freudig. Da er seit seiner Kindheit nicht mehr gelacht hatte. Sicherlich war die Welt wieder voller Wunder und Herrlichkeit. Wiederum waren im Licht des Horizonts jenseits der Ewigkeit alle Dinge möglich.

„Er sagte – genau wie früher, wissen Sie – , Komm *schon* , alter Roger!“‘